王安忆
长篇小说

遍地枭雄

人民文学出版社

图书在版编目（CIP）数据

遍地枭雄/王安忆著．—北京：人民文学出版社，2018（2020.4重印）
（王安忆长篇小说）
ISBN 978-7-02-014436-5

Ⅰ.①遍… Ⅱ.①王… Ⅲ.①长篇小说—中国—当代 Ⅳ.①I247.5

中国版本图书馆 CIP 数据核字（2018）第 164028 号

策划编辑	杨　柳
责任编辑	刘　稚
装帧设计	刘　远
责任校对	刘晓强
责任印制	王重艺

出版发行　人民文学出版社
社　　址　北京市朝内大街 166 号
邮政编码　100705
网　　址　http://www.rw-cn.com

印　　刷　三河市宏盛印务有限公司
经　　销　全国新华书店等

字　　数　150 千字
开　　本　880 毫米×1230 毫米　1/32
印　　张　7　插页 2
印　　数　5001—8000
版　　次　2019 年 8 月北京第 1 版
印　　次　2020 年 4 月第 2 次印刷

书　　号　978-7-02-014436-5
定　　价　32.00 元

如有印装质量问题，请与本社图书销售中心调换。电话:010-65233595

目 录

第一章   1
第二章   14
第三章   33
第四章   46
第五章   61
第六章   75
第七章   90
第八章   107
第九章   126
第十章   148
第十一章   166
第十二章   187
半年之后   210

第 一 章

在韩燕来,也就是毛豆懵懂的记忆中,他就像是在无限的空闲中长起来的,空闲的地和空闲的人。倘若要追根溯源,他似乎还有一点模糊的印象,就是在一片毛豆地里奔跑。豆棵刮在裤腿上,即便是隔了牛仔裤,小腿和脚踝上依然能感觉坚硬的刺痛。熟透的豆荚炸开了,豆粒四下里飞溅出来,奇怪地发出铃铛般的清脆声响。背后,很遥远地传来父亲的骂声,"小浮尸""小浮尸"的,骂他毁坏了庄稼。听起来,他们的毛豆地辽阔极了。在这毛豆地逐渐清晰起来的过程中,它却变成了一片空地。而且,面积也变得有限,远不是无边无沿,凡目力可及处,都矗立着烟囱和房屋。这些水泥建筑物连成一道天际线,有些犬牙交错的,在它参差的边缘,弥散着也是水泥的铅灰色的细粒子,使那天际线有一种洇染的效果,就像是阴霾。抑或是韩燕来成长的缘故,抑或也是事实,那天际线明显逼近过来,同时,在天际线后面,又生长出一道天际线,边缘也更加狞厉。阴霾呢,更加弥散开来,几乎呼吸里都渗进了它的微粒。空地也就相应地缩小,被水泥建筑物包围起来。但即便是这样受到挤压,这片空地的面积依然相当可观。尤其当它布满和堆积起建筑垃圾,稀脏的白色的泡沫塑料块,霉烂的纸板,风一吹,便飞扬起红、蓝、黄、白的塑料马甲袋,看上去,就是壮观的了。

大约是韩燕来读小学的时候,这一片总共有三个生产队的地,一起被开发区征用了。征用以后却又因为经济宏观调控,银根收紧,闲置下来。每年开春,村里头,像韩燕来父亲一辈的人,总会有一两个熬不住手痒,在空地里刨出半亩一亩,翻开来,下些瓜豆菜蔬的种。等种子发芽,透出绿色,非但没有给土地增添一点农事的繁荣,反而像是打上了几块补丁。看上去,更显得满目疮痍。等不到作物成熟,就传来开发的消息,于是赶紧收下些青苗,聊胜于无。收过之后,传闻却又平息下去,并无动静,劳动和收成就这么糟蹋了。三番几次,农人们得了教训,就不再去动这土地的念头了。而一旦停住了手,那开发的消息就再也没有了。这片空地似乎已经被完全遗忘了,而农人们也在这年经月久的休耕息作中学会过清闲的日子。征地收入的一笔钱,在他们眼里,简直是巨大的财富,几辈子的面向黄土背朝天,也攒不起偌大的数字,他们一下子都成了富翁。后来,村子里某一个精明的农人,又想出生财之道,就是将空房出租给那些外乡人。大家纷纷仿效,不仅租出家中空余的房屋,还在原先的房屋边,再搭建出简易的披厦。在上海的城乡接合部,游荡着来自东南西北的外乡人,操着各种生计。有卖炒货的,贩葱姜的,发廊里洗头的,摆摊修自行车,无照行医,豆制品加工,运输建筑垃圾,他们一拖二、二拖三地投住这里,形成一个外地人口的集居地。而村民们,就又做起了大房东。当启用征地的消息传来时,也会起一阵骚乱,但引起的是兴奋的情绪。因一旦开发,村民们就需搬迁,于是就可再享用一次征换的政策,这一次征的是房屋。像农户这样几上几下的住房,用城里的单元房估算,每一家都可合上二至三套。与他们相邻的,已经开发的征地村民,就已经证明了这个。所以,到那时,连儿子,甚至孙子的房屋都有了。这样,他们岂但没了近忧,连远虑也没了。为了准备到那时征换更多的住房,他们就向村委会争取补足欠给的宅基,甚至还要超出一些,村民们谑称为"楦",楦鞋子似的将宅基地撑足。好了,"楦"足地皮,盖完披厦,安顿下租户,余下来做什么?打麻将。

走进村落曲折逼仄的巷道——许多巷道被增盖的披厦堵住,变成死巷,或者留一道狭缝,可供人挤身而过,走进巷道,便麻将声盈耳,当门常是一桌麻将。随农时繁简而起居忙停的乡人,性格总是悠游的,所以,即便是青壮的汉子,也不大会为牌局起争执,何况乡里乡亲的,更不能认真计较。向来是土里刨吃的生计,便不会冒投机的险,赌注就下得很小。牌艺呢,谈不上精通,却也不那么讲规矩。总之,只是消遣。倒是桌面上的拌嘴,更引打牌人的兴致。乡下人的风趣,也是有机巧的。比如说,他们称"统"为"麻皮"。一、二、三"统"为"小麻皮";四、五、六是"中麻皮";七、八,"大麻皮","九统",就是"烂麻皮";白板则为"白麻皮"。"万"字是"老板",也是"小老板","中老板","大老板"地上去,"大亨郎"——九万"停板"。"索子"也叫"条",所以是一条"浮尸",二条"浮尸",三条"浮尸",直至九条"浮尸"——"老棺材"。玩到兴头上,就要豁边,"老板"还是"老板","索子"却变成"卵","统"是什么,就不言自明了。倘若一桌牌上有一半是女牌友,又恰是泼俏的性格,那可就越发的上兴。说到后来,简直收不住场,乡下人鲁直得下作,热辣辣的,过瘾是过瘾,却也没什么回味。说就说了,不会肇下事端。而且乡下人的伦理规矩,到底有约束。倘是只有一位女牌友,话题就不大会下道,因免不了就有欺负的嫌疑。倒是反过来,三女一男,那男的明摆着就要吃亏了。言语到激烈处,那三个女的能把男的摁倒在麻将桌边,脱得只剩一条衬里短裤。笑声和叫声,几乎惊动整个村子,人们都跑拢过来看,一并地笑和叫。那男的须说上无穷的好话,才换回自己的衣服,然后落荒逃去,这一出小小的戏剧方落了幕。

除去打麻将,还有唱歌。这应是比较时髦的娱乐,可是在乡人中间,也风行开了。村里那几户购置了卡拉OK机器的人家,多是新婚的夫妇。新装修的婚房里,什么物件都是鲜亮的颜色,主宾的穿着也是鲜亮的。他们是较为年轻的一辈人,早起就装束齐整,女客们很郑重地化了妆,然后来到人家里。主人端出果盘,里面的花生还是染红着的,喜期刚过的样子。等人到齐,卡拉OK机器就开响了。所唱的歌曲并不多,翻来覆去就是那几支,"我拿青春赌明天,你用真情换此生"什么的,词曲都是颓废的,可电子乐的节奏很刚劲,唱的人呢,亦有着一股子质朴的激动。他们的嗓门很大,很直,吐字带着乡音。即便是婉约的,例如"你选择了我,我选择了你"这样的对唱,他们也是亮开了嗓子,眼睛瞪着眼睛。其实他们早已不做田里的农务了,可是脸颊,一双手,裙子底下的腿肚,依然有着室外作业的痕迹,比如紫外线的照射所形成的红和纹理粗阔。这大约还是和生活的地理方位有关系。在这城乡接合部,终究开阔而少遮蔽,日头和风就比较旷野,没有像市中心那样,经过工业化的催进,变得文明。再有,他们直接来源于自然本色的审美,也是多取向对比强烈,舍中间调和的趣味。例如,化学染烫过的头发,乌黑浓厚地堆在顶上,耳坠子与指环是金灿灿地镶一颗硕大碧绿的翡翠,大红的衣裙,硬挺的质料,坐下起来都纹丝不动。这些烘托又加重了色泽和笔触。以他们的气质,倘若要抒情,最合适是唱沪剧。无论《鸡毛飞上天》的"从前有个小姑娘",还是《罗汉钱》里"燕燕你是个姑娘,你来做媒不象样",都很亲切。因与他们的乡音贴合,好比带腔带调的说话,很是诚恳。只是不论何种歌唱的伴奏乐里都有着电子节奏,使这敦厚的婉约又变得铿锵起来。这样的电子乐声,是村落里的又一种声音。比较麻将,这一桩娱乐少一些风趣,就也不会演化成那样粗鄙的闹剧。不过,却可能假戏真做地生出些儿女私心来呢!流行歌里面的一股造作的深情,是会把人拖下水的。

　　遵从着日出而作、日落而息的农耕传统,村落里的消闲生活也是从一早开始,到了中午,依然要歇晌。正阳日头里的村落,就寂静得很。酣睡的空气都有着感染性,当那些卖菜或者收购旧家电的贩子,骑了自行车来到这里,不禁也会从车上下来,靠了一棵树,或者一截土墙,甚而至于就地躺下,转眼间便熟睡过去。太阳将村落晒得烘热。由于地里不再种庄稼,取而代之的是建筑垃圾,就像封了一层水泥沙土的硬壳,多少改变了这里的气候,不大像湿润的江南了,变得干燥,消耗着人身体内的水分。虽然是这么闲着,可却依然觉着身上乏。午时这一觉可睡到三四点光景,起来后有一阵子意兴阑珊,在狭隘的村道上茫然地走动,有一点白日梦的意思。不过,再过些时候,日头下去些,不那么燥热和干焦,土里面有一股子压抑住的略带潮意的气息起来,还能感觉到它的轻盈和沁凉,村落稍许润泽了一些。人呢,也清醒了。此时,就有了另一番活跃。租房的外帮人渐渐回来了,村道上的往返便频繁了。外乡的口音交汇着,有一些嘈杂,却有生气。韩燕来他们这些读书的小孩子,就是夹杂在外乡人里面放学回家的。他们尖厉地呼啸着,挥舞着路上拾来的枝条竹片,驱赶着外乡人,迫使他们让开道,让他们奔跑而去。外乡人受了他们的推挤,并不发怒,还嘿嘿地赔笑。他们有些欺生呢!大人言谈里流露出的歧视,影响了他们,他们就自以为高出外乡人一头。甚至,外乡人还刺激起他们凌弱的心理。所以,看见外乡人,他们就格外的兴奋。外乡人越是谦恭,韩燕来他们就越是无礼。但事实上呢?他们并不像表面上那么蛮横,好比大人们也并不像有意表现得那么有成见,他们甚至比对自己村子里的人更喜欢一点这些外乡人。除去外乡人对他们小孩子谦恭的理由,还因为,外乡人显然要更有趣。外乡人其实见识比较多,而本村的人,说是在上海大城市,可是就连跨过铁路去往市中心区,都让他们生怯的。吃罢晚饭,韩燕来他们常常结伴去到某一个外乡人房中,与他们胡调一番。有时候,他们也能听到一些正经的道理呢!

比如那个胡郎中。胡郎中其实并不姓胡,本职也不行医,而是贩药。就是说,将居民家吃不完的药收购来,然后送往缺医少药的偏僻农村,从中赚一点差价,以此为生。社会对这行当普遍存有偏见,可事实上,老话不是说,三百六十行,行行出状元吗?胡郎中就是其中的状元。胡郎中对业务很钻研,每一种药收来,他都要仔细查看有效期和说明书。久而久之,就成了半个郎中。村里的人有一点小病,就会到他这里,让他问个诊,再讨点药,他只按收购价收钱。于是,人们便叫他"郎中","胡"姓则来自"江湖"两个字中的一个。"胡郎中"就是这么来的。胡郎中是村子里比较早的租户之一,他所租住的是房东家盖起新楼以后,来不及拆的一间旧屋。里间是他住,外间拴了几只膻气很重的山羊。可能是做药这一行的买卖,胡郎中也染了许多医学的习气,他特别讲卫生。用旧挂历纸翻过来的光面将四壁贴起来,倘拍死个蚊子,用湿抹布一擦,就擦去了血迹。他将桌椅板凳,还有那个改装有许多格子、专门盛药的木柜,都漆成白色,再洒上许多福尔马林药水,真就像一个药房和诊所了。墙上还挂了一面镜框,镜框里是一张南京药学院的毕业证书,也不知有没有这学院。总之,看上去是正规的。当韩燕来他们到胡郎中这里,扑面而来一股膻气和福尔马林药水相混合的古怪气味,胡郎中就在其中忙碌,将白日里收来的药分类,重新包装。他们装作要抢他药吃的样子,他就会说:药不是什么好东西,是药三分毒。韩燕来他们要是问:那么药做出来是给谁吃的?胡郎中的回答就令人耳目一新了。他说:药是给那些吃药吃坏的人吃的。看着韩燕来他们困惑的表情,胡郎中又进一步解释:比如喝醉酒的人是用什么解酒?还是酒;给药吃坏了的人,就只有用药救;往往是第一种药的害处,用第二种药治,第二种药的害处,用第三种药治;所以,你们小孩子,开头第一次吃药,就必要慎重;一旦吃下药,好比是破了童子身——以下的话,就似懂非懂了,韩燕来他们又呼啸着离开去了。

而另一位真正的郎中,名字却不叫郎中,而是叫"大力士"。大力士是河南人,传说他在少林寺做过和尚,后来还俗,带一家老小租住在人家新楼的底层,其实是半个地下室,本来是存放农具杂物的。大力士有武功,所以行的是带气推拿。看他推拿,真有几分惊心动魄。一个长条汉子,平躺在床板上,自己都动弹不了,可大力士就能叫他翻过来,折过去,两条腿在空中绞着麻花。

还有的时候,则是举重若轻,只是伸出两指,在病人腰背的几处穴位点上几点,那人立马站起来行动无碍了。找他来治病的多是伤了腰腿的,也是出力人的职业病。因此,他在这一带有些名声。不过,除了气功推拿,他另还有个职业,卖炒货。他家的房东就时常被两种气味熏倒,一种是浓郁的奶油香精味,另一种的气味就古怪了,有些像尿素里的氨水味,又有些像醋味。前者是制作奶油瓜子,后者则是椒盐。有馋嘴的小孩子问他讨瓜子吃,他一律不给,倒不是他小气,而是因为,他在其中用的是工业的添加剂。要是问他吃死人怎么办,他不像胡郎中那么有道理,只是喃喃地说:吃不死,吃不死!可待等小孩子瞅空又向箩筐里的炒货伸爪子,他的手脚可不像他的嘴木讷,一下子就逮住了。他果真是个不善言的人,有一回,镇政府计划生育办公室的人来,查问他有没有家乡政府的准生证,他说不出话来,最后问急了,他红了脸,弯腰拾起一块砖——计生办的人以为他要动武,赶紧四散开,不料,他却是对着自己脑门"啪"的一下,砖碎成四爿。

这些外乡人里,藏龙卧虎似的,有着一些奇人呢!有一天夜里,忽然响起尖厉的警笛声,三辆警车相跟着开进村子里。所有的人都起来了,推门循着声音过去,最终聚拢在一条短巷里。只见,一群警察夹着一个外乡人正走出一间披屋。那外乡人只穿了条短裤,在手电筒的光里面,身子显得特别白,像拧毛巾似的拧成几股,被推进警车,然后又呼啸着警笛开出,另一辆也尾随而去,余下第三辆的人向房主问话。那房主抖得像筛糠似的,话都说不成句了。这位房客在此住了有两个月,在前边马路边一爿摩托车修理铺打工,少言寡语,从不和人搭讪。偶有人与他打个照面,便看出他长了一张清秀的白脸,照理该是孱弱的,可眼光却很沉着,看人一点不躲闪。谁能想到,他是有命案在身的通缉犯!最后一辆警车开走后,人们还聚在巷道里,久久不愿散去。下弦月也起来了,将村落照得透亮,看上去,就像一个架构复杂精巧的蚁穴。不熟悉的人走进去,就好像走进了迷宫,最适合小孩子捉迷藏了。从这事发生以后,派出所就开始过来调查登记外来人口了。先是登记身份证号码,然后让申请办理准住证。要将人都找全、找齐就不容易了,因为外来人员所操营生各种各样,起居作息就不在一个时间里。再要让他们自觉申请、拍照、填表、办证,就更难了。于是又转过身找房主担保,而房主大多不肯承认出租房屋,怕要找他们上税,又怕要他们拆违章建筑。怕这怕那,归结起来其实就是乡下人怕官,总以为自己短三分理。所以,做起来也很磨工夫。负责这一片的户籍警老曹,三天两头跑这里,一跑就是大半年,和村民渐渐地就熟了。

老曹是七十年代中,从崇明农场招上来做交警的,就是人们俗称的"崇明警察",到了近四十岁才评到二级警司,调到了派出所,不用站马路了。此时,人们称交警为"日立牌吸尘器",意思是他们每日吃灰尘,也可见出时代的演进。当年,他们这批新人,如今已成老人,而级别却是最低,因为没有文凭。那些警校生,二年一级、三年一级地跳上去,老早把他们甩在背后。所以,作为一个警察的生涯,老曹已经走到头了,他不再有什么抱负。每日里,他骑一辆旧自行车,车把上吊着一个人造革公文包,里面装着一本《中华人民共和国刑法》、民警证、工作手册、一些票据,表示着他正在执行公务。身上的警服是旧的,敞着领口,警帽略歪斜着,有一种草莽气,流露出老资格和不得意两种心情。他是瘦高个、长条脸、黑皮肤,表情严肃,很不好通融的样子,可是,一旦笑起来,一括一括的笑纹在脸颊上荡开,就令人觉着无比的亲切。他说话有江湖气,对着外乡人是说:你还想不想在这地盘上混了?对村民呢,说的是:老阿哥,帮一记忙,不要敲了兄弟的饭碗头!

但就是这,才体现出他工作和社会的经验。他从村子里兜一圈,然后在某一户村民家门口下了车,讨一杯茶喝。门里的人端上茶和烟,让出麻将桌边风头好的位子给他。老曹并不推让,坐下就打起来。从他和牌、砌牌、出牌的手势,看得出这是一个有决断力的男人。老曹虽已到了事业人生的末梢头上,却自有一股落魄的魅力。

老曹经常在村里出入,村民们自然要巴结他,但也真有一点喜欢他。他们看得出,老曹在单位里不怎么得意,在家里也不怎么得意。他的警服肩膀后边开了缝,没人给他缝上;他的皮鞋春夏秋冬就这一双,皮都起皱了,又不知多少时间没上油;老曹吸的烟很便宜;有时村民们留他吃顿便饭,老曹就盯着肉和鱼猛下筷子;那些和老曹说话的女人们,与老曹一对眼,就看出老曹有许久没同他女人有床上的事了。村民们都觉着老曹可怜,不能说那喜欢是从可怜里生出的,可是老曹要是很发迹,那么人们决计不敢喜欢他了。老曹的背时,拉近了村民们与他的距离。有时被老曹凶了,心里就想:老曹过得不好,让他出出气吧!确实,老曹在这村里才能抒发胸臆,于是,老曹越发往这里跑得勤了,老曹的精神状态也越发好了。显而易见,老曹在村里有了个相好。村里有好几个守空房的女人,男人在浙江或者江苏打工,她们都挺看好老曹的,老曹也对她们一视同仁。旁人猜测过老曹最终会上其中哪一个的床,结果猜错了。可见老曹的风流韵事藏得还很严。当然,世上没有不透风的墙,何况,还有几个颇不服气的女人在放风声。这样,村里人就又有了闲话的资料,也有了取乐的资料。有一回,老曹从相好家走出时,竟然错穿了人家男人的一只鞋。别人也不好说破,只能待他下一回造访时再换回去。但到关键时刻,大家还是护老曹的。有一日下午,村口的人家远远看见那家的男人下了班车过来了,赶紧地穿过崎岖的巷道,来到老曹相好的家门口,急骤地敲击玻璃窗,紧接着屋里便响起一阵会意的窸窣声。这一刻,全村人都紧张起来,村里漾起一股激动的情绪。那家的男人觉出一点异样,但他自己也是异样的回乡的心情,所以并不以为有什么不妥。因为兴奋,还有羞涩,微微地红着脸,从乡亲们的注目礼下走了过去。

在韩燕来他们眼睛里,这村子真有一股乐园的景象,每天都像过节似的,有热闹可看,大人们就和他们小孩子一样天真。那片空旷的荒地,就做了他们的游戏场。现在,垃圾已经完全覆盖了地皮。曾有几度,村民们偷偷将它租给附近新起的楼盘做建筑垃圾场,又被卫生检验部门或者征地的开发区主管部门强令制止。但是,在上面的积留物也足够做孩子们假象世界的材料了。他们在里面打工事战,造起匪巢般的房子,或者像觅宝人一样在垃圾里刨和挖,期望有意外的收获。事实上,那里边别提有多龌龊了,都能翻出避孕套和卫生巾。反正小孩子也不懂,就损害不了他们的希望,最终,究竟会有一点报答——他们挖出一件血迹斑斑的衣服,再加上一把卷了刃的菜刀,就是一桩命案了!他们提了这两件东西,呼啸着回村来找老曹。老曹从人家床上下来,正在系鞋带,嘴里叼着一支烟,眯缝着眼躲开烟雾,从斜里打量了一下衣服和菜刀,然后装进一个塑料马甲袋,挂在自行车把上,带走了。等到天黑,那片乐土不由得就变得吓人起来。白天的五花八门的玩具成了狰狞的暗影,那些反光的部分则是怪兽的獠牙。风从上面走过,发出冷笑声。大人吓唬孩子,说:鬼来了!有时候,鬼的笑声相当真切,真切到能听出是女鬼,银铃似的。当然,也有男鬼的低沉的笑声呼应。有一回,起夜的村民还看得见,有男鬼和女鬼在空地上跳跃和追逐。他怀疑自己的耳朵,因他听见鬼在说人话呢,带着外乡的口音。还有一回,是在晨曦里,早起的人看见鬼从地边上迅速消失。等太阳升起,一切又回到原貌,重新是小孩子的世界。

曾有一度,相邻村庄里的孩子试图侵犯到他们的地块上来。昔日的界石、田埂都已掩埋在垃圾底下,边界变得模糊了。两个村的孩子互相投掷砖头和水泥块,组织犯边和抵抗的进军。那些日子,韩燕来他们一下学就奔到空地,并且,越来越多的孩子卷入进来,包括一些不相干的孩子。看上去,两边黑压压的,场面很壮观。有一方的小孩被砸伤脑袋,流了血,于是,染了血的T恤衫就系在竹竿上,做了战旗。那一方也起而效仿,扎了一面红布,当然不如血染的有风采。但两面旗插在瓦砾堆上,还是有悲壮的气氛。中间还发生过奸细、出卖、卧底、俘虏与交换俘虏的情节。为完善军制,各方都选了司令、军师、参谋,于是难免发生内部的权力之争,继而是分裂与内战。过后再是统一联盟,共同对敌。经过一系列的洗练,双方都成熟了,战争也提高品格,不再进行偷袭一类的小动作,而是由一方向另一方下了挑战书,定下时间,规则,参加的人数,用还是不用兵器。当夜幕拉开,四周的水泥建筑退到天空做了剪影,地面变得辽阔,嶙峋的地表发出坚硬的冷光。两军渐渐从地边升起,向中间走去,走去,停止,形成对垒的阵势。由于夜晚,空地和人都变得沉默,于是,气氛就凝重起来。两队人颇有默契地停顿一下,然后不约而同扑向对方,撕扯起来。因事先决定不用兵器,所以就是肉搏,多是像蟋蟀样捉对儿,头顶着头,原地打着转,瞅空当撩起脚,或者揪住胳膊一搡。这民间的格斗法大约来源于很古的时代,每一代小孩子都是不学自会。虽然不会太伤了筋骨,却可挫败对方的士气。由于静默,都听得见格格的咬牙声,还有一个身体摔倒在地,另一个身体随即压上来,"嘭"的撞击声。在此刻变得宽广的天地之间,人就像小豆豆似的,滚过来滚过去。已经有一个时辰了,是因为出汗,还是下露水,空地看上去略微湿润和柔软一些,可胜负还是见不出分晓。最终,两边的大人也参加进去,并且携了闲置的农具,变成一场正式的械斗,好像又回到当年,两个村子为争一犁铧的地边争斗的日子。这时候,动静就大了,有骂声,叫喊声,铁器的相撞声,直到老曹骑车赶到。老曹将车磕磕楞楞地骑到空地中间,慢悠悠地下车,慢悠悠地一手抓住一人的头发,慢悠悠地将抱成一团的两个人拆开了。倒不是说老曹的膂力大,而是老曹有权力。不消说,两边都住了手。老曹点上一支烟,然后才说话:打什么打?存心敲我的奖金是不是?有人冒胆说:他们占我们的地!老曹就冷笑:你的地?你叫一声,它应不应?又转向那边:你也叫一声,应不应?于是,两边都气馁了,又好像睡醒了,立了一会儿,分头赶了小孩回家去了。老曹一个人还站了一会儿,吸完那支烟,四下里看看,已空荡荡无一人影,方才推起自行车,慢悠悠地向空地边走。有几回脚底叫什么硬东西扎了,就骂一声"卵泡介大",再继续走。

13

第 二 章

韩燕来读到高中三年级,晓得是考不上大学的。事实上,他也没有通过准考资格的考试,所以并没有报考,单领了一张高中毕业证书,他的求学生涯算是停了板。可就是这样,他也已经是他们家受教育程度最高的人士了。他的姐姐韩燕窝读到初中毕业,后来出嫁到另一个乡里,户口迁过去不久,就征了地开马路。那时候,征地还兴有征地工,每户能摊到一两个。姐夫把征地工的名额让给了姐姐,自己就做盆花的生意。因原先就是花农,有养花的技能,也有销售的渠道。将折换给他家的工房挤出一套来,专用来做花工场。在楼房里养花,别的没什么,就是沤绿肥有点困难,好在这幢楼里大多是征地迁来的农户,经得起熏。韩燕来还有个哥哥韩燕飞,读到了初一,就不读了,在家务农。轮到他们这里征地,运气就不怎么好了。因市区人口自己就业也有限,腾不出公职了,是用货币折算的,哥哥的婚事也因此受到影响。在郊区地方,已时兴用征地工名额作聘礼了。哥哥的征地工没了着落,新媳妇也就没了着落。所以,哥哥一直没有结婚。在乡下,二十三四岁就可算大龄青年了。一是没成亲,二是没工作,哥哥就迷上了麻将。他们这三个孩子的名字都是从燕子身上起的。生姐姐时,梁上的燕子正筑窝,就叫燕窝。生哥哥是在秋季,燕子弃下窝往南去了,所以是燕飞。燕来就自然是春暖花开燕归来的意思了。父母私下里说,这三个景其实都应着三个儿女的命。燕窝的气象最繁荣,闺女的命显见得富贵;燕飞就惨淡些;燕来呢,现在还不敢说,可总是有希望的吧!

韩燕来比哥姐的年龄都要小一截,这年十八岁,高中毕业生,到底机会要多一些,胸襟也大一些。他们几个同学结伴,应聘到城市那头,隔了黄浦江的浦东开发区,在一家中日合资的蔬菜公司里做操作工。活计不重,可以说很轻,只是将一种二寸来长一寸来宽的碧绿的叶子,叠成一摞一摞,归置起来。这叶子是日本人用来垫菜盘子的,特别要讲卫生。所以还发了天蓝色的衣服、帽子、白口罩、白手套,天天要洗澡。工资也令人满意。可却是闷得很。翻来覆去这一个动作,来上多少遍才填得满八个小时?心里就盼着换另一种叶子来做,可就只有这一种叶子。一袋一袋进来,一盒一盒出去,永远不会结束。他们在上班和下班的路上,一同骂日本人,骂他们的刁钻,想得起用叶子垫盘子,为什么不用草纸垫呢?草纸有什么不好?后来听厂里人说这叶子垫在盘子里,上面是放生鱼片的,他们就骂得更激烈了——难道是原始野人?吃生腥的!怪不得这样坏,要来侵略中国——八格牙鲁,米西米西!他们骑着自行车往轮渡去,上了渡船后就朝水中吐唾沫,好像那里面有日本人吃饭的盘子。下了渡船还有很长一段穿过市区的路,他们总共要在路上花去几个小时的时间,这却是一天中最好玩的时刻,可终归是不经济的。而且,他们有乡下人的娇贵,不惯于长途跋涉,不惯于按钟点,不惯于屈抑着一坐几个小时,不惯于多少日只做一件事——他们要是种二亩稻子,从平秧板开始,播种,起秧,灌水,插秧,然后稻子从青到黄,抽穗,扬花,再割,挑,打,扬,人要做多少种事情,翻多少种花样!他们在下班回家的路上总结出一条:老太婆念经也是苦的,一生一世就念这么一句,"南无阿弥陀佛",手里只摸一件东西,珠子,所以菩萨要报答她!起初的怨艾和兴奋一同过去了,他们消沉下来,路途中的好玩也调动不了情绪了。一个月内,他们几个先后辞了职,连工资也不要了,就当抵了一顿午饭。那一顿午饭是可回忆的,一个不锈钢托盘上,几种荤素,汤和饭尽管盛。可是,胃口却又不好了。于是,这唯一可回忆的一点也打了折扣。

此时,他们这几个同学就筹划着合伙做生意,刚出校门的人总是好高骛远。他们想开一爿厂,却不晓得是什么厂,因为没有一个人是有哪一方面技术的,也不知道开厂究竟是怎么回事。但他们不是已经见识过工厂了吗?而且是日本人开的厂。在这个厂里的经验虽然是沮丧的,可是也给他们一种知识,就是什么东西都可以生产,什么东西也都有人要。只不过是,他们能生产,又有人要的这一样东西,不晓得藏在什么地方。他们几个聚在某一家的门口,讨论着开厂的事情。村子外面那一片空地,他们早已经不去了,嫌那里腌臜,不像小时候,样样都觉着是个宝,他们是准备做事业的人了。在工厂里的那一点点阅历,使他们下了决心,要做就做老板,不能做打工的。因为老板可以自由地走动和上下班,不必按钟点。他们最痛恨就是按钟点,在钟点规定里面做人,手脚都伸展不开的,还有什么意思?讨论总是激励的,又很有趣,也没有钟点的催赶。在他们悠闲的讨论中,事情也在悠闲地起着变化。有一个同学去了浙江,给亲戚的生意帮忙;又有一个同学与自家兄弟一起,在前面马路上,租了铺面卖摩托车零件;还有一个同学,情窦初开,随了村里热心的女人,一家一家跑着相亲;最后,只剩下韩燕来自己,在村子和村子附近游逛。

韩燕来是家中老小,又是父母中年时生的,人称"奶末头",家中人都娇宝他。尤其是最上头的姐姐燕窝,有燕来时已经八岁,正是学做小妈妈的年龄。乡里小孩不像城市里的,有娃娃可以做练习,她们的娃娃就是年幼的弟妹。所以,燕来可说是燕窝抱大的。先是抱不动,让母亲绑在背上驮着,软乎乎的小身子贴在另一具小身子纤细的背上。这一个似乎还比那一个大些,因为胖和结实。再接着,就是抱在怀里,那小的又长大长胖了些。燕窝拦腰箍着,就像两个小孩在摔跤。脸贴着脸,互相嗅着脸上的气味。小的是奶气,大的其实也乳臭未干。有时候,抱累了,小的却不肯下地,大的就哭。小的见大的哭,也跟着哭。眼泪流进对方的嘴里,有点相濡以沫的意思了。因是这样抱大的弟弟,燕窝看燕来到处都是优点,世界上没有比燕来好看又乖的小孩了。他的圆鼓鼓的脸颊,嘴一动,就会出现一个酒窝,就只一个,在左边的脸颊,一个就比两个来得金贵。他的眼睛是细细的单眼皮,大眼睛有什么好呢?不是很像牛卵!燕窝常常蹲在地上,让燕来站在她对面,看他吐泡泡。燕来很卖力地将小嘴卷成一个筒,像鱼一样吐出许多唾沫泡,燕窝就很欣赏。事实上,燕来长到三岁的光景,就失去了那种年画上的胖娃娃的形象。他瘦了,相应地脸就变长,四肢也细长的,看上去其实像一只蚱蜢。可燕窝却又看出另一种好处,就是秀气。这时候,燕窝已经上初一,脑后高高地束一把马尾,骑一架和人差不多高的自行车。为够到脚蹬,必须将身子偏向一侧,伏下去,绷直脚背,再起来,偏向另一侧。就这么一起一伏,到几里路远的中学读书。每到中午放学时,只见她远远地,起伏着身子,头发在脑后几乎飞起来,真像一匹小马,直骑到燕来跟前翻身下车。而燕来已经等不及了,嘴扁着,万分的委屈。

要说,燕来在家中的地位,有一半是叫燕窝抬起来的。本来,大弟弟燕飞也是重要的,因是第一个儿子。可在燕窝公然的贬抑之下,燕飞渐渐失去了人们的注意。失宠的人常常会变得乖戾,他先是爱哭,这就已经叫人不喜欢了,然后又无故滋事。比如好好吃着饭,忽然碗就落地下碎了。乡下人最忌碎饭碗,来上一两回,就足够大人恼怒了。再后来,他就开始欺负弟弟,不需要燕窝出面,隔壁小孩子都跳了脚唱:大欺小,现世宝!燕飞变得抑郁了,心里对燕来起了些恨意。好在农户家的孩子,生活是简朴的,没什么多余的享受可争夺。燕来所有的玩具只是燕窝的一块手绢,燕窝可将它做成一个蛋,然后从蛋的一头拖出一角,变成老鼠,或者展开,四个角各打一个结,做成一顶帽子,戴在燕来头上。所以,就生不出太大的龃龉。时间长了,习惯成自然,燕飞也只能认命,屈居于兄弟之下。燕来还小,当然认识不到其中的不公平,而是觉着,天下人都对他疼爱,倒养成一种和悦的性情,很令人喜欢。

事情就这样形成格局,燕飞做什么都要招骂,燕来则相反,做什么都情有可原。其实两兄弟读书的才智与努力同样是平平,燕飞被斥下来回家种田,燕来却一直读到高中毕业。因为燕飞是种田人的胚子,脸黑,手黑,课本作业本都揉得墨黑。而燕来呢,白净的脸,细细的手腕,书本作业本也都是干净的,而且身体孱弱。燕来果然是容易生病的,功课重一些,先生话重一些,都会引起反应,发热或者肚痛,这一天就必让他歇下来。他从高中毕业以后,他们也不像催燕飞那样催燕来去找工作。事实上,他们也不是认真催燕飞,只是燕飞的问题更迫切,已当成家的年龄了,却不愁不急,日日在麻将桌上玩耍,他们就要骂。而燕来还是个孩子,在他们眼里,燕来是不会长大的,虽然他已经是那么长大的一个人,站起来要仰头看,睡下去,一双脚总归从被窝那头逃出来。可是你看他那张酣睡的脸,红扑扑的,似乎还带着笑意,不晓得梦到了什么好事情。

这样就可以想象,燕来在蔬菜公司上班时,大人们的反对程度,同时,又对燕飞施加了多少压力。现在,燕来也闲下来了,照理,燕飞应当解脱了,可是,并没有。大人骂的是,燕来准备开厂,燕飞你怎么样,开麻将厂?小的倒比大的懂事早。等到燕来开厂的事情消停下来,对燕飞的指责还没完,因为燕来又生病了。燕来晓得发愁,燕飞晓得什么?无论怎么说,燕飞总是一个不回嘴。他从小习惯不平等待遇,也听惯了父母的唠叨。再说父母也就是嘴上说得凶,事实上也并没有亏待他。燕飞禀性厚道,伴随着厚道,又有些软弱,和大多数农户家的孩子一样,对外面的世界怀了一种畏惧。甚至只是相隔不远,称得上比邻的市区,在他们都已经是"外面的世界"了。现在,这个"外面的世界"越来越逼近过来,仅只隔了一条铁路线,他们非但没有觉着这世界容易了解了,反而更加地缩回在自己的农田的世界里。而这世界已经小到无法再小,几乎只余下立锥之地。他们变得就像螺蛳壳里的螺蛳,活动的空间十分有限。

燕来多读了几年书,又在蔬菜公司上过班,可算是见过市面的人了,所以他会想着出去发展。经过这些日子的历练,他们显然是成熟了,不再说"事业",而是说"发展",将自己放低一档,放在起步阶段。现在,燕来一伙的,都星散出去发展了,余下燕来一个人,还没有找准方向。按说,燕来应当是彷徨和苦闷的,可不是说他有着和悦的天性吗?在别人可能是尖锐的问题,在他这里都变得温婉了。所以他心情还不坏。他有时也到哥哥的麻将桌旁看看,哥哥的朋友说:毛豆,帮你哥哥来一圈,不会牌的人手气好!他就红了脸,笑着走开。他就是这样害羞呢!这些乡下孩子,面皮都很薄。自小生活在亲熟的庄稼和人里面,天地倒不谓不大,不谓不丰富。那田野放眼望过去,可望到天边。作物的生熟收种,将一年到头渲染得起伏跌宕。可这一切都知己知彼,知根知底,不必起戒心。所以他们性子大都很"糯",尤其在这未经人事的年少时代,对玩笑回个嘴都不会的。看上去似乎很没风趣,可你不知道他们内心,藏着多少引人发笑的念头。燕来又是其中尤其羞怯的一个,那也是他姐姐娇宝的功劳。从麻将桌边走开,循了卡拉OK的歌声进了某户新喜的人家,去听人唱歌。听着听着就也想唱,可等到人家邀他,把话筒递过来,他又红了脸,逃跑出来。他走过一扇敞开的门,门里也有一桌牌,不过是纸牌。打牌人是与他差不多年纪的少年人,见他走过,就抬头看他,脸色有点青。燕来晓得他们在干什么,他们在赌。他不会去老曹那里告发,可为了避免他们生疑,他就没有进门,而是走了过去。有时候,他会到他读书的学校,去看看昔日的先生。他不像那些性格偏激的同学,因没考上大学,就愤慨地撕掉作业课本,发誓一辈子不去学校,不见那"浮尸先生"。燕来心里倒不存芥蒂,可是先生却想不起他了。所以,他只是在校园里兜个圈子,看看学生们打球奔跑,然后回家。

最后,他还是和那些小孩子们在一起了。和小孩子在一起,他不必总是感到害羞。虽然看起来很奇怪,那些小孩子,只及他的腰部。他在中间,真的合了一句成语:鹤立鸡群。可是,小孩子从来不会叫他难堪。他们的那些幼稚的话题,也并不让他觉得没意思,相反,还挺有趣。他们骂先生,或者彼此相骂,在他听起来,既耳熟又耳生。耳熟的是让他想起当年在小学校时的情形,奇怪的是,他并没有觉着过去多久,仿佛就在眼面前。耳生的则是,小孩子们的骂人话与他们当年不同了。比如,他们互相骂有"毛病",一个骂"神经病",那一个就会骂"艾滋病";再比如,一个骂"卵",放在过去,回答也是"卵",可现在,是"受精卵"。他听得又敬佩又好笑,想插嘴也插不进去。对他这么个大人——在孩子看起来,燕来绝对是大人无疑。他这个大人挤在他们里,却并不使他们生嫌,他一点不碍他们的事。相反,还能派他用场。比如,哪个人被父母用家务活扣住了,就派他去叫,就能叫出来,因为有面子呀!有一次,他甚至用代工的方式换那人出来。他们学骑自行车,他就坐在后车架上,支开两条长腿做撑脚架,随时支住要倒的车。现在,小孩子们已不再去空地玩了,空地被开发区用铁丝圈起来,推土机和铲车清除了上面的垃圾,露出了地表。那地表的颜色是黄褐里带着灰白,质地十分坚硬,是建筑垃圾里的水泥粉尘和石灰颗粒渗进去形成的。看起来,工地似乎要开工动土的样子,可是,事实上却没有,又有了些新的垃圾在这里那里出现了。然而,这时候的小孩子却不再像韩燕来他们那样,将那空地当成儿童乐园。他们与空地疏远得很,对它没有一点记忆了。

燕来每周或者每两周去一次姐姐燕窝家。他们的模样都和小时候不很像了。燕窝比小时候要结实,身个是中等,只及燕来的下巴,原先瘦得尖尖的长脸变成了圆脸。看上去他们不像差这么多岁数的姐弟,当然也不会像小时候那么亲热,而是有一点生分。燕来去燕窝家,燕窝要是还没下班,燕来就站在马路边上等。马路上的人和车中间,渐渐有了燕窝的身影。她也看见了燕来,伏下身子使劲蹬车,马尾辫从背上飞到空中。骑到弟弟身边,翻身下车,这情景仿佛才好像又回到幼年的日子。只是燕来不会扁着嘴哭了,而是一扭身,在前面先走了。姐姐推着车在后面,就这么相跟着到了家。后来,燕窝有了孩子,燕来就是抱了外甥等在马路边。再后来,外甥进了托儿所,要是托儿所的小孩子在街上散步时,燕来正好来,阿姨就会让孩子出列,跟燕来去。因为都认得这是孩子的舅舅。

燕来抱着这个小孩子,觉得很亲,又觉得有些生。有时候看看他,会奇怪他是谁?为什么会和姐姐做母子?这个小孩子,有时也会不认识地看着他,好像在揣摩他是什么人,为什么会到自己家来。这是一家子的小孩之间通常会产生的怨艾,怨另一个分走了自己独享的喜爱。所以说到底,燕来还没有完全长大,对姐姐呢,依然有着小时候的依恋,虽然在外表和形式上,完全不同了。姐夫是将他当个大人,见他就递烟给他吸,还与他喝酒。姑舅俩对酌的样子,就像一对男人的知交。姐夫劝燕来和他一同做盆花的生意,憧憬开一个苗圃。姐夫很恳切地说,燕飞当然也很好,可是燕飞太粗,读书少,没有先进的思想,不合适做生意。而燕来却是有素质的。燕来只是听,并不搭话。他内心里对姐夫也有些隔阂,和那小孩子一样,姐夫也分走了姐姐的注意力。可能因为他和哥哥不如和姐姐亲近的缘故,他内心里对自己的同性其实是持有距离的,好像他们多少会伤着他似的。可是,对女孩子,他又是无比的害羞。高中里许多同学开始恋爱,也有一两个女生对他有好感,他先是不知道,后是逃跑。他实在是个晚熟的男生,也是一个感情温存的男生,现在处在一个多少是尴尬的当口,内心挺寂寞的。

像姐夫这样看上他的人不算少,就在这闲逛的期间里,就有一个江苏海门的远亲来做客,主动提出让燕来跟他去学木匠。海门的木匠是有名气的,在上海很吃得开,一套四五千的木匠活,海门木匠可开到八千,还不兴还价。那远亲,论起来燕来要叫表叔,表叔同他说,学一门手艺的重要性,做官都有一日下朝,有手艺,谁也夺不走。表叔也不像别的师傅,将手艺藏得很紧,表叔一直希望能将手艺传给下辈人。老辈子传下来的手艺,不能烂在肚子里,那是忤逆;现在的木匠,算什么木匠,不会打榫头,只会敲钉子,榫头是木匠的基本功,可是已将失传——可是表叔我,保证燕来你出师时,能打八仙桌!不要小看八仙桌,八仙桌是家什用物中第一要紧,听谁家有八仙桌塌了的?有房子塌了的,也没有八仙桌塌的。表叔喝了酒,脸红着,眼睛亮着——除了学手艺,还可以见世面。在上海做生活,有多少见识呀!俗话说,林子大了,什么样的鸟都有,上海就是一个大林子——有一个老鹳子,住南市那边,一个人守一幢古旧的房子。要说那房子,可是个宝,笔陡的烽火墙,内有前庭、中庭、后庭、花厅、轿厅、客厅,楼分正、副、侧、翼;门楼上的砖雕,是八仙过海,门扉和窗扇是木刻的一部"三国"!那老鹳子祖上定是做官的,要不怎么会有这样一幢房子?可是,这房子如今颓败得怎样了呢?颓败得可以演"聊斋",夏日里天一暗,蚊子轰地起来,像飞机飞一样响——家里人都不愿住了,一个个搬出去,最后只剩下老鹞子和蚊子。这老鹞子呢?就是不肯走,他日日到区政府、市政府、文物局、文化局、博物馆,要人家来保护这房子;又每隔一月半月,往海门乡下去一回,去做什么?看一个老木匠死没死,这是最后一个会做明清建筑的木匠了,已经八十岁,就是我师傅的师傅的师兄!

表叔喝下一盅酒,吃了两筷菜——再给你讲一个小鹞子——这只小鹞子,年纪不过二十几,钞票却多得用不完,他的一扇门,就是两万块,楠木的,敲上去,当当响,像敲在铜上面,横下来,要几个人抬,极重;竖起来,上好铰链,手一推,轻轻就过去了——这就是好门!地板是红木,是立起来铺的,一铺三百平方!有一日,他摸出张照片给我看,上面是一具外国橱柜,橱顶是半个圆,问我做得出做不出——我一搭眼,就看出那是机制木,外国家具其实都是用机制木,他们讲究环境保护,机制木就是把木料的边角料,摇肉糜一样摇碎,做肉饼、肉圆子、包饺子、包馄饨,都可以——我有心让他出血,他出得起嘛!我说,只要你肯开销,什么做不出来?后来,我是用整段方子,硬是裁出来的,浪费多少木料!他又不懂,其实他就是钱多,见识是没什么的,他对我服气得很,替我介绍不少生意,给有钱人做生活实在是造孽,罪过得很!有时候也要找补回来——有一回,我用地板截下来的碎料,给东家的小孩做了一个写字台,你信不信?看上去新式得很——那家人紧得可怜,也是想不开,吃穿上省下的钱,就都贴在房子的地上、墙上、天花板上……

说到此处,燕来的心已经跟着走了。那个只隔了一条铁路线——现在这铁路线也拆了——与他们村已经连在一起的城市,就像有着铜墙铁壁。那时候,在日本人的蔬菜公司上班,每天从它中间穿过,或是清晨,或是向晚,这城市总是未开幕和将要闭幕的样子。那车流人流奔腾的街道两侧,大厦的里面和后面,有着怎么样的生活?他们似乎从来没有认真想过,这些与他们比邻而居的人——上海人的生活,只是笼统知道他们过着一种先进的日子。可这种日子却是令乡下人害怕的,它是那样的,怎么说,汹涌澎湃。可是,年轻人,像燕来,总是要被新鲜的、激动的气氛渲染的。汇在街上的车人里边,不断地在岔路上分流,再有新的车人加入进来,于是,自己就变得十分的小,小到看不见。取而代之的是这城市街道的全景,一幅流动交汇的图景。他只是其中一个小小的斑点,但也是汇集成整部全局中的一个点。在这迅速移动的视线中,两侧的大厦模糊成连接的平面,向后拉去,最终拉成一道锐利的光线。这真有些赶上时代脚步的意思!燕来迷乱地兴奋着,这个城市变得更为抽象。现在,表叔的讲述却将它还原成具体的人和事了。这些人和事既是可被理解的,又不至于理解到平常的程度,它依然保持着相当的离奇性。由于表叔轻松调侃的讲述方式,也不那么叫人生畏,而是可以接近了。

表叔要收燕来做徒弟的心很诚,甚至有些迫切。为了说服燕来和燕来的父母,他还在燕来家宿了一夜,继续讲他的见闻,以及对人生的看法。话里有意无意地,带出他的一个女儿,和燕来同岁,初中毕业,在家乡一家电子元件厂做工。于是,表叔要收燕来学徒的说法就令人起疑。联想他的另一句话,就是为叫燕来父母放心,表叔有几度说过:我会当燕来自己儿子待的!他似乎是想收燕来做女婿,当然,这也不是什么坏心,有人看中自己的孩子，总是叫做父母的得意的。只是，大人们觉着假若他看上的是燕飞，就更合适了。燕飞是到了娶亲的年龄，又是身无长技，要跟了表叔去，两项都有了着落。而燕来还小，一来不是迫睫至急，二来，多少地，有些舍不得小儿子离开身边。所以，二老便急切地推出燕飞，燕飞敏感到机会来临了，也表现得很主动。本来口讷的他，竟想出许多闲话与表叔应对，可惜表叔意不在燕飞，他这样的眼力，看得出来，燕飞的木讷老实里头，藏着懒惰和愚顽，多日的闲日子，又闲出一些油滑的毛病。燕来却是可造就的，因为嫩，还因为聪颖，只是怯懦了些，而对于妻子来说，丈夫的怯懦也许都可算得上一桩优点，虽然有碍创业，可他，做长辈的，不已经决定帮扶他了吗？然而，最终燕来也没跟表叔去，当然也是碍了哥哥和父母的面子，但最主要的，还是临到要去的那一刻，他内心里还是软弱了。想到离开家，将宿在陌生的地方，周围都是陌生的人，除了表叔，可说到底，表叔也是陌生的，他心里就打鼓。在他看来，表叔的生活是冒险的生活，是这吸引了他，同样是这，叫他畏惧。后来，表叔一个人失落地走了，燕来有些不舍得，却也轻松了，因为不需要他再作选择。

表叔走了，燕来继续过着他的闲暇日子。不过，情形还是在起着变化。北郊这一带，不知不觉地起来一些港资、台资、日资的合资企业。说是合资企业，其实就是一个香港人，或者台湾人，抑或日本人，向当地政府盘一块地，多是关闭和半关闭的乡镇厂，进来机器设备，谈好几几拆账，签下合同，就挂出牌子了。这些厂，以服装加工为多，二十来部机器，几十个工人，找来外国的订单，歇人不歇机地干。一时间，气象十分兴隆，这里那里亮着灯，路上卡车往来，运输着成品和原料。四边村庄的年轻人，不少被招去做工人。因是服装厂,车衣工为主,所以招去的多是女工。男工有几个,做机修和开车。韩燕来既没学过机械也没驾驶执照,可他运气好,竟被一家厂招去做了扫地工。这是爿港资厂,老板也并不是真的香港人,而是从上海去香港投奔亲戚,办了移民身份,又借了亲戚的钱,回来开了这爿厂。那老板姓齐,四十岁的光景,黑而且瘦,穿一条油渍斑斑的牛仔裤。在车间里巡查,看有工人做的不对,并不说话,只是叫那人让出机器,自己上去示范。有机修工解决不了的故障,也是亲自上去排除。看他那一双手,也是黑和瘦,骨节凸出,上面还有些疤痕,好像出过工伤。倘若不是无名指上套的一枚足金戒指,就不是老板的手,而是打工仔的手了。而另一位老板——这爿厂是股东制,齐老板是控股,另一位周老板则是另一种风格。周老板比齐老板年轻十岁的样子,白和胖,西装领带,手提牛皮拷克箱,乘着小车一会儿进,一会儿出,忙着联络业务。他这一身装扮来到车间,就只能袖手站着,看上去,周老板就像是齐老板的老板。

　　这家厂与燕来曾经做过的日资蔬菜公司相比,简直只能算作坊。在蔬菜公司,燕来不要说老板,连部门经理都没有见着过,可在这里,工人们却是可以给老板起诨号,评头论足。燕来在这里的工资要比蔬菜公司低许多,做扫地工也不单是扫地,还要相帮卸车装车,那白胖的周老板,时不时要差他去隔壁牛肉店叫面,到邮局寄样本。所以,燕来也是要比在蔬菜公司辛苦和繁忙。可是,这些却有趣得多,因为自由。这自由不是说燕来可以自行其是,而是说这些活计本身的生动性。中午吃饭的时候,那盒饭自然也是不如蔬菜公司的清洁和丰盛,可是气氛好呀!男工和女工们开着玩笑,将回丝和断线揉成团,互相往脖颈里面塞。这些玩笑对于腼腆的燕来是有些嫌粗鲁了,可他也忍不住要笑呢!一边红着脸一边笑。他这样子,最引女孩子招他了。尤其是那些大胆的女孩子,在他背上肩上拍拍打打,下班路上,争夺着往他自行车后架上跳,吓得他一溜烟地逃跑,可内心里却又有一点向往。

虽然开发区依然没有延伸过来。被围起的空地上又积起了垃圾,是过路人随手扔进去的酒瓶子、饮料盒、塑料马甲袋。燕来他们的村子又没了动迁的消息。银根依然收紧着。但是,周边的气氛终究是活跃了起来。这些小型的服装厂,将饭店、发廊、小百货等服务业带动了,勃动的空气也传入村子里边。连燕飞都出去应了几次工,尽管没应上,但说明他已经在动作了。燕来有时会被派去跟押送货的车,他坐在副驾驶座上,车徐徐开出厂门,上了门前的马路,往机场路上驶去,他心里会有一股振奋。从车窗里望出去,看见路边玩耍的小孩子,餐馆门前坐着歇息的大厨师,还有过路人和闲人,他就很天真地想:他们会怎么看自己呢?后来,有一次,跟周老板跑业务的人请假,周老板就带燕来去海关报关,虽然燕来只是帮着拎拎包,开开门,可也长了不少见识,晓得一批货出去要填许多的表格,签名和盖章。这一日事情办得顺利,回去路上,周老板心情很好地许诺燕来,让他去学车考驾照,做驾驶员。于是,燕来觉着,在这厂里不仅工作愉快,而且也有前途。可是,好景不长。

起先是,拖欠工资。拖了一月,又拖一月。然后,车间里就起了谣言,说要关厂倒闭。可是,订单依然在接;依然进来原料,出去成品;齐老板依然在车间里活动。于是,不安的人心又定下来。等到拖欠的第一个月工资补发下来,人们的疑虑基本上就都澄清了,这事情似乎算是过去了。有一日,燕来到老板的办公室打扫,抹布揩到周老板的大班桌上时,心里忽然跳出一个念头,就是,周老板好久不来了!单纯的燕来本来是不会想到其中的端倪,可就好比响应他这个念头似的,车间里忽又蜂起另一种传言,就是周老板席卷厂里一笔巨款逃跑了!这一回的谣言就比较接近事实了,人们追溯起来,周老板已经不见有近半年了。自从前往深圳追讨一笔货款,就再没有回来。于是,传言也变得具体起来,说齐老板一直派人四下寻找,可周老板就是不让齐老板找到。因为厂里在验资、缴税方面,也有不可示人的地方,所以齐老板就不想让司法介入,不肯报警,宁可走黑道。他托话给周老板,请求私了,周老板也不接话。有一次,齐老板都摆好了宴席,十六人的圆台面,鱼翅宴,可临到开宴时分,周老板又不来了。周老板在黑道里也有人。那几日,车间里的气氛有点像茶馆店,人们交头接耳,机器时开时歇,编织到一半的衣片落在地上,也没有人来干涉他们。这时才发现,连齐老板也不见了。人们问燕来,齐老板到哪里去了,因燕来是受老板差使的人,就多少了解些老板的动向。其实燕来也知道的不多。这一天,只上了半天班,就停机回家了。晚上,有几名年长的工人想起,应当将厂里的机器扣住了抵欠发的工资。可是,却落后一步,第二日去厂里,门已经封了。原来齐老板申请了破产,财产全部封起,依着债主的大小主次还账。他们这些打工的,自然是排在最后。大家涌在贴了封条的厂门口,又是气又是急,还没有办法。吵嚷了一时,只得各回各的家。算一算,各人都白干了五个月,心里如何能服?那几个年长又有见识的,领了大家跑了几回政府、法院,并没有得到切实的答复。在此过程中,不时有丧气的人退出,最后只剩下十几个坚决分子,其中也有燕来。他倒也不是气到那种程度,只是感到惋惜,他多少期望着这么样申诉能够挽回什么。反正他也没事,跟着跑跑还能看些热闹。他也是个好奇的青年呢!

后来,不知通过什么途径,他们搞到了齐老板的住址,于是,一伙人相约着去找齐老板的家。齐老板家住市区东南角一条狭长的弄堂里,他们是从后弄进去的。走过一排油污的玻璃窗,窗下是大大小小的水斗,推开一扇半朽的门,挤上楼梯。燕来差一点一脚踏空,那楼梯窄得只够放小半个脚掌。他们十几双脚沓沓地走上楼梯,木楼梯响得要塌了似的。黑暗间不时从左边右边传出惊骂:要死了!强盗抢啊!齐老板住三楼客堂,绕过挤堆在楼梯口的煤气灶、碗橱、大小杂物,去敲他的门。敲了半天没有反应,又改去敲隔壁邻居的门,回答他们的是一声接一声的怒骂。再要问道齐老板上哪里去了,回答就是一句:齐"格里"死了!

候了一时,没有结果,过道逼仄又有气味,只得悻悻地出来。下一日去,后门竟闭上了,如何敲也不开,左右上下却开了无数扇窗,骂他们"乡巴子",他们就仰头回骂次"阿诈里"。来回骂了无数遍,忽听见有警笛声,直逼弄内而来,原来有人拨打了"110"。车进不到后弄,在弄口停下,只见车门里跳出一个个警察,虎虎地朝这边奔来。相骂不由得止住一歇,然后又同时讲起话来,终被一名警察喝住。那名警察看起来并不比燕来大多少,可是,很奇怪的,像着老曹。那将帽子朝上掀一掀,手伸进去捋一把头发,再压下的动作;手里也有一个同样的黑色人造革公文包;喊他们"朋友",叫"朋友"帮帮忙,有一种懒散的威严。他略听了些双方的申诉又斥责了双方。斥乡下人的是他们应当走法律程序,不可私入民宅,扰乱治安秩序;对上海人则是以后不许瞎打110,下回再犯就要罚款,绝不客气。

因是知道他们不敢再打110,所以第三日,讨欠工资的人还是去了。不敲门,也不吵骂,只是站在弄内不走,隔一时便齐声喊一遍:"齐宗根,还钞票!""齐宗根"是齐老板的名字,如今谁当他是老板?楼上楼下的人学乖了,窗户一扇不开,完全不理睬,让他们自觉无趣了走开。可乡下人是有股子耿劲的,勿管有没有人搭理,只是兀自站在后窗口,隔一时喊一遍"齐宗根,还钞票"。情形不再是紧张,而是变得滑稽,有人进后门,或者出后门,看看他们,脸上是忍笑的表情。连讨债的人自己都觉得有些好玩,不那么气愤了。他们开始有闲心打量齐老板生活的弄堂,感叹上海老板原来过得这样局促。晾衣服的竹竿搭在两排房屋的窗台上,到下午时太阳才照进来一线,衣服都是阴干的。楼顶晒台上都用油毛毡搭盖了披屋,起先以为是鸽棚,不料开了玻璃窗,窗上挂了花布窗帘,还有空调机,方晓得是住人。后弄里下水道叫菜皮堵了,污水下不去,就往上冒,有一回竟冒出一只小老鼠,把他们惊得四下乱跑。午后的日光在一面窗扇上一晃,燕来看见窗户开了一线,伸出一个漆黑的枪口,心里咚地一跳,不由得闪过身子。定睛一看,枪口后面是一张小孩的脸,才明白是玩具枪,不由得钦叹这枪做得怎么和真的一模一样,正钦叹着,额上却中了一记,原来这枪真切到能发射子弹。他威吓着朝那窗口挥挥拳头,那窗扇已经合上。他刚要转目,窗又推开,有一些想和燕来交道的意思。燕来看不全他,只觉着他大概很小,只够到窗户,伸出指头对了窗户点了点。这回窗户开大了一些,伸出的不是枪口,而是一只叫蝈蝈笼。时间已是秋后,叫蝈蝈到了衰年,便沉寂着。只看见孩子的胖手,拿了一支竹筷,伸进竹笼的孔眼里乱捣。燕来吓了一跳,料不到上海的小孩这么下得了手,在乡下人眼里,虫和草都是生灵。继而又觉着上海的小孩可怜,不懂得什么叫玩。

　　像这样又过了几日,有一天,弄内忽站了两名保安。但因他们并没有什么过激行为,也不好将他们怎么样,只是背了手在方寸大小一块地上踱步。那保安都是中年以上的岁数,容颜也都憔悴,半天过去,两边搭上话,便知生活得并不容易。一个是下岗,一个是外地回来无业,多少生出些惺惺相惜之情。可一旦问到是不是齐宗根派他们来的话题,两人立刻出言谨慎起来,双方又开始僵持。再过几日,终没有任何结果,无论他们喊多少遍"齐宗根,还钞票",也没有人理会。无论是弄里的居民,还是保安,都当没有他们一样。渐渐地,也就没了兴致,各自散了去做别的。韩燕来这一段从业生涯,为期七个月,他一心是想做下去的,可事不由他,又结束了。

第 三 章

燕来再一次闲下来,心情多少起了变化,他感到了无聊。日里的村落是寂静的,听得见麻将的滴落声和白日觉的鼾声,真是令人恹气。下午三四点光景,他立在村口路边上等下学的孩子,等他们回家好跟他们一起玩。可他们就像没看见他似的,呼啸着从他身边经过,他再要跟上去,又觉着没意思了。晚上,村庄里喧闹了些,房客以及在街上做生意做工的人回来了,燕来却不好意思去串门,觉着人家都忙着,而自己,无所事事。于是就早早上床睡了觉,一觉醒来,又是一个寂寞的白天。这一回,他倒没有生病,说明他是长大了。小时候,动不动就生病,其实有些出于回避现实的本能。现在则好像认识到即便生病也是没有用的,于是就不生病了。他的人样子,略微有些改变,椭圆的长脸消瘦了,有了轮廓。一双手足也长大了,可见出骨骼。肩宽了,显得腰细背窄。唇上有了柔软的须,剃过几回,长浓密了。头发也浓密起来,覆在额上。连他身上的体味,都浓厚了。他的形貌开始向一个成熟的男子靠拢。但他的眼睛,却依然是儿时的,细长、温柔、腼腆,有几分姑娘气。

街上的厂,有像他们这样倒闭的,也有新开出来的,应工的机会时有时无,但不能期待好运气再一次降临燕来头上了。并且,这些厂更欢迎外地工人,因为价格便宜。有一些厂主,直接就到外地去招工了。现在,街上来来往往走着的,都是江西、汕头、湖南、四川的打工妹。大约是从小营养差,没发育足,或者就是隐瞒了年龄,她们看上去都很年幼,初中生,甚至小学生的模样。燕飞不知怎么搭识了一个四川妹,并且迅速发展到谈婚论嫁。这四川妹能看上年长她十岁的无业的燕飞,当然是有安家落户的考虑,但于燕飞总是一件好事。所以,父母都是积极促成的态度。和异性接触也使燕飞焕发了许多,连说话都有了几分风趣。逢到某个休息日,燕窝带了孩子回家,四川妹也歇假来家里,她已经成半个儿媳似的,里外忙碌着。家里人热闹地攀谈着,偶一回头,看见燕来独坐在一边,忽就觉出他的冷清。

在这无聊的日子里,燕来也开始摸麻将牌了。有三缺一的时候,手痒的人不管燕来会还是不会,拉他上桌来补缺。如同人们所说,不会的人手气总是好,燕来懵里懵懂,没明白怎么回事已经和了牌。一圈下来,就生出些兴趣。倒还没有养成瘾,一旦有人想上,他就退出,让在一边看牌。因是懂了一点里面的奥妙,也觉有趣。一天的时间,在麻将桌边果然过得很快,东西南北风几圈下来,日头已到正中,要吃午饭了。午饭后照例有一伏长觉,整座村落都沉寂着。有一两回,燕来不想睡,在巷道里穿来穿去,看哪家门里有麻将桌。巷道里竟没有一个人,堂屋的门虽然敞着,却也没有一个人,晃晃的日头底下,就好像一座空城,不由得叫人感到害怕。燕来赶紧往回走,听见自己的脚步声,啪啪地追着,还有自己的喘气,也像有人追着。但大多数午后,燕来都睡得很沉。暑热里,汗涔湿了草席,又在向晚的凉意中收干。这一觉,睡得越长就越醒不过来,终于醒过来,惺忪着眼睛,脸好像胖了一圈。木觉觉地坐在麻将桌边,叫牌的声音听起来就像罩了一层膜,是"嗡"的。这样的时候,燕来的形象与神情,就有些像燕飞了。似乎,他们的父母也有些糊涂,有时会将对燕飞的态度拿来对燕来,这是会叫燕来受不了的。这一天,燕来顶了人家的缺,在牌桌上坐了一个上午,又一个下午,赢了钱。回到家中,母亲正在炒菜,见他进来,将锅铲一撂,让他接着炒。母亲显然正是在情绪低落的当口,有些找人撒气。这样空闲的日子,其实很磨蚀人的耐心的。燕来却在兴头上,他上前一手抄铲,一手端锅,学了大师傅的手势颠起锅来,将锅里的茭白肉丝颠得四下里皆是,并不以为然,还嘻嘻地笑。母亲便勃然大怒,抢上去将他一推,"小浮尸,小浮尸"地骂将起来。乡下人骂小孩子向来骂得很毒,不能当真。可母亲这天是失了态,不只是泛泛地骂,还唯恐伤燕来不痛地骂道"竖起来介高,横下来介长,光晓得吃粮,不晓得觅食"。这些话,燕飞已经听了无数遍,都是一个耳朵进,一个耳朵出。可燕来不是燕飞,他是家中的娇宝,从来不曾领受重话。他也不会回嘴,低头站了一时,回身走开去哭了。这一场哭,哭得很恸,并不作声,只是流泪。坐在矮凳上,头埋在膝间,眼泪打着地,湿了一片。晚饭端到他跟前,他一动不动,热了几遍,又凉了几遍。最后人都散开歇去了,也不知道他哭到几时才上床睡的。

燕来不是那种不依不饶的性子,事情过去就过去了,倒是燕窝回娘家时,听邻居们说起,闹了一场。燕窝说:燕来又不是吃你们父母的,开发区征去的地里,自有燕来的一份钱粮,责任制分田时难道没有写清楚?凭什么要受人辖制!你们老的尽管把你们那一份带进棺材去好了,我和燕来是不会沾你们一星半点的——话里面已经把自己摆进去,和燕来站在一起。他们的娘本是知道自己错的,可是也不能被晚辈人抢白成这样,就要吵骂:就算你现在是已经做了娘的人了,总也不能说就不是娘养的,如今你咒自己娘老子进棺材,就不怕将来你儿子咒你进棺材!燕窝再吵:我不怕的,我不做亏心事,谁也拉我不进棺材去!他们的娘听女儿这么歪缠,气得抖将起来:你的意思是我做了亏心事吗?吵到此处,已是偏离原意很远,等燕来进门来,都听不出她们所吵的事与自己有关。这天燕窝也没有吃饭,冲出门,推起自行车就走。她娘以为她不会再来了,不料第三天中午,她又来了。也不跟她的爹娘说话,直接到燕来跟前,交给他一份驾驶学校的报名表,让他隔天就按了表上的地址去报到,学习驾驶,学费她已经给付了。说罢转身出门,对二位大人视而不见。大人们晓得,这下算是和女儿结下怨了。

下一日,燕来从驾校里领来一摞交通守则、道路法的书,坐在客堂的门里看。老曹走过门口,停下来,伸手要过燕来的书,"哗"一翻,说出两个字:"死背",丢下书走过去了。于是,燕来就死背。后来,老曹又走过几次,一次是许诺,等到大路考的时候,和要好的交警打招呼;另一次则是说等燕来考出来,介绍他去某一家出租车公司,因燕窝帮燕来报的是驾驶桑塔纳。老曹是一个很"海"的人,说出话未必做得到,但他这两个许诺,却给燕来指了方向。现在,同学们遇见,互相问起在做什么,燕来就可以说:考驾驶执照。同学的眼睛立刻亮起来,问做运输还是开出租?燕来感到有些不好意思,似乎是狂妄自大了,于是红着脸说:还不知道呢!燕飞也很眼红燕来,但因是姐姐燕窝给付的学费,就也不好说话。其实,他们的娘早已将钱还了一半给女儿,女儿推了几次才收下,脸上还是悻悻的,这个怨结算是解开了。这些,燕来都看在眼里,嘴上不说,心里是做了决定。决定一旦如老曹所说,开了出租,赚了钱,是要加倍还父母和姐姐学费的,也要送燕飞一份。虽然燕飞和他不怎么样,但总归是哥哥,而且是一个吃了亏的哥哥。他算是经历过世态炎凉了,有了一点体恤的心。

这样背了半个月的书,就开考了,所谓"功夫不负有心人",燕来考了个九十五分,顺利通过,然后上车。他的师傅姓黄,是个女师傅,原先在公交公司,开四十八路车,后来公司效益不好,回家待岗,找了这家驾驶学校做师傅。师傅的酬劳是教出一个算一个,教不出等于白做,所以,学生们平日里的孝敬也就成为一项明份账的收入。

但燕来不大明白这些,看见同组的几个送烟酒给师傅,还以为他们都是师傅的朋友。他们这一组的老大是个老板,女人一样的胖而且嫩白,松软的手上戴一枚嵌翡翠的戒指,绿莹莹的。老二老三都是小姐,在合资公司里做白领,两人谈话的内容围绕着买房退税。就是说如何买一套房,将退税的额度用足,再将房屋出手,再买第二套房。几轮下来,所退税款可凭白挣出一套房。老大也参加进她们的讨论,劝导她们应将投资转向股市,因现在股市正是牛市,错过这个村,就没了那个店!一般来说,房产不好,股市一定好,等房产好起来,股市就要坏下去,而上海这地方,房产低落只是暂时,总的趋势是向上走。老二老三则不以为意,认为股市是靠不住的,其实是由政府的决策左右,不跟经济规律走。老大就笑了,说难道房产不跟政府决策走?如今房产低迷就是政府紧缩银根的行为造成的,买房退税的地方政策不就是支持房产开发的政府行为？老二老三再次反诘:房产总是实业,股市却是空对空投,危险性就大。他们三个谈得热烈,燕来听都听不懂,无法插进嘴去。师傅也不插嘴,等他们谈得累了,暂时歇下来,才冷冷一笑,总结说:反正就是,有钱的越来越有钱,没有钱的,越来越没有,只剩下个卵！师傅像个男人一样,一口一个"卵",也像男人一样抽烟喝酒。上教练场学车,师傅让燕来坐在副驾驶座上,师傅身上的香水味,烫发上的香波味传到燕来鼻子里,浓郁得很。就这样,燕来也不觉得师傅是个女人。这一日,又有组里的人向师傅孝敬,师傅对燕来说:小阿弟,眼睛张张大,看见不看见？不要以为阿姐喜欢你,就装糊涂,当心阿姐不教你！其余人都笑,燕来自是无限尴尬,但就此明白,也要送东西给师傅。送东西,再加上每次学车轮流的请饭,学车的费用就远不止所缴学费的那一笔。燕来不禁有些畏缩,不晓得学出来以后还不还得出这些投入,可是现在已经不能回头了。好在,师傅还是照顾燕来的,逢到燕来请饭,她就说:吃客饭。多少省了些燕来的开销。这一点细心,就有些像女人了,像一个大方的女人。

　　学车是在西郊的废弃的军用机场,用废汽油桶和水泥钢筋梁,做了几处象征性的障碍物,供学员练习转弯,倒车,停车。有时是师傅开车,示范给大家看;也有时是某一个学员开,师傅坐旁边指点,其余人坐后排看;再有时候,师傅一带一地教,其余人坐在教练场边的棚子底下,远远地看。这样有分有合的,燕来就知道师傅不喜欢老大、老二和老三,老大、老二和老三也不喜欢师傅,他们彼此都用鄙夷的口气提起对方。师傅叫老大"暴发户",咬定老二老三不是跟老板就是跟外国人睡了觉。师傅说:

小阿弟,阿姐教你一点门槛,只要看人的钱是怎么花出去的,就可以晓得这钱是如何赚进来的;什么叫"肉里分"?就是拼足老命赚进来,再割肉一样用出去;你看这几位,你以为他们正经来学车?不过是为放标劲!那老大会没有车夫?两位小姐也有车夫!只有你,小阿弟,你是要凭开车吃饭的,对不对?阿姐我就多教你一点!燕来感激地说:谢谢师傅。师傅看燕来一眼,又说:阿姐再要教你一点门槛,将来你要谈女朋友,看她是不是姑娘,第一,要看她的眉毛……这个门槛,燕来学不下去了,赤红着脸低下头,师傅哈哈一笑,打住话头,令燕来将车开了回去。师傅对燕来的好,那几个自然都明白,但因他们并不把燕来放在眼里,其实也不把师傅放在眼里,所以说话就不避燕来。他们背后称师傅为"那个女人",他们讥诮"那个女人"搁着脚吃饭的样子,说话中偶露出的江北口音,文过的眉毛和眼线,还有染成姜黄色的头发。处在中间的燕来,两边都不很喜欢,但师傅是教他手艺的人,又待他好,所以内心就倾向师傅一些。不过,这些舌头只限在背后嚼嚼,面上,彼此还都是和气的。他们对师傅甚至有些巴结,师傅呢,则对他们的礼品很满意,尤其是老二和老三送的,高级的化妆品。

  师傅要是高兴,就会带他们兜风。昔日的军用机场四边,还都是农田,看起来辽阔极了。师傅将车开出练车场,开上公路,一直开到国道。四扇窗都摇下来,风灌进来,尘土扑面而来,眼都睁不开。师傅兴奋地涨红着脸,姜黄色的头发几乎直立起来,看上去有些吓人。她粗着嗓门骂道:操!倘若有车超过她,脏话就一连串吐出来,令人掩耳不及。她摁着喇叭,超过一辆又一辆车,有几回,形势相当惊险,可师傅却越发亢奋。老大煞白了脸要求回去,燕来心里赞成,嘴里不敢说,因老二老三尖声要求再加速。显然,女人要比男人有冒险精神。等到师傅过足瘾,终于开回练车场,安全停车,害怕和不害怕的就都很满足。这是学车的余兴节目,飙车激发起的热情,使这个小团体的气氛变得融洽了。五月的季节,旷野里有几块油菜花,黄亮亮地嵌在绿庄稼里,分外夺目。有一两只粉蝶,还会错飞到练车场里,给这片灰暗的水泥地坪带来一点妩媚的春光。有几回,师傅让他们单独上车,在场内兜圈子。燕来驾着车沿了场地边缘一周一周开,他不敢开快,手心里出着汗,渐渐地,才放松下来,可以注意到窗外的景色。他甚至可以看见天际处有一抹山色,心情就十分旷远。他们那三个人喜欢一起上车,于是就留下燕来和师傅,坐在遮阳的棚子底下,看他们的车远兜近绕,隐约听得见老二老三的尖叫,师傅嘴一歪,说出这么一个故事。

　　师傅说,这故事发生在她的一个小姊妹身上。当时,这个小姊妹是在一家大型出租车公司开车,有一回,她载一个客人往一家五星级酒店去,路上,那客人不停地打着手机找人,却找不到,情绪相当焦急。师傅的小姊妹听出来,这是个皮条客,找的人是小姐。车子临近酒店了,小姐还是一个没找到,皮条客急得直骂娘。这时候,师傅的小姊妹就问了一句:多少钱?皮条客开始不懂,因为他们行内不是这么说话,但他毕竟是皮条客,立即会意过来,说了一个数字,这个数字是小姊妹做一个月也做不出来的。于是,小姊妹就说:我跟你去。她把车开进酒店的地下停车场,然后跟了皮条客进酒店去了。前后不过一个小时就完事了,本来人不知鬼不晓,可偏偏不巧,调度总站呼她到某地出车。三呼两呼没有回音,就生出疑心,连连呼了下去。等呼到她出来,立即召来问讯,方才到哪里去了。本以为她是出私车去了,不料想却问出这样一件事,结果,开除。

这故事有一种隐晦,又是师傅单独对燕来讲述,空旷的停车场上,此时只有远处的一辆车,棚底下的两个人——燕来和师傅。燕来有一点害怕,他不敢看师傅的脸,这张脸在太阳的强光下显得格外白,一种粗砺的粉白,看得见粉的颗粒。他盼着他们的车回来,好结束他与师傅的单独相处。下一回,轮到老二上车,他就也要跟着挤进车里,可处境却是另一种难堪。那三个并不搭理他,带的矿泉水和口香糖也不请他享用,燕来并不想吃他们的,可这却将燕来排斥在他们之外,使他感到自己是多余和碍事的。他们这个学车的小组就是一个小社会,燕来从中体尝到处世的不易。两个月后,他们这一组人都通过小路考,面临了大路考。

形势变得严峻起来,师傅也比过去苛刻了。每个人都叫她挑出来毛病,受到斥责,一连串的"卵"字从她嘴里吐出来。谁也不敢回她的训斥,因大路考不像小路考可以通融。大路考的考官是交警,并且,随时抽调,想托人都不晓得托谁。对于师傅来说,他们考出考不出,直接关系到她能否得到报酬。她向燕来说,你不能同他们比,他们考一次考不出,还可以再考,反正钞票不用也要发霉,但是——她转向老大——做生意的人,时间就是金钱,也是搭不起的!你们呢——她指的是老二老三,你们要考不出,不就白白地晒黑了面孔?多么不合算!燕来去找老曹,希望他能兑现承诺。可滑头的老曹回答是:你要能报出哪一个考官考你这一轮,我就保证能托到。燕来哪里知道谁考他?所以就只能靠自己了。那三个也同样地在加油,任师傅骂得多么难听,也不敢露一点不屑。师傅很满意,有一日,高兴起来,忽然推开车门,跳下车,对着他们几个,并足立直,按住小腹说:你们看,我四十五岁的人,小肚子一点都没有!大家都笑起来,燕来则又吓一跳,原以为师傅与他姐姐差不多,不料,竟然是可做他母亲的年纪了。

现在,他们这个小团体变得很亲密,由于目标的一致,他们就消除成见,共同奋斗了。他们这一辆挂了教练车牌的桑塔纳,又老旧又布满灰尘,在大路考指定的街区里巡回走着,有一种外来者的面目。从车内望着车外,觉着是另一个城市似的,感到陌生,同时加强了他们内部的凝聚力。老大、老二和老三,也跟着师傅一起喊燕来"小阿弟",给他水喝,这却使得燕来更窘,脸一直红到耳朵根。他们这才发现燕来的有趣,与他搭起话来。听他说考出驾照准备开出租车时,他们就说将来可以介绍到他们公司开车。燕来因有过老曹的经验,不敢全盘相信,但心里还是感到很温暖。甚至,那位老大还给了他一张名片,名片上写"环球科技信息咨询有限公司总裁、总经理、董事长,某某某"。看起来,公司里的要职都是老大一个人当。师傅讽刺说:满世界印名片的店,只要付钞票,印"总书记"也不会吃回账,小阿弟,你也去印一刀!但燕来还是很珍惜地将名片收好。这是他收到的第一张名片,意味着他在开拓社会关系。为表示他的感激,他特地向姐夫讨了盆花,送师傅和各位师兄师姐,也赢得了大家的喜欢。这一次轮到燕来请饭,燕来无论如何不肯只吃盒饭,他坚持要去正经的餐厅,冷盆热炒地吃一顿。燕来早就不过意了,因逢到别人请饭,说是请师傅,他也一起吃在里面的,他不能老是吃白食啊!燕来有了阅历,要学习在社会上做人了。在他再三再四坚持下,老大将车开到他常去的一家餐馆,说他认识老板,可以打折。

老大磕磕绊绊在上街沿停车位停好车,几个人鱼贯而出,上了台阶。燕来抬头一看,心里不由得一跳,眼前是一扇金碧辉煌的玻璃门,上写"海鲜城"三个字。老大戏谑地拍拍燕来的肩膀:小阿弟,不要怕,阿哥不会给你药吃!燕来又红了脸,让开老大的手,说:我才不怕呢,就带头走进门里。进门又是一阵晕眩,因立柱的四面都镶了镜子,小姐们穿着鸭黄与蛋青的绸缎旗袍,猝然间,重光叠影,闪闪烁烁。老大果然是常客,喊得出小姐的名字,当即要了包房。这包房是极小的一间,没有窗户,就靠一架挂壁空调通风和纳凉。空调已经老旧了,里面的叶片哐啷哐啷地响。桌布上染着油酱的污渍,递上来的擦手巾也有酱色的污渍。小姐问一声"谁点菜",老大指燕来,燕来硬着头皮接过菜单。菜单是用名片夹做成,手写的菜名错别字百出,将"番茄"写成"反茄","豆腐"写成"豆付"。你要说写菜单的人没文化,似乎也不像,因为"烤夫"的"烤",恶作剧地写成了"尻"。燕来翻了一遍,不得要领,不知道请人吃饭的规矩和尺寸究竟如何,所以还是交到老大手里,请老大代劳。师傅说:小阿弟,当心敲竹杠!老二老三也嘱老大手下留情,老大就说小阿弟请客,他买单。燕来不由得急了,向老大要菜单,还是自己点。大家却不让,挡住燕来的手。人到了饭桌上,都会有亲和的心情,此时,他们就像是一家人似的。因是燕来做东,谈话的题目便也围绕燕来,纷纷告诉燕来在社会上立足的道理,介绍各人的经验。尤其是老大,感受更比别人深刻,他说:小阿弟,中学语文课上,有没有读到过鲁迅,鲁迅写的一句话,世上本没有路,路是人自己走出来的——创业就是这个道理,在没有路的地方走出路来!师傅抽的烟和菜的油热,将空气洇得混浊,空调好像不起作用,只是响得吵人。可是气氛很好,连师傅都变得谦逊了,专心地听老大讲。燕来自然收益最大,这就像是他走上社会前的一课,励志的一课。最后结上账来,果然给打了折,虽然超出了燕来的预算,但口袋里的钱还够付,没有现世。出来包房,反觉得扑面的一凉。走过厅堂,已觉着不似方才的豪华。镜子与大理石地面上蒙了油垢,小姐们的旗袍其实是化纤尼龙的质料,生意也清淡,坐了一些散客,统是外地人的模样,高声阔语地讲话,显得很吵。到底是受过历练了,燕来竟将这浮华世界看穿了些。

现在,燕来的心倾向老大了,师傅虽好,可他总有些怕她呢!燕来是在怕女人的年龄阶段,何况师傅又是这样一种,一种有着特殊性格的女人,就更招他害怕了。而老大,是这团体中唯一的男性,他本来就应当与老大接近,可是,他与老大是在完全不同的层次上,他能期望与老大有怎么样的沟通呢?他真是想不到老大原来很好说话,一点没有老板的架子,对他,一个无名小辈说了这许多肺腑之言。出于腼腆的性格,燕来无法热烈地表达自己的感动,相反,他比过去更为害羞。当老大与他说话时,他都不敢看他的眼睛,而是低下头,或者望着别的地方,使人以为他对谈话不怎么有兴趣。显然老大不是一个心思细致的人,他依旧说完他要说的话,才放开燕来。这样,燕来除去感动,又添了愧疚。而因为老大又是那样一个有意思的人,他白胖的脸和身体就像小孩子,笑起来也像小孩子那样的高兴,尤其当他赶路赶急了,红着脸颊,汗流如注,两条腿努力交替,身体不是向前倾,而是向后坐,两条胳膊乱摆,就像一个绝望的溺水的人。燕来又好笑,又心疼。所以,燕来对老大,并不只是对一个成功者的膜拜心情,还是有一种喜欢。

大路考那天来临了。考官与考生的车在前,各位师傅带自己学生的车尾随其后,排成一长列,往路考的街区进发,气氛很隆重。轮到他们这一组,老大第一个赴考,他推开车门,一条腿已经迈下地,又回过头看师傅,带着求告的表情。师傅的脸绷得铁紧,其他人也不说话。老大下去车,将车门关上,透过车窗,最后地望了大家一眼,朝考试车走去。一组四人,老二、老三和燕来都通过了大路考,只老大一个人没通过,师傅恨骂道:缩卵!从此,他们这些人,还有师傅,就各奔东西,散场了。

第 四 章

在这城市网似的街道上,纵横交错流淌着的车辆,从高处向下看,就像一行行甲壳虫,不晓得其中哪一只,就是年轻人燕来开的,紫红色,七成新的桑塔纳,顶灯上是"出租"两个字,而不是像有些车标着公司的名字,比如"大众",比如"强生",比如"锦江"。这说明燕来所在的只是一个小公司,名不见经传,照那些大公司的傲慢的出租车驾驶员的话,就是"野鸡车"。停在马路边,乘客与司机为了绕没绕道,打没打计价器,或者计价器准不准,争执不休,甚至需要请来交警仲裁的,多是这类"野鸡车"。行驶在马路上,经常被大公司的车强行超车,你让了他,他还要回过头骂一声:野鸡车!交警也是势利眼,专门要找他们罚,一点不肯通融,训斥起来就好像训斥孙子。总之,乘客、交警、同行,都看他们不起,都是他们的"爷"。所以,在这汹涌澎湃的车流中,你想象不到里面有多少颗战战兢兢的心。就是这许多战战兢兢的心,合成这一股不可一世的气势。看上去,这城市的街道凛然极了,就好像盛典的庆礼一般,在红绿灯的指挥下,或是一并停下,占满整条马路,或是一并全速向前。金属的激流,滔滔淌过水泥的河床。看起来,它们是多么的目标一致,可你倘若能进入局部,就听见他们彼此在骂娘,并且互相算计着,如何插入邻近车道上的车队,又如何不让别人插入进来。在这激越的城市交响曲中,其实嵌着多少嗡嗡营营的音节。

阳光从高楼后面嶙峋地照射进来,金属的车身在光和影中明暗交替。有时候,陡然地,会有反光像利器一般拨起,横空扫射一遍,再又陡地收回。这些光的运动增添了城市质地的硬度,本来,这城市的材质还比较吃光,比如屋顶的瓦,拉毛的外墙,木头的门和窗,卵石的路面。这些材质里面大约含着有机物,就比较短寿和易朽,如今,它们都成了新式建筑材料的嵌缝的泥灰,很快就要剥落掉了呢!这簇簇新的城市,光鲜得要命,由各种几何体分割空间,边缘都是光滑不起毛的,这就加强了光的锐度。太阳光在里边折射来折射去,阴霾也在里边涌来涌去,像回声一样,有了拖尾。那一只只的铁皮甲壳虫,就在里面穿行而过。一旦进入了甲壳虫的行列,便身不由己了,不动也得动,无法停下来。坐在这铁壳子里,手扶方向盘,脚在制动器上,看起来很能做主的样子,其实呢?怎么说,透过车窗,看见上街沿下街沿走着的行人,觉着他们才是自由的。想去哪里就去哪里,而且一身轻便,不像他们,披盔挂甲。这城市,这样巨大又强悍的一座,怎么搭得到它的脉?怎么谈得上息息相关?

燕来上路的头几天,他眼睛只敢看前边,不自觉地跟了前边那辆车跑。有几次,他分明看见路边有人扬招,可他就是开不过去,停不下来,好像被前边那辆车牵住了似的。等到前边的车变了道,插进转弯的车道,因他没本事插进去,就只能盯上再前边的那一辆。有一回,前边也是一辆出租车,司机显然发现了这奇怪的跟梢,在高架下等红绿灯时,就推开车门,走到燕来的车跟前,敲敲窗玻璃,说:朋友,什么意思?燕来羞得转过脸去,那人瞪视了他一会儿,回到自己车上。等到换灯,燕来不由自主还是跟它大转过去,简直鬼使神差。他心里令自己,离开它,却就是离不开,甚至很危险地跟着它闯了一回红灯。看得出那家伙是有意的,想甩燕来,无奈甩不脱,燕来也对自己无奈。有几次准备足了反方向转,不料又是单行道。他心里嘟囔着:这不能怪我,朋友!看起来,他竟不像跟他,而是追他了。纠缠一段,到了一条略微僻静的马路,那辆车忽然间掉个头,燕来没这个技术,掉不过去,眼见那车与自己交臂过去,驾驶员摇下车窗,对燕来说了声:朋友,再会!燕来与"朋友"终于分道扬镳,心里真有一种不舍呢!这一段相跟似乎生出些交情。如今,燕来又孑然一身,在这纵横交错的路网上茫然地行驶。后来,他略微能从开车中分出点心,注意到路口扬招的客人,偏偏此时情形非常混乱,对面一辆车要转弯过来,又有行人过马路,慢车道上则有一辆送水的黄鱼车慢慢吞吞地踏。燕来左避右让,靠到边上,惊魂未定地,乘客要去什么地方也听不懂。那小姐看着他木呆呆的眼神,又把车门推上,招停了下一辆车。等那车开出好远,燕来还动不了。等到回过一点神,能动了,又不知往哪里去了!

  燕来独自一人在马路上开车,一会儿加入这一条车流,一会儿加入那一条,就好像被某种磁性所吸引,一旦沾上,便席裹而去。就在这样盲目的跑车中,燕来熟悉了道路,车技提高,更重要的是,壮了胆。犹如一个落水的人,胡乱扑腾一阵,忽然间发现自己竟然游了起来。有一天,他上路不久,遇见有人扬招,他没做一点考虑,很自如地就迎上去,让过两辆自行车,停在了路边。那是一对老夫妇,要去女儿家,所以路就很熟,一路指点他怎么大转,又怎么小转,某一处又让当街掉个头,老人很专业地说:这里不会有警察。果然没有警察,安全抵达。但是,不能指望每个乘客都那么识路,有那么一部分人,就是因为不识路才搭乘出租车的。于是,司乘双方,大眼瞪小眼,因不敢暴露自己不识路,生怕对方欺自己或者赖自己绕路,僵持一时,才试探甚至讹出对方的虚实真假。但是,燕来也学会了对付,趁堵车或是等红绿灯,借口下去看看挡泥板什么的,走到相邻的出租车边,敲敲驾驶座的车窗,叫一声"朋友",不就问来了?这城市,遍马路的出租车驾驶员都是"朋友",彼此不用认识,擦肩走过了,有发现不妥的地方,自然就会提醒。比如,后车盖没关严,比如车门没关上,或者告诉对面的出租车,路口有交警,切莫大意。燕来从心底感谢"朋友"们,他谦逊地将他们全都视作前辈。照本意,他是想叫他们"阿哥",但他舍不得放弃这一声"朋友",这里面含有着一种同行间的情谊,使他感到骄傲。有时候,生意做得比较称手,天气又好,道路呢,堵得不那么绝望,燕来在车流中穿行或者并进,前后左右有无数出租汽车,蓝色、黄色、白色、绿色,还有像他这样紫红色,虽然车型不一,公司大小也不一,可都是他的"朋友"啊!燕来不由得一阵激动,仿佛普天下都是他的"朋友"。不期然间,燕来已经进入了这城市的运转轨道,好比一滴血注入了血管。

然而,在更多的时间里,燕来却是感到孤独的。"朋友"们飞快地邂逅,再飞快地离去,连模样都看不清呢!大家都在为生活奔忙,生活是很沉重的——燕来有时候这样想,多少有些小孩学大人话的意思,当然,也并不完全没来由。燕来不比在学校里读书的时候了,而是有了阅历。不说别人,就说与他拼开一辆车的"朋友"——老程,上有老,下有小。每隔一天,车换到燕来手里,坐进去,燕来都能嗅到一股浓郁的酸臭气,复杂地混合着脚汗、唾液、嗳气、香烟、茶碱的气味。燕来摇下四面窗,使劲通风。半日过去,那气味才散发开。燕来不懂得,这就是所谓的暮气。人生走到下坡路上,盛气变成衰气。从医学角度说,则是内分泌失调,清气变为浊气。可燕来,还在人生的嫩尖上呢!虽然,他还没怎么赚到钱。他还是个新手,不大认识路,长差不大敢跑,不像那些老练的驾驶员,拉到长差就像中了头彩。有一回,他的车上来了四个女乘客,四个人大约难得一聚,聚过了又不舍得分手,所以,并不同路却要一路走,每一路又有多种意见,争执不下,聒噪得他头疼。终于,一个一个送到,只余最后一个五角场。燕来已经走乱,此时只觉大致是向东,越往东走,心里越发怵,因离开了他所熟悉的街区,简直像到了另一个城市。他向那客人商量,让她另外搭车走,他甚至可以少收钱。那客人不依,坚持要他送到地方。客人说:你年纪轻轻,有钱不赚,也忒没出息了。他隐约看见了教他学车的师傅的影子,又听到了她的训诫,本应该鼓起士气,可是,他反而更软弱了。时近下班高峰,车水马龙,天色则昏沉下来,燕来忽然强烈地想要回家。他坚决地将车开到路边停下,不愿向前开了。那女客威吓要投诉,燕来只是不走,眼睛望着前边。那女客是可以做燕来母亲的年纪,这一档年纪的女客总是比较纠缠,且又不懂这个师傅为什么不愿赚钱,而且还那么执拗。她摸出笔,记下燕来的工号,一边还问:走不走?燕来苍白着脸,数出零钱和发票,反手递向背后,那车钱是第三个下车的客人硬塞给的,一张百元大钞——一路上,她们一直在争抢付车钱,钞票在燕来眼前飞来飞去,送过来又夺回去。那女客最后停顿一下,等待燕来反悔,燕来终是不动,只得悻悻地下了车去,把车门重重地摔上。

燕来缓缓地将车掉过头,汇进逆向的车流,这时,他看见了落日。一具火红的圆盘,在楼群后边躲闪,时进时出,却始终在燕来的右前方。燕来亦进,它亦退。它的赤红的光从楼与楼之间流泻下来,注满了谷底的街道。街道里的甲壳虫阵啊,一动也动不了,就好像一支待命而发的军队。燕来看着落日,晓得自己是在向西去,是往家的方向去,他很想家呢!他一心一意地要回家去。这样从东到西一路放空车回去,多么不明智啊!不是一个走上生活之道的人应有的做法,可是燕来不是还嫩吗?他从父母姐姐的爱娇中出来还不久,他过惯了自由的生活,他还有些任性。他的近祖是过着日出而作日入而息的生活,他身上还残留着那遗传。可是,出租车的生意大部分是在夜里,谁让它是个不夜城呢!

燕来行在夜晚的流丽的街道,街灯映在车窗上,一溜烟地划过去。这个乡下小孩真有些目眩了,不知道身在何处。夜晚给城市罩上了,或者说是揭开了帷幕,有多少意外的剧情上演啊!燕来都看不懂。比如,午夜的时分,忽然出现一个小女孩,穿一件白纱短裙,却老练地伸出手臂招车,有点像传说中的找替身的幼鬼。有时候,是一伙,穿了黑裙,挤坐着,一声不出,到了地方,一个一个鱼贯下车。燕来回过头去,看见笔直的长发后面,有鲜红的嘴唇。这是过奈何桥的厉鬼。夜晚的客人形形种种,但给燕来深刻印象的,就是这帮小女鬼。她们就像是夜晚,尤其是午夜和凌晨的主人。她们看起来,彼此相像——年幼,苍白,穿着单薄,长发遮面,噤声沉默。你看她,表情似是畏缩的;她看你,则有一股恃傲的凛然。恃傲什么?恃傲她是夜晚的主人。燕来对她们印象犹深,其实还是因为她们和夜间的色彩特别贴切。你说,在墨黑的夜幕之下,神秘变幻的光与色,或是寂静或就是喧闹,什么样的活物该出动了?不正是那种苍白脸、血红唇的小雌动物?是她们上场的时刻。一旦天光亮起,她们便"唰"地都不见了。燕来在这诡异的夜晚里行车,"朋友"们此时亦都静默着,彼此只看得见"盔甲",那铁壳子的车身,或明或暗的出租车顶灯,载的客人多少都有着一些秘密似的,需要他们守口如瓶,于是,他们便都缄言,兀自向着去处穿梭而行。这时节的车流,不像大白天里,是金属的冷调子,而是有些像丝绒,较为柔和的调子。车轮与路面的摩擦也轻柔得多,好像两边都更换了材质。空气湿润了,到了下半夜,露水下来了,携裹着城市废气中的烟尘。燕来有些害怕呢!总是无端地觉着有什么事情要发生。有一回,一个小女鬼被一个壮大男人携裹着上了他的车,两人在后车座就没一刻安稳,小女鬼发出"吱呀"的叫声,就像个挣扎在阴阳界上的新鬼。燕来身上筛糠似的抖起来,不料,那小女鬼又"咻"一声笑了。燕来的车开不直了,壮大男人将一张钞票从燕来肩膀上扔过来,让燕来停车下去,等一时。燕来恍惚下了车,蹲在路边上,忽然间意识到那一对男女鬼在他车上干的是什么事。燕来腾地立起来,脸上发着烧,他不能让他们在车上干那种腌臜事,可是他又怎么能阻止他们呢?燕来重新又痛苦地蹲下了,心里感到无限的委屈。在他们乡下人的观念里,像燕来这样的童男子,都是贵人,干净得很。平时在家中,母亲姐姐的内裤都是让开他的衣服,晾晒在一边的。现在,他却被来路不明的人欺负了。燕来很想将那一张百元钱扔回给他们,可他不是那种强悍的性子,做不出这样激烈的动作。最后,车里的人推开车门,示意他可以上车了。他低头坐进驾驶座,发动了车。背后两个人终是安静下来,因为发泄过了。或许,也因为,多少能感觉到一些燕来的抗议。燕来没有说一个字,也没有回头,这乡气未脱的年轻孩子的背影,也有着一种威慑力,来自极端的纯洁。后来,又遇到几回这样的事,燕来的反应就没有第一次强烈了,倒也不是见怪不怪,而是,似乎,他已经失了贞操,不那么在乎了。这城市的夜晚,就是如此地,一点一点剥夺着人的廉耻。

不过,还是那句话,燕来还在人生的嫩尖上,身体和精神基本是完好的,没有受到实质性的创伤。诡异的夜晚过去,醒来就又是一个清朗的白天。晚上的遭遇,回想起来完全是一场梦魇。经过一晚上的睡眠,燕来又变得清新干净。荷尔蒙真是个奇怪的东西,总是制造着生长的奇观。燕来此时又有些长回幼年时的模样,似乎青春期最初发育的杂芜枝蔓,如今又修理整齐。荷尔蒙过度分泌所带来的毛糙,在稳定协调中重又转为细致,线条也从生硬回复柔和。在那一个短暂的粗犷时期里,呈现出的男子气,这时又为女孩子气取代。燕来生定了就是那种清秀的男孩子,细长的眼睛很温柔,连头发都变柔软了,理得薄薄的,鬓角推得很高。他新做了一套西装,藏青色的,配白衬衫和条纹领带,他们说他像是"新郎官",羞得他低头钻进车里,曲里拐弯地驶出了村巷。看上去,他可真像是个俊秀的新郎,去接他的小新娘子。当然,事实上,燕来连女朋友都没有,并且,还没有生出这个心呢!这辆七成新的桑塔纳,有了他这么个人驾着,气象也变新了。腌臜的隔宿气,一扫而净!圣诞夜的这一天,燕来当班,天不亮他就起来洗车,将车身擦得锃亮,椅套也换了,塑料脚垫是前一晚就用水冲刷了晾干的。这车,就差几朵玫瑰花了,要有几朵玫瑰花就是新人的婚礼车了。一直听"朋友"说,圣诞夜的生意最好做,一夜都不消停。与他搭班的老程,很慷慨地将这一日让给燕来,也是让他见世面的意思。

穿着笔挺的西装,手上戴着白手套,燕来驾着烁烁发光的桑塔纳上路了。现在,路上还很清静,至少看上去是这样,事实如何,谁知道呢?一个不眠的平安夜就要来临,这城市的角角落落都在窃喜。此时的太阳,还有些苍白,因为江南地区的十二月天,总归有一些雾气笼罩。稀薄的日光里,街道和建筑,就显得灰暗。商铺与酒家门前站着的圣诞树,树上点缀的棉絮做成的白雪,也不知怎么的,显得有些脏。步履匆忙的行人,依然是肃穆的公事公办的表情,可是,你看不出来吗?这里和那里,都按捺一点不耐烦呢!按捺着一点跃跃欲动。比如,圣诞大餐的广告上,写着一个大大的"满"字,圣诞树在接电线,树上的电灯泡一闪一闪,还有,像燕来这样的,锃亮的出租车,在街上驶来驶去,打不空车的牌,就好像是盛典开始之前的巡礼队伍。其实,你要是抓住一个过路人,问他什么是耶稣节,他保管答不上来,可是谁不知道圣诞节?圣诞节就是年轻摩登的男女,彻夜地吃和玩。出租车则是彻夜地开。太阳渐渐走出江南的氤氲,变成白炽灼灼的一轮,圣诞夜就好像更远了,什么时候,天才黑呢,好让圣诞节发起光来。连燕来都有些不耐心了。

细心的客人留意到燕来的椅套,还有身上的新西装,问是为了圣诞节吗?燕来笑而不答,心里却一阵高兴,因为遇到了知己。也有完全不知道圣诞节的客人,依然如旧,在车内抽烟,烟灰就直接弹在地毡上。燕来就用夸张的动作摇下车窗,全不顾暖气散发掉。客人提抗议,燕来说:抽烟影响空气,让我们怎么做生意？他的上海话里还有着明显的郊区口音，叫人一下子辨出他是乡下人，立刻就要欺他，骂道：乡巴子，车窗摇不摇起来？燕来不说话，车驰在路边，翻起车牌，意思是下车。那人不下车，燕来就等着，这时候，有两个女孩子来到车窗前，问燕来走不走。燕来点下头，女孩拉开车门，那人只得下，嘴里骂咧着。女孩们一上车，就嗅出有香烟味，用手掌在鼻子前扇着风，谴责说：怎么能让人在车里抽烟呢！燕来就说：怎么说呢，人的素质啊。虽然受了客人的责备，可燕来并不生气，反而心生感谢，因为这证明他方才做得很对。自此，生意就一茬接一茬，节奏变得很快，路边多出许多扬招的人，徒然地对了满载的出租车伸着手。出租车呢，带着一股子得意劲，飞速而过。连燕来这样的"野鸡车"，都忙不过来呢。往往是，这一差刚停，下一差就赶不及地上来了。不知觉间，时间已到了午后，圣诞节就在这一差接一差中，越来越近。可是别忙，天还没向晚呢！下班的人潮才刚起来，急急慌慌地回家去，这又不是圣诞节的朋友们，圣诞节的朋友们还没出笼呢！酒店门前的圣诞树上的小电灯泡却已经闪起来了，在夕阳里显不出光彩，只透着一股猴急。猴急中，夜幕真的一点一点降临下来。车流渐渐注满了枝蔓似的大小马路，停滞不动，尾灯一闪一闪的，就好像一只猴急的眼。

忙里抽空，燕来到底在一条横马路上停下车来，两顿并一顿，吃了一个盒饭。这条小马路因为可以胡乱停车，所以沿街人家多是做盒饭或面点生意，专对出租车司机供应。一日之内，也不限时，几乎从天亮到天黑。此时，各饭铺前的电灯都亮着，就有一种幽静的热闹。燕来要了一个两荤两素的盒饭，像一个出道已久的老司机那样，豪爽地与长凳上的同行招呼：朋友，挤一挤！那朋友没有同燕来挤，而是埋头扒完最后两口饭，站起身将位子让了出来。燕来坐下来，很想同朋友们交流一下今晚的感想，比如忙和累，还有那些赶来赶去过圣诞节的人，究竟有什么意思呢？可是朋友们都在低头吃饭，没有人想说话，只是偶尔发出一声：老板娘，加只荷包蛋。或者，老板，加一两面。裸着的电灯泡发出的光里面，吃饭人的脸上都布着暗影，看上去就有一种严肃，是源自于劳动、养家、责任感的重负，还有骄傲。于是，燕来便也沉默下来，大口扒着饭盒。有车亮了灯，慢慢地倒出车位开走，立刻就有新到的车占领。又有人喊：七零八九的朋友，倒倒车！然后吃饭人中间就立起一位，走过去倒了车，让人家出来。虽然彼此不搭话，可这里却有着默契呢！是建立在共同的职业和生活上的。燕来很舍不得离开，一旦离开，就又要走到孤独里去了。他想和朋友们多待一会儿，可是他知道，他不能在这里占得太久，这也是行规。他占久了，人家怎么进得来？燕来扒完最后一口饭，一口气喝干汤，立即站起身，让出位，上了车。正巧有车要进来，交车时，对面车里的朋友向他挥了一下手，表示谢意。燕来不由得心里一热，但他控制住情绪，没有作过度反应，只是略一抬手表示回答，然后手又落回在方向盘上，继续进和倒，顺直了车身，一溜烟地出了横街。

大马路上灯光辉煌，车灯像流星掠过银河，燕来载了一对青年男女走过外白渡桥，再沿黄浦江外滩走，对岸的东方明珠塔直插天空，将夜幕劈开一道璀璨的裂缝。江岸大道的车流静静地停和开，渐渐分成几道，上高架，下高架，或者岔出往横马路去。同时，从这几路又过来细流合成一股，沿江边直淌而下。在江的西岸，殖民时期的欧陆风格建筑连成一面屏障，不是高，而是有体积,光打上去,穿不透似的,薄薄地流泻下来。铁皮甲壳虫在它们底下,简直是玩具。在江岸走了一程,燕来的车从高架下面掉了头,然后小转进横马路,停在一家老酒店的门前。今夜的门僮都成了圣诞老人,穿着镶白毛的红色连衣裤。那男女客人下车去,照例是立即有人上车,燕来等着后面关车门,圣诞老人装束的门僮却让打开后盖箱,原来有行李。燕来下得车来,将两个行李箱装进后车箱,然后发动了车。这一差是往西郊机场的,应该说是一趟好差,要在平时,燕来会觉得有运气,可是今天却不然,燕来竟有些遗憾,因为要驶出圣诞节夜里的城市了。仅只是暂时地离开一下,他也很是不舍呢!这是燕来出租车生涯里的第一个圣诞夜,圣诞夜的帷幕刚揭开,朋友们都在圣诞夜里穿行,虽然他们彼此并不认识,难得交道,可那车上的顶灯、车前灯、尾灯,都在互相招呼呢!燕来有一种被逐出狂欢的落寞的心情,他心不甘情不愿地载了客人往西边开去。乍一看,马路上人不多,商店也关了门,似乎有一些寂静,可再一看,却不是了。酒店门前大放光明,路上跑的车都是满载,因为道路通畅开得飞快,都是他的朋友们啊,在这节日夜晚里飞奔,几乎要唱起来了。所以,在这寂静中,实在是涌动着一股子活跃。夜色遮蔽了这城市土建的灰尘,灰白的水泥颜色,还有墙面和地砖缝里的污垢。灯光又上了一层釉,显得多么光亮,润泽。再加转门带出来的一点点圣诞歌,据说,花店里空运到的玫瑰花都卖完了,玫瑰花到哪里去了?还不是都盛进那灯火通明的门里头去了,但也都要从他们的出租车上过一过呢!燕来的车里还留有花香,蛋糕上的奶油香,客人身上的香水香。可是,现在,燕来正驶出这个流光溢彩的夜晚,去往那个倒霉的机场。在燕来看来,那里都是些不入流的人,也是倒运的人,竟然在飞行的途中度过这个珍奇的夜晚。燕来性急地开着车,有几次危险的超车,惹得周围汽车鸣笛警告。燕来不理会,扬长而去,嘴里嘟囔:慢吞吞,慢吞吞,开不来不要开!就像一个老练的司机在生新手的气。将近机场时,燕来却意外地看到,路边停了一列长长的出租车队,慢慢向前移动,是等着拉客人回市区。一行车灯在夜晚的树影里显出格外的静默,燕来放稳车速,进入机场车道。机场里是另一番喧闹,行李车一行行地推过车道,登机和下机的人在门口茫然地徘徊。车辆则犹疑地开动,或是停靠,或是离去,簇拥在一起,困难地交错着。其间还穿插着一些私车的车主,机密地拉着生意。

燕来放下客人,翻起空车牌,循了车道开出机场。此时,他已经平静下来,心里思忖着是排队等拉回程的客人,还是直接放空车回去,圣诞夜还在继续吗?燕来看看液晶表,并不晚,才只八点半钟。燕来逆了车队缓缓地开,不曾想这车队竟这样长,他老也开不到队伍的尾了。当他终于到达队尾的时候,心里已做了决定,他宁可空车回程,也不在这里排队,他要赶回那个狂欢夜里去呢!那个狂欢夜就像是十万八千里远似的。做了决定,燕来一踩油门,车顺来路开去。但燕来并未按原路进市区,而是中途下了道,因为要绕过机场的收费站。出租车司机都知道有这么条岔道,要走一段土路,略绕一些,却也绕不了多少。车在土路上颠簸,车身摇晃得挺厉害,土路上原有的路灯坏了,黑着。远远的,前方和后方,都有雾状的薄亮,一边是机场的光,另一边是市中心的光,燕来则在黑暗的凹地里,依稀可见有几处临时工棚样的旧屋,还有一些瓦砾堆。四下里很寂静,不远处机场路上传来的汽车发动机声,只会增添这里的寂寥。燕来的车颠了一阵,上了一条柏油路。收费站已经转到身后,只要沿这条柏油路向北去,不一时就可进市区,那就是另一番景象。液晶屏上,时间还不到九点,离狂欢的午夜有一时呢!燕来松下一口气,因为不会错过圣诞夜了,也因为到了自己熟悉的地盘,他的家就在这里。从柏油路的一条向南的岔道,几分钟就是了。燕来决定回一次家,上个厕所,喝杯茶,这一夜还有的忙呢!于是,便又下了岔道。

车从那片空地边上擦过去,空地上堆了水泥涵管,月亮还没出来,月光已经开始照明,将涵管照成银白。地面好像会吸光,是暗的,又因为坑洼不平,暗中有几处亮,像雨后的积水。村庄转眼到了跟前,是暗幢幢的一座。乡下人总归是睡早的,又是在冬季,此时没什么动静了。门窗缝里漏出的几丝光,也使人更感到夜深。燕来停下车,推进门去,门里暗着灯,只电视机屏幕亮着,正是电视剧中插播的广告,父母亲一个坐在床沿,一个已经躺下。听他回来,就问今日怎么这样早,不等回答,又自己说:早回来也好,早点安歇,赚钱不靠一时,是靠一世。燕来想告诉他们,停一时还要出车去,今天是圣诞夜,可又觉着他们未必懂什么圣诞夜,就不说了,重又出门,在门口撒尿。再次进来,大人们则说,这一泡尿多么长,憋了有多长时间,难道是猪尿脬?燕来兀自倒了水,坐在木头沙发上喝,电视又回到正片,大人们却又没看的心思,而是要与儿子说话。燕来不期然地回家,使静夜又活跃起来。他们说的总是燕飞的短长,说今天燕飞给那四川妹子又买一件新衣服,说是过圣诞节。这倒让燕来有些意外,不仅因为燕飞也在过圣诞节,还因为父母说出"圣诞节"这三个字。喝完水,再将随身带的雀巢咖啡瓶洗过,换上新茶叶,加满开水,

59

燕来又出门了。父母没有拦他,眼睛又回到电视机上。燕来走出去,回过身带门,最后一眼看见的是,被母亲背影遮去一小半的电视机屏幕。由于房屋的大和空廓,电视机和人都变得小,而且深远。然后门拉上,外面是月光地。燕来走过一截短巷,看见自己的车,在颓败杂乱的村落里,显出一股子很不相称的高贵劲。燕来上了车,发动起来,驶出了村庄。

第 五 章

　　从废弃的道口过了铁路,铁轨间的枕木已陷到地里去了,只有钢轨在楼群的阴影里微弱地发光。楼里的灯昏晦地明着,街灯也是昏晦的,有一些人影在暧昧地活动。只隔了几分钟的车程,就到了光华照耀的大马路上。比他离开时更寂静了些,但这并不证明圣诞夜将要结束,恰恰相反,说明已经进到了圣诞夜的芯子里。要不,路上那些出租车忙乎什么?现在,是出租车的世面了,公交车、公车,都少了,所以,道路变得通畅,出租车几乎都要飞起来。很快,燕来就载上了客人,无疑的,都是过圣诞节的朋友们,吃完了圣诞大餐,再要赶下一个庆典节目。也有与圣诞节不相干的,只是偶尔地撞上了圣诞夜,从一个地点赶往另一个地点,但是,无心地,也染上了节日的光辉,总带着些喜气呢!夜,真的深了,商厦关了门,只有光在空中和地面流丽。路上的空车多了,车速也略慢下来,于是,整个节奏便舒缓了。可是,"朋友"们都不打算回家呢,因为,时不时地,路边会有人扬招。终究是与平常的普通的夜晚不一样,虽然临近午夜,可阳气还旺得很,不再是小女鬼的天下,或者是小女鬼都化了人形。有一伙男女,大声朗朗地在路上走,手里擎了一束气球,还有一大捧棉花糖,穿着都奇形怪状,却色彩鲜明,就像戏装。他们使夜晚喧哗起来,表明圣诞夜正在高潮。

燕来在一岔道上的公厕又撒了一泡,公厕前停了几辆出租车,隔了车窗说话。燕来听他们说今年圣诞节生意不能跟往年比,经济不景气,小姐们都在抱怨,"阿哥"不肯开瓶。事实上呢?不是"阿哥"不肯开瓶,是"阿哥"实在开不动!燕来不完全懂他们的意思,但却知道了今年的圣诞节其实是清淡的,这多少有些扫他的兴。可是,他也不能够完全服气,忍不住插进嘴去:我倒是没有停歇过。那两个"朋友"是没听见,还是不屑于同他争论,丢掉手里的烟头,发动了车。岔路前就是延安路,光亮,平滑,是这城市的通衢大道之一。燕来随着也驶出横街,向外滩方向去,很快就靠向路边,停下了,又有人扬招。上来三个客人,说去浦东,关上车门,车开动了。燕来熟练地打着方向盘,在空旷的路面上掉一个头,因掉得过快,轮下发出尖锐的摩擦声,车上三个客人不由得摇动了一下身子,又赶紧抓住顶上的把手,坐好了。这使燕来觉着有点好笑,笑他们就像从来没坐过车。燕来多少是存心的,将车漂亮地甩了几个尾,然后加大马力,一溜烟地开往过江隧道。他很想听见客人们的惊呼和斥骂,可是没有,客人们很沉默。车进了隧道,隧道里意外地明亮着,而且光线柔和,有一种温馨的气氛,是因为封闭的穹顶将夜晚隔离了。往返的车不那么多,可也绝不间断,近隧道口时,光线就有些迷蒙,好像水汽浸润。已经是午夜了。燕来忽然想起,这是平安夜的高潮时节,可是他差不多忘了圣诞节了。这隧道似乎将圣诞节隔开了。出了隧道口,看见陆家嘴的高楼,高楼下的宽平大道,大道上铺着如泻的光。可又不是圣诞节的意思,圣诞节不是这样壮观的,而是,而是怎样的?燕来也说不出来,总归是应当有人,有车,挤一些也不要紧,应当有许多"朋友",穿梭一样跑。可是这里,几乎没有人,有那么几辆出租车,因为路宽地方大,只能远远地看见顶灯,"朋友"们都很孤寂似的。燕来问客人在什么地方停车,客人回答一直往前开。燕来听出客人说话里带了江北腔似的音,知道是外地人,他又一次发现,这一差客人不爱说话,一直保持着沉默。他很谅解地想,外地人到上海,难免紧张。为让他们放松,燕来有意用调侃的口气说:一直往前就开到吴淞口去了!他以为客人会笑,可是没有。但他的话似乎提醒了客人什么,到了高庙,客人就让小转,燕来恍悟道:你们是要去金桥啊!说出这话,他便感觉后座有一阵小小的不安,似乎在调整座位。此时,燕来忽然发觉四周都是旷野,灯光烁烁的浦东大道已经到了身后。浦东的天地多么开阔,星月显得大而明亮,是的,星月都升起了。燕来绰约想起极小的时候,也看见过这样广阔的夜空,夜空底下是什么?他回想着,忽然间,身边那客人叫了声"停车",燕来一惊,本能地踩住刹车,车上人前俯后仰一阵,车胎在路面发出锐叫,车停住了。前座的客人坐着没动,后座两个客人下了车,绕到驾驶座边,拉开车门,两双手一起伸进来,将燕来往外拖。燕来脑子里一片空白,完全不明白发生了什么事情,只是抗拒着,把住方向盘,不肯出去。那两个客人探进身子,没头没脑地抱住燕来,一劲地往外拖拽,两边都使了蛮力,竟然将车身都拖动了。前座的客人也下了车,站在地上,投下长长一条影子。到底一个比不过两个,燕来终被拖出驾驶座,往地上按去,他痛惜地想到,新西装要弄脏了,却已经被按了个嘴啃泥。

燕来再也动弹不得,紧紧贴在地上,耳朵边是粗重激烈的喘息声,也包括有他自己的。喘息了一阵,燕来明白自己是遭到打劫了。因为事情突然,他还没来得及害怕,只是趴在地上,等待发落。劫匪没有继续行动,而是静了一会儿,似乎是,还没想好下一步做什么。此时,他们三个人就堆成一团,好像在做一种人叠人的游戏,另一个,则站着。有一辆集装箱卡车从后面过来,"嗖"地过去,根本没有注意到这里发生的事情。但卡车过路大约使劫匪们警觉起来,他们必须赶紧动作,不能在此久留——他们商议了一会儿,燕来完全听不懂他们的话,很快他就脱离了地面,被提起来。没等他定神看看跟前的人,他的眼睛已经蒙上了,嘴也堵上了,然后被推进车后座。燕来不再抵抗,晓得抵抗也无用,反要吃亏,于是也觉得那几个人下手轻了些。现在,他坐在中间,一左一右是他们的人,将他的头按到膝上,他就坐了个极不舒服的姿势。前边的车门"砰"地关上,车开动了。

　　燕来方才以为他们没坐过车的想法是错了,那车平稳地起动,加速,在静夜里穿越而去。那几个人难得交谈几句,用的是一种奇怪的方言,似乎是每个单字燕来都能听懂,连起来却一点也不懂了。当对面有车灯打来,两辆车要交会的时候,燕来就奋力挣起头,嘴里发出"唔唔"的声音,希望对面车能看见这里的反常情况。可是左右两人的手一刻也不放松,此时只会再加一把劲,燕来的头已经塞到档里去了。那两个人将燕来挟得更紧了,燕来只得再一次放弃抵抗。意识到了处境的无望,不由得浑身打战。车沿了公路向前开,拐了几个弯,有一段似乎下了公路,在土路上走,就有些颠簸,但也并不剧烈。开车的真是一把好手!车走得又轻又飘,而且稳。燕来打了一时寒战,渐渐平息下来了,这才觉得浑身屈抑得难受,而且憋闷,几乎透不过气来了。可左右的手,箍桶般地箍着他,连一分动弹的余地都没有,他只得又"唔唔"地发出叫喊。开始,他们并不理会,可后来,大约是烦了,就抓住燕来的头发将头拔起来,压低声说:想吃生活啊!这一回说的是普通话,"吃生活"几个字则是上海话的普通话,挨揍的意思,说明他们虽是外地人,却是在上海地方混迹过的。燕来直起脖子,略微透了些气,眼睛蒙着,看不见,却感觉间或有灯光掠过,车静静地向前开,也不知是几点了。这时,开车人——燕来看不见,却感觉无论他们后座闹出什么动静,开车人始终没有回头——此时,开车人说了一声什么,那两人又将燕来按倒了。这一回,不是按下头到裆里,而是整个人顺倒了按在车座脚下。地方是窄了,可毕竟不用曲背弯颈,只需将双膝拱起来,就可安稳了。燕来从两人的腿弯间伸出脸,蒙住了的眼睛,有光亮映照,显然灯光比方才稠密,而且强烈,听得出,车辆也繁忙了,估计是又回上了大道。

　　现在,燕来冷静下来,想,为什么他们不把他杀了?就像从"朋友"们那里听来的出租车打劫的故事一样。他们不杀他,却要带着他,是要把他怎么样呢?他,燕来,能对他们有什么用呢?他心里转着这些念头。蒙住的眼睛上面,光亮有节奏地掠过,有一回,停了车,光就一直停留在他的眼睛前边。燕来猜想是到收费站了,于是又挣扎了一下,企图让人发现他,还是动弹不了。要想发声,一只手早将他的脸捂住,还使劲揉了一把,以示警告和教训。很快,车又开动了,在深夜里明亮的公路上,跑动着这么一辆车,谁也不知道车里正发生着什么。燕来忽然想起,也是他们"朋友"中间传说的一件奇闻,说的是有一个"朋友",也是在深夜,被客人扬招停下,说要去浙江黄岩,连夜就出发,开出的价码是两千元。那"朋友"自然应下了,于是请客人上车,客人又让再去接个人,拐了一个弯,在一条偏僻马路上一扇铁门前停下。门里出来两个人,抬着一个白布卷,上了后车座。车刚要开动,却听铁门内一阵骚动,有杂沓的脚步声响起,头一个上车的客人立刻急躁地催促开车,"朋友"一踩油门,车冲出去老远,只听后头追出来的人跺了脚喊:抢死人!抢死人!"朋友"一下子抖起来,方向盘也握不住了,问客人:后面上来的是什么人?客人说:你拉这一差,我付四千!一下子加一倍。"朋友"却把车停下了,让他说清楚,不要"捣糨糊"。可客人被逼不过,只得告诉后头是他方才去世的老母亲,按他家乡的规矩,是要停灵三天三夜,亲戚朋友要是知道他把老母亲独自放在抽屉里——他这么称呼太平间的停尸箱——人们就要戳穿他的背脊骨!他这么做实在是不得已,请师傅无论如何帮这个忙。恰巧这个"朋友"也是个孝子,再则客人又将车资提到了五千,他叹息一声,就上路了。这一路,就是在夜间的高速公路上走过,灯光明亮,前后左右的车兀自开着,看上去是喧闹繁忙的,事实上呢,咫尺天涯。那后座的两个人,不停地喃喃地说话,叫着:阿姆,回去了噢;阿姆,快到了噢;阿姆,天要亮了噢!"朋友"毛骨悚然,幸亏前座的客人一会儿递他一支烟,一会儿递他一支烟,上好的烟,红塔山!就这样,吸了一夜的烟,天亮时分终于赶到地方,进了客人家门。"朋友"几乎惊呆了,那家原来是个富豪,那幢房子,别的不说,只说一件,楼内装有一架三菱电梯。

燕来想着这件奇闻,心里渐渐充斥了惊恐,夜间行车有多少危险害怕的事啊!他碰上的究竟是哪一件?这三个人那么沉默,一旦开口说话全是他不能懂的,燕来都不晓得是方言的缘故,还是,那根本就是一种黑话。燕来感到了恐惧,脸上掠过的光亮令人惊悚。他不晓得时间,不晓得是在夜间哪一个阶段上,于是,就觉得夜晚无比的漫长,永远过不到头似的。他原先还有些嫌夜短呢!生怕这个圣诞夜转瞬即逝。燕来想到了圣诞夜,禁不住热泪盈眶。平安的生活似乎一去不返,他如今连生死都不定呢!车一径在开,不晓得开往哪里。燕来完全错了方向,上路半年内掌握的地理方位,现在混成一团糨糊。那三个人又开始交谈,还是听不懂,从他们交谈的简短来看,他们的目的地是肯定的,早已经计划好,而且一切顺利,正在他们的预料之中。燕来实在是在他们手心中了。有一阵子,燕来睡过去了,好像只一闭眼的工夫,又醒过来,眼睛前面似乎有些泛白,像是晨曦。这点晨曦样的白亮使燕来想起他们"朋友"中的另一桩好差,就是拉客到江苏乡下捉蟋蟀。那都是南市文庙的蟋蟀朋友,租一辆车,傍晚出发,夜里到地方,已是露水月光,一片蟋蟀叫。停留到下半夜三四时许,再启程往回开。一路上,天就渐渐亮了。可是,眼睛前面的光又变黄了,是不同的灯光所造成的错觉,时候依然还是在夜间。有出租车行内夜间行车的传奇,连连浮现起来,燕来还来不及经历其中的一桩呢!他入行实在很浅,浅到他都没什么经历值得回想,却临到了结束。

现在,眼前忽然暗下来,换成一层薄亮,不是来自于灯,而是月色。是下半夜的月色,倘若没有灯光做对比,也是亮堂的,而且有一种透,是爆亮的灯光做不到的。车也颠簸起来,是下公路了。车身颠簸得越来越剧烈,虽然令人不适,却让燕来有一种回到人间的心情。这一段无穷长的车程,终于到头了。避开公路上的灯光,眼前并没有暗下来,反有一种清亮,可燕来什么也看不见!当他窝得难受,试图要曲一曲腿的时候,就会遭来一脚,警告他老实。很奇怪的,燕来挺欢迎这样的拳脚,虽然叫他着恼,可是,有了这些皮肉的接触,就不那么孤单了。似乎是,终于有人来照应他了!所以,多少是有意地,他不时要动上一动,有一次,他的脚还踢到车门上,发出"砰"的一声响。这样,腿上、身上,连头上都挨了一下。穿了旅游鞋的脚踢在耳朵和半边脸上,不只是疼痛,还屈辱。燕来火了,拱起双膝胡乱蹬着,那两双手自然要来辖制他。这一回却没那么容易压服,燕来几乎在逼仄的车座底下翻了一个身,脚也不晓得踢到那两人身上的什么部位。他们简直捉不住燕来了。三个人在暗中撕扯,彼此都不作声,只听得见喘息,肉体的撞击,还有一直没有停息的汽车发动机声。燕来在这拼命中兴奋起来,心里高喊着一个声音:来吧!来吧!意思是,命运的裁决来吧!车开得飞快,顾不上颠簸,有几次,后面那三个人都弹起来,重新落下时又调整了位置似的,再开始新一轮的撕扯。就在这反抗与压制的搏斗中,车戛然停下。

车停下,车门拉开,他们将燕来往外拽,而燕来抵死不从,脚勾住座椅的铁脚。到底是有拼命的心了,那两个人都搞他不过,脾气也上来了,七手八脚地,燕来的身子就被拖出车门了一半,另一半却死死不肯出来。此时,燕来也不考虑为什么不肯出来,只是一心要与他们抵抗,不让他们得逞任何事情。他们一个拽燕来的胳膊,一个到另一侧车门,企图将燕来的脚从座椅的铁脚上扯开来,向那头送出去。不料,上来就挨燕来一脚,正踢在脸上,火了,抛下原先的战术,抱住燕来的脚就往外拖。这样,燕来就好像在上古代的大刑:车裂。一时间,双方都忘记了真正的目的,混战成一团。开车人已下车,没有参加,静静地在一边。撕扯中,燕来封嘴的布带松了,他仰脖大叫:救命!这一声在空旷的静夜陡地散开来,就不显得响亮,但还是吓着了劫匪,那开车人都似乎动了一下。他们忙着去堵他的嘴,却又扯落了封眼的布带。燕来不由得静了一下,因看见了天空,满天星斗,几乎像倾倒下来。那三个也怔一下,有一时,双方都停了动作,互相对视着。但仅只是一瞬间,立刻,更激烈的争斗开始了。这一回,燕来不仅是嘴和眼,连脖子都被扼住。燕来感到窒息了,他想,他这一回一定是要死了,可是却没有,他的手脚还在抓挠,甚至于,又喊出一声"救命"。他有些糊涂,不晓得这几个人的用意是什么,似乎,并不真的要置他于死地,难道三个打不过一个?他燕来有这么勇武吗?这晚上的经历简直是一锅糨!燕来完全判断不出他究竟遇上了什么遭际。糊涂中,他被重新推进了车,这时,连那开车人也挤进了后座,两边车门关上,黑着灯。虽然燕来的眼睛已经解放了,可他只看见四面都是黑幢幢的人头的影,紧紧地逼着他,粗重的喘息喷到他的脸上,扑辣辣的。从方才的身体较量,以及现在簇在一起,发出的热量,燕来感觉他们都是年轻人,与他的年纪差不多。燕来的嘴也自由了,可只是喘息着,说不出话来。他们四个人沉默地挤坐在一辆出租车的后车座内,在即将拂晓的凌晨,情形十分古怪。经过半夜的行车以及搏打,此时坐在这里,似乎不晓得该如何继续下去。停了一时,终于,三人中的一个发话了,他说:我们谈判。

燕来立即顶一句:我不认识你,有什么好谈!那人又说:你要懂江湖上的规矩。燕来又顶:什么江湖不江湖,我不要懂!那两个见燕来这样嘴硬,威吓道:当心,白刀子进,红刀子出!燕来高声道:你当心,当心吃花生米!他忽然变得无比大胆,置生死于不顾。这一夜蹊跷古怪的经历已经锻炼了他,他落在这么个暧昧不明的处境里,还有什么可怕的呢?主张谈判的人,此时却轻轻一笑,显示出首领的风度,倒使燕来静了下来。他笑了一声,说:我们不主张暴力,取人性命是最下策,上策是——燕来逼问道:是什么?那人又一笑,神秘地收了口。燕来不由得感到有一股深奥莫测的气氛,渐渐充斥在这个狭小的气闷的空间。大约是到了黎明前的时刻,星月都收了光,湿润的黑暗从四边涌入。停了一下,那人接着说:西楚霸王,你知道如何败给刘邦的?垓下之战是如何输的?燕来,及那两个喽啰——燕来在心里这么称他们,这三个有些听入神了,黑暗中,一片静寂——败在四面楚歌!那人说。当时,楚军被汉兵围困几十重,楚霸王不惊;军中弹尽粮绝,楚霸王也不惊,可是,四面楚歌响起,楚霸王大惊,他怎么说?他说:"汉皆已得楚乎?是何楚人之多也!"什么意思懂吗?燕来听出他说话声里的笑意,有一些讥诮,却并不叫他生气呢!他和那两个喽啰都回答不了,于是,说话人又继续下去——其实是怎么回事?是刘邦让他的人一并唱楚国的歌,动摇军心啊!楚霸王就晓得,大势如长江东去。

一时上,燕来几乎忘记自己的处境,那人的一句结束语却唤醒他来:所以,有识之士讲的是攻心——诸葛亮的"空城计",也是攻心术,大兵压境,城中空无一兵一马,诸葛亮如何?敞开城门,独自端坐城墙头上,抚琴唱歌,司马懿不由得望而却步,不晓得城内是怎样的千军万马,伺机待发!迟疑良久,一步一步退远,撤军!不用一刀一枪,不战而胜,这就是上策。这逼仄的车后座,成了书场,肃静着,听那人抑扬顿挫地讲演。他说的是北方普通话,但带着一种柔软的口音,不知来自天南海北哪一处;

音色是明亮里含有稍许喑哑,挺悦耳;语速较快,却又不减从容。他显然也很陶醉自己的叙述,一开头,就有些收不住。可是,切莫以为他会迷失方向,不会!他说完"空城计",又说"草船借箭",还说了一段刘备,这就说到了用人的术略。正讲到海阔天空,忽然话锋一转,说:我们不会杀你——又回到主题——要杀早杀了,他说,何苦冒了风险带你走这大半夜,一夜都快过去了,你们听——这三个人就都侧耳听,什么也听不见。他沉静地说:这就是夜声,你们以为什么声音都没有就是没声音?大错特错,声音和世界上一切物质一样,应该说,它也是物质,所以,就合乎物质不灭的定理——所有的声音,一旦发出来之后,就永远存在了,有时候不过是沉淀下去,像河底的泥,夜晚,就是声音的河底。这个话题比较费解,因此也就比较乏味,听的人都有些犯困,燕来不由得打了一个哈欠。这也表明他已经不那么紧张,放松下来,意识也变得朦胧,朦胧中只听见一个声音汩汩地流淌着。这瞌睡其实仅只一分钟,燕来忽然无比的清醒,因为他听到一个字:"车!"那人在说他的车。他说,物质不灭的定理里面还有一条,就是物质会转换成为另一种形式而存在,比如车,桑塔纳车,燕来一个警醒,竖起耳朵——车可能转化为钱。钱——燕来脱口道。是的,钱!钱这一种物质,是最为灵活的形态,就像什么呢?他沉吟了一下,像水。

关于物质的话题从抽象进入到具体了,那就是燕来的车。此时,燕来的意识显然有些混乱,以为这车是一桩与他无关的,存在于大千世界万物之中的一件物质。他与那两个人静静听着头的调排——你看,燕来心里也称他是"头"了,头说,这车,倘若能找个好买主的话,六七万应该不成问题,他们四个人,每人都有份,要分,各人至少可得一万五,做个小本生意什么的也行,要不分,合在一起,也许倒可以做些事业。那两个都说:合在一起。头就问:你呢?这个"你",自然是指燕来。燕来有些醒过来,说:我又不是你们的人!头说:我们不排外,一视同仁。燕来又有些糊涂,但却力图清醒:我总归要回家的。那两个就笑,头阻止了他们,说:没问题,钱到手你就可以回家。燕来又问:那么车呢?这一回,连头也一并笑了:车卖了呀!不卖哪里来的钱呢!燕来的思路渐渐清晰起来:可是车是我的呀!头就问:这车是你自己的?燕来解释道:是公司租给我的。头说:那么还不是你的。燕来说:只要我向公司上缴费用,这车就归我使用。头说:那就是说,你只有车的使用权。燕来老实坦白说:我和老程共有使用权,老程和我搭班开这辆车。头说:事实上,你只有一半的使用权。是的,燕来说。头用一种惋惜的口气问:这怎么能说是你的车呢?可是,它归我开,就算是我的,燕来辩解着。自己也觉着自己的辩解软弱无力。那两人就笑,头虽然没笑,可燕来却能感觉到他怜悯的好笑的目光,其实,他根本没看见过他,完全不知道他长什么样子,有着什么样的目光。现在,应该临近天亮,可是却更黑了,也许还因为人到了下半夜,头脑都是昏然的,视力也就模糊了。最后,燕来丧气地说:我要没了车,怎么向公司交代?头用启发的口气说:你难道就没想过怎么向我们交代?听到这样奇怪的逻辑,燕来简直想哭,不料却是笑了出来:我和你们有什么关系?我和你们签过合同吗?头说:现在,我们不正在谈判?

终于,进入了主题,谈判。谈判的气氛应当说是很诙谐的,双方不时发出笑声。这笑倒不是出于相互的理解,会心地笑,相反,是彼此觉得匪夷所思,由此而感到滑稽。由于燕来一方只他一人,那方是三人,头又是个辩才,力量渐渐向他方倾斜。燕来很快就处在了退势,最后无话可说。燕来垂头坐在他们中间,这样被他们强行挟持来,强行做一场辩论,耗去了他的精神体力,他感到浑身软弱,再也坚持不下去,就要求他们放他回去,车,他也不要了,无论它转换成什么物质,他都不要了。可是,不行,他们三人一起说道。喽啰里的一个很凶狠地说:你以为我们会放你去报警?燕来向他们保证不报警,因为,因为他确实不知道他们是谁。起先他被蒙着眼睛,现在,是黑漆漆的车里,他们都不让他转头。他晓得他们的厉害,怎么敢惹他们?他认输还不行吗?他怕他们还不行吗?燕来几乎是向他们讨饶了,话音里都带了哭腔。不要哭,头说。我没有哭,燕来说,眼泪已经下来了。不是我们不相信你,而是,你应该相信我们,你应该得一份钱,否则,就不公平,真的!头的声音很温柔——你我萍水相逢,也是缘分一场,从此,我们就是一条船上的人了,无论今后,分了钱以后,我们也许将天各一方,可我们依然是一条船上的人,四海之内皆兄弟——你听过这句话吗?所以,我们必须要给你应得的一份!燕来歪过脸,在衣领上擦去眼泪,说:你说的,我拿了钱,就可以回家了?头说:当然,等你领了钱,就真正是我们船上的人了,到了哪里,也不会忘记我们的!燕来又问:什么时候能拿到钱呢?头笑了:这就不好说了,要看我们的运气,也要看你的运气,其实,从现在开始,我们的命运就绑在一起了!静了一会儿,燕来说:我一拿到钱,你们就放我回家?头说:什么"放"不"放"的,你是自由的,从前是自由,现在是自由,将来也是自由,只是,从现在起,我们的自由是连在一起的了。燕来说:反正,我一拿到钱就要回家。头一击掌:一言为定!谈判结束,天竟没有一点亮,时间的概念在这诡异的夜晚全混淆了,可是这一夜也实在够长的。

　　车里的灯按亮了,人脸从黑暗中跳出来。坐在燕来身边的人说:自我介绍一下,我是大王。那一边坐着的自报:二王。一半坐在二王腿上,一半压在燕来身上的,自然是三王了。那么,燕来叫什么呢?燕来脑筋一转,说:我叫毛豆。

第 六 章

　　毛豆开着车,行驶在外环线高架,开过杨浦大桥,向北去。大王坐在他身边,身后是二王和三王。阳光已穿透晨曦,将车窗染成金黄。车中的人,看上去并无什么倦意,相反,还都有着飞扬的神采。因为年轻,哪怕一夜里只在天亮时分睡一小伏觉,洗一把冷水脸,就又抖擞起来。他们中间,最年长的大约也不过二十三四岁,余下的,就是十八、十九、二十紧挨着。因为年轻,所以他们也都很快活,你要是能伸进耳朵去,就能听见他们说话有多逗人了。而你也不要以为他们只不过是油嘴滑舌,那就把他们简单化了,他们其实有着对事物的独到见解,这种见解是他们幽默的来源。所以说,幽默感并不是一种个人风格,而是世界观。比如,他们中间,人称二王的那一位,对着车前车后、车左车右的车辆有一个发现。他说:你们有没有发现?凡是开好车的,宝马,奥迪,凯迪拉克,开好车的人都长得很难看,我们这几个,所以还不难看,就因为我们的车比较差。于是,他们就笑。要说,他们果然长得不差,而且很奇怪的,他们彼此都有些相像呢!其实,也没什么奥秘,因为年轻嘛。年轻人总有着清朗的眉眼,只要没有特别显眼的不端正,看上去就都好看。除去年轻这一点外,他们还都过着一种立足于体力的生活,这就使他们无论脸型还是体格,都瘦削却结实,也增加了好看和相像。倘若从气质上比较,坐在前座的大王要沉着一些,当然,他本来就要年长过那几个。他脸上有一种思考的表情,这使得他的眉,略微蹙起来,咬肌则有些紧,腮帮的线条就硬了,成了见方的脸型。也是由于思考的缘故,他的眼睛也比那几个要亮和锐利,在微蹙的眉毛底下,看得很深远的样子。可能是昨晚上说多了,现在,他变得很沉默,没有参加聊天。当有人口出妙语,他只是不出声地微笑一下,转而又陷入沉思。他边上开车的那个,也是沉默着,倒不是也在思考着什么,而是,有心事的表情,并且,还有一些不高兴,似乎受了委屈。要说不像,他是他们中间最不像的一个,这不像还不是在眉眼脸型方面,是在于,他看上去落落寡合,和那几个人有些疏远。他的穿着也与他们不同,他们穿的是牛仔服、皮夹克,前头那个则裹一件军大衣,总之是休闲的风格。他呢,穿一件藏青色的西装,里面是硬领衬衫,系一条领带,很正式的样子。他是这车人里的不谐和音。

所以,车内的聊天说笑,基本就是后座上那两位在进行。他们一唱一和,一捧一逗,因为都是会闹的家伙,就也很热闹。他们俩是会被人当作兄弟,事实上却又不是的那种。一家子的兄弟往往并不相像,好比一棵树上发的杈,越长越远的趋势。而两个没有血缘关系的人,因为之间深切的友爱,忠诚的敬慕,朝夕相处,竟会越来越像。这就是后天的社会生活的力量。他们有着同样的乐天的表情,调侃的语言风格,还有高兴时将一只手压在另一只手背上,挨个儿按响手指骨节的习惯。也如同最相像的亲兄弟常会有的情形,一种难以觉察的差异,微妙地将他们区别开来。那略微年长的,眉间有一些窄,这使他不笑的时候,会有一种怒容似的。而且,不经意时,他偶然地会突然发出一个激烈的动作,比如,猛击一下椅面,或者一跺脚跟,边上的人就惊一跳。略年幼的那一个,则是安静的,甚至于是温驯。他顺从地跟随那略大的,鹦鹉学舌似的,那一个说什么,他紧跟着也说什么,又像是回声。连高兴时,依次按手指关节,他也慢那一个半拍。那边手指关节"咔吧吧"响起,这边紧接着"咔吧吧"随声附上,听起来,也像合唱里的"卡农"。可是,即便这样,人们也不会以为就是这一个追随那一个,这一个的安静里是有一些主见的。假如你留意看他们的眼神,你就会发觉这点。那就是,当那一个突发某种激烈动作的时候,这一个只需看他一眼,他便意识过来,收住了。所以,或许不是在行为上,但至少是在情绪上,这一个有效地控制了那一个。

这么说起来,车内的人还是各有性格,而且,处境也不尽相同,可是,命运让他们走在了一起。在上班的早高峰来临之前,车已经从恒丰路桥口子下了高架,开过沪太路,又驶上沪嘉高速。迎面而来,往市区的车流眼看着汹涌起来,而出市区的路畅通无阻,这使他们的车有一种逆向而行的意思。后面的两位此时也安静下来,看着车窗外边掠过的房屋和农田,车内一时间只听见发动机声。在这大放光明的白昼里,他们的行为似乎变得有些吓人,于是就沉默下来。在一个空寂的时段,前后左右都没有车,天地间就只剩了他们自己,形单影只的。好在,他们的车又赶上前边一辆"苏"字号的载重卡车,然后,不久,前面也来了车,世界才又变得活跃了些。但等到了收费站,站前竟有一片小小的车阵,好像四散的车都聚在这里等他们似的,他们就又沉寂下来。后座两个的眼睛一齐盯着驾驶座上的那一个,前座的那人倒把眼睛移开,看着另外的方向。开车的那个摇下车窗,送去一张纸币,又接过收据,再把车窗摇上,车开动了。车内的人虽没有说话,可是明显的,空气松动了。前座的,比较年长和成熟的那位,嘴角露出一丝笑容,这丝笑容将他的嘴型略扯歪了,一边高,一边低,就是这点,使他现出不凡的风度。他在座位上动了动,说:唱支歌吧!于是,除了开车的,所有人齐声唱道:"难忘今宵,难忘今宵,不论天涯与海角,神州万里同怀抱,共祝愿祖国好——"他们唱得很好,音色一律圆润,明亮,不仅如此,他们还有着对歌曲的独特理解。这首委婉的曲子,本是不适宜合唱,可他们的合唱并没削减它的抒情格调,而是使其更加饱满,听起来相当激动人心呢!毛豆也有些受感染,他一直生着气的脸,此时缓和下来。跑在这公路上,顶上是煌煌日头,底下是不断后退又不断延伸的白森森的路面,身边的车,虽是近在咫尺,其实远在天涯,各往各的目标去,都是交臂而过,谁知道里面藏着的是什么呢?谁知道谁的"今宵"是怎么样的,你是你的"今宵",我是我的"今宵"!这歌声就有些悲伤,让人鼻子酸酸的。

他们纵情地唱着,是从心底里发出的歌声。要知道,方才他们走过了一条多么危险的路线!他们竟然劫持着人和车,从浦东回到浦西,穿过上海。而且,被劫持的人,毛豆,多么奇怪的名字,听起来就是来自安居的富庶的生活,种瓜得瓜,种豆得豆的意思。他是自觉自愿地驾着车,载了他们从浦东回到浦西,从外环路高架穿越上海。这就是大王战术的特别之处,也是胜人一筹。大王平时常常与他们说,暴力的时代已经过去了,强食弱肉的时代已经过去了,如今的时代是什么样的时代?是契约的时代。联合国是什么?联合国就是契约组织。什么叫外交?外交就是契约,所以,在这个契约的时代里,就必须遵守规则,利用规则,才可能畅行无阻。但是——"但是"这两个字一出口,就表明大王将把理论引向更加深邃的地方,这不是简单的转折,而是一种杠杆原理的性质,利用一个小机关,增强力度——但是,要使得契约能够有效地执行,首先,必须要培养人们的契约精神,这样就可自觉地纳入契约的轨道;其次,是需要有权威出现——这听起来有些矛盾,不是吗?因为契约的前提是平等,怎么又要有权威的出现?这就是辩证法了,什么叫对立统一?什么叫民主集中制?什么叫计划经济体制下的市场运作?总之,什么叫矛盾?在此,大王就会讲一个故事,关于一个卖矛又卖盾的人的故事,结尾是一个顾客提出的问题:要是拿你的矛去刺你的盾呢?这里面牵涉到的哲学问题是非常深奥的。简单,或者说具体到契约与权威的关系上,其实就是一句话:谁来制订与掌管契约?那就是权威。契约遵守与权威确认,这两项在某些情况下,是暂时地需要强力,这就像帝王打天下和子民享天下的关系一样——没有秦王李世民发起玄武门之变,哪里来的几百年大唐盛世?好了,勿须扯远,眼下的事实证明了契约时代的来临,至少,在他们与毛豆之间的契约是成功的。毛豆甚至都没有意识到,在沪嘉高速收费站,向站里的人呼救,转眼错过了这个好机会,也是最后的机会。现在,他们已经行驶在江苏的地盘上,离开了毛豆的家乡,上海。

此时,他们换了一首欢快的歌曲,看起来,也是他们经常唱的,已经练习得完美无瑕。最出其不意的是,在一些拖音里,二王和三王依次压响手指骨节,咔吧吧吧,起到沙球的伴奏效果。而且,多少有那么一种意思,就是向新来的毛豆表演,因为唱的是:"啊来来来来,啊来来来来,汗水浇开友谊花,纯洁的爱情放光彩……"毛豆心里的郁闷,又缓解了一些。不过,在面子上,毛豆还下不来,一半是因为他确实很生气;另一半也是因为,他毛豆怎么能与他们做一路人?所以,他必须生气。有几次大王问他累不累,要不要喝水,后面的人立即送上矿泉水瓶子,他不理睬。大王便笑一笑,"大人不把小人怪"的意思,过去了。但大王将一支烟递到他嘴边的时候,他就只好衔住了。接着,低下头去接大王给的火,两人的头凑得那么近,之间的关系好像也跟着近了。大王示意将车窗放下一些,他便听命放下一些,看起来,他也算是大王的人了。

大王从窗户缝里向外吐出一口烟,窗外的景色渐渐有了改变,田地变得广大而且荒凉。田野中间,有一些简陋的厂房,烟囱里吐着烟。偶尔见一二个农人,在路下的田地里刨着什么,收过秋的田呈现出灰白色。也曾遇到过调皮的孩子,朝他们的车扔石子,使他们意识到一辆上海的出租车行在外省的公路上有多招摇。车里人又一次沉默下来,就在这时,大王的烟头向前点了一下,毛豆就将车开出二零四国道,下到普通公路。他现在已经能会意大王的表情了。公路上有年轻的女孩子迎了车伸手,是要拉客到自家的饭店。她们拦车的动作有些拘谨,缩着手臂,半张开手掌摇一下,再摇一下,不像拦车,像是打招呼,似乎过往的客人都是她的熟人。她们脸上带着扭怩又大胆的笑,是不好意思然后又豁出去,于是就变得无耻了的笑容。与那个上海只相差几十公里,小姐们就乡气许多。她们挡住车头的姿态有着一股不怕死的劲头,就像在磨道里制服不听话的犟驴。她们手扶住车身,跟着跑了好十几米,这车才缓缓停下。也有的车并不理会,兀自开了去,那小姐就会跟着追上一百米,甚至一百五十米。遇到无聊的司机,就从车窗伸出头,做出不正经的手势,让"妹妹"加油。那小姐就变了脸,恶声骂一句停住脚。正午时候,公路上的气氛就激烈起来,小姐们都从各自店里站出来。车呢,则迟疑着放慢速度,怕轧着了小姐,有认真找饭吃的,也是迟疑着,打量哪一家饭店合适。小姐们就在缓行的车辆间绕来绕去地留客。似乎是对上海开来的出租车的敬畏,小姐们大多放过这一辆普通桑塔纳,去追逐那些远途的载重卡车。这一辆车穿过喇叭声声、横七竖八的车阵,离开了这一片饭店密集的路段。车沿了公路继续走,路边的饭店稀疏了,偶尔才见一个小姐,穿了桃红或者柳绿的毛衣,手脸冻得发紫,站在路上。大约久无生意,神情就有些木,等车"嗖"地开过,才想起伸手,却已来不及了,只给车里人留下一个惶悚的脸色。时间也已过了正午,大王终于指示停车在一家饭馆跟前。

　　大王指点车尾靠墙,车头向路地停好车,车里人鱼贯而出,先到房屋后头撒尿,再向老板要热水洗了手和脸,就等着上酒菜。这家饭馆是新起的二层楼,外墙马赛克贴面,窗和门的周围贴了花色瓷砖,虽是乡气和古怪,却有一种光鲜,看得出老板过日子的心思。地坪抬高了两级台阶,门里照进一方阳光,毛豆就坐在这阳光里面取暖。这里的气温似要比上海低许多,而且还干燥有风,只大半日的行程,毛豆的脸就皴了,一下子生出好些小口子。两只手握起来,一搓,沙沙响。头发摸一把,也是沙沙响。隔着皮鞋底,他都能感觉地砖的凉,不由得就悬起脚,踩在凳子的横档上,双手托着下巴,就像一只愁苦的鸟。毛豆看着他的车,眼光漠然,就像看着别人的车,这车和他有什么关系呢?

他漠然地想到,车的另一个主人,他的搭档老程。老程一定在骂自己了,他会以为自己拉到长差,就霸住车不给他;还有这车的真正所有者,公司——敲出毛豆的骨髓来,也是还不起这车的。可是,这些与他有什么关系呢?他关心的只有一件事,回家。说出来,怕人不相信,毛豆长这么大,还从来没有一晚上是不回家的。他就是这么个居家的孩子。他已经表过态了,车,他不要了,只要让他回家,拗不过大王非要公平待他,要他领了他的一份再走,不领不行!他就只能留下了。可是,什么时候才能将车兑现成钱呢?

身后面的餐桌上,酒和菜都摆上来了,喊了他几遍,他才颇不情愿地转过身,拖去自己的凳子,坐下。给他斟上酒,他推到一边说,他要开车不能喝酒。大王说,下午不用他开车了,又把酒推回到他跟前,他就只得喝了。他有些怕大王呢!一方面,大王主宰了他能不能回家、什么时候回家的命运,也就是掌握着执行契约的权力;另一方面,还是因为大王他,具有着一种,怎么说呢?应当说是领袖的气质,使得人们不得不服从他。俗话说:一人向隅,举座不欢,因毛豆情绪沮丧,餐桌上的气氛难免有些闷,大王就说:行个酒令,"接龙"。"接龙"就是一个人说一个词,下一人必以他的词尾作词头,再说一个词,就这样首尾相接传下去,哪一个接不上来了,就认输罚酒。大王先起头两个字:喝酒。下一个接道:酒仙。再下一个:仙人。然后轮到了毛豆,毛豆低着头,不接。人们就催促他接,让他选择,是接,还是喝酒。毛豆还是低头不语,也不喝酒,他心里憋着气,想他们凭什么指使他,他认识他们吗?大王宽容地一笑,解围道:我代毛豆接一次,人民!听大王代他接了,毛豆倒有些不安,嗫嚅了一句什么,谁也没听见,"接龙"继续。接了方才代毛豆的那句,大王再接一次:民众。下一个接:众人。再下一个又是"人民",兜了回来,算数不算数?就起了争议。前边已经有过一个"人民"了,现在再有一个,等于抄袭,应当罚酒。可是,这一个就不服气了,说要是罚应当上家罚,因他说出"众人"的"人"就不对,前边也已有过"人"字的结尾,分明是设了陷阱给下家跳。两人于是争论不休,争到激烈处,两人都说起他们那种奇怪的方言,毛豆一句不懂。大王提醒他们说普通话,说香港都在推广普通话,他们有什么理由不说普通话?于是又回到普通话。争了半天没有决断,大王就说:罚还是不罚,决定在于毛豆,因为毛豆是"人民"的下家,接不接下去,毛豆说了算!大王把仲裁权交给毛豆,毛豆就不好不说话了。停了停,他说出两个字:民心。大王满意地一笑,端起面前的茶,喝了一口。大王跟前没有酒,就像他有绝对把握不输不受罚。再往后,毛豆会发现大王滴酒不沾,而他果然从来不输。此时,"接龙"继续:民心,心脏,脏器,器官,官员,员工,工人,人情,情感,感觉,觉悟,悟性,性情,情感,感情,情感,感情——这就有些存心了,又不是打乒乓球,推过来,挡过去,于是,罚酒,下家起句。下家是毛豆,他看大王一眼,大王正鼓励地看着他,这眼光,有些像兄长呢!毛豆的哥哥因从来受压制,并没有做兄长的地位,也就不会有做兄长的自觉性。毛豆的父亲也是退让的性格,不是让人觉着有依靠的人。说起来,毛豆的家里,有些阴盛阳衰的意思,都是女性,他的母亲、姐姐,有着强悍的性格,所以,毛豆从来没有领受过男性的权威。现在,他从大王的眼光里感受到了。这种来自男性的威慑力量,似乎更有负责的意味,执行起来也更从容不迫。像他的母亲和姐姐,总是以呵斥、谩骂,甚至于眼泪来进行辖制,其实是令人不安的。

毛豆起头为四个字的成语一句:酒足饭饱。大王接:饱食终日。二王接:日久天长。三王:长久之计。毛豆:计上心头。大王:头痛医头。二王接得很好:头头是道!三王为:道路宽广——为这一句是不是成语,大家又争了一番。虽然不能算成语,可是——三王说,事先并没说非要成语不可,只要是四个字便成。于是,通融过去。这一通融,以后就都放开了:广阔天地,地理位置,置换房屋,屋顶漏雨——这句出口,连毛豆都禁不住笑了,再没什么可商量的,罚酒。罚过酒,又接了几圈,除了大王外,都喝了罚酒,就玩得差不多了。吃过饭,大王让老板开个房间,老板神情立时紧张起来,说:我们不做这生意的。二王和三王就吼他,骂他当他们是什么人?可见是专做这类生意,此地无银三百两!老板叫他们训斥得不知如何是好,局促了半天,才明白他们只是要个地方休息,就引他们上了二楼,打开一个大房间。房间里一满堂卧室家具,除一张大床,还有大小一圈沙发,原来是老板和老板娘自己的房间。二王三王上了床,毛豆睡沙发,大王不睡,坐在单人沙发里抽烟。毛豆看见大王的脸在烟雾中朦胧起来,逐渐远去,看不见了。等毛豆睁开眼睛,已是满屋暮色,大王还是坐在沙发上抽烟。再仔细看看,大王却变成二王,大王到哪里去了?毛豆望着天花板,塑花吊顶上面垂挂下塑料做的葡萄藤,里面藏着一串串的,不是葡萄,而是累累的小电灯泡。老板和老板娘是新人呢!床上的铺盖是新鲜的红和绿,四壁家具则是簇新的油黄色,即便在沉暗的暮色里,也闪烁着光亮。这时,他看见了另一张单人沙发上坐着三王。二王和三王,坐在他的一头一脚,分明是挟持着他。大王呢?毛豆一下子坐起来。

　　二王和三王坐在沙发里,望着他笑。昏暗中,这笑容显得很诡秘。毛豆说:做什么?不做什么!那两个说。毛豆就站起来要往外走,二王一伸脚,拦住他的去路:做什么?不做什么!毛豆说,跨过二王的脚去。二王一个倒勾,险些儿把毛豆绊倒。毛豆火了,非要往外走。这时,二王和三王就都起来了,站到他跟前,请他回到沙发上。毛豆用手推他们,起先他们由他推,可后来见他手重了,忍不住就也推还他。于是,一来二去,就有些打起来的意思了。撕缠了一时,并没打起来。两个的一方占了强势,自然要有风度,不能认真和那一个计较。最后,就将那一个摁到了沙发上,一左一右地拉着他的手,看上去,就好像与他很亲密的样子。二王和三王很恳切地说:我们不能放你走。毛豆就说:你们有什么权力?你们是我的什么人?凭什么就要我听你们的?毛豆的愤怒复又生起火来,是因为行动又一次受到限制;还是因为大王不在;再是,有些微妙地,他觉着大王对他好,就不怕他们。说罢,就又要站起,无奈两只手被他们紧紧握着,又一次被拉回到沙发上。三王哄道:我们看电视。将毛豆的一只手交给二王保管,自己到沙发对面,倚墙横放的多用柜前开电视机。二王拉住毛豆的两只手,将他的身体也拉得侧过来,就好像他们俩在拥抱似的。电视机打开了,三王并不回来,用遥控器切换频道。切换的速度很快,就只见画面迅速地转换,音响也迅速转换,听起来就像噎住了。电视荧屏闪烁,房间里变得光怪陆离,诡异得很。房门推开,探进老板的脸,问要不要吃晚饭。回答人等一等,老板退出去,房门关严了。

　　三王回到沙发上,要回毛豆的手,三个人就很友好地,并排坐着看电视。电视正调到上海台的频道,虽然很模糊,又有许多杂音,可那个白玉兰台标,却是眼熟的。毛豆怔怔地,望了那屏幕,屏幕上在重播前一日的案件侦破节目,关于一桩入室盗窃案。三个人一同看这节目,其间插播了几次广告,关于洗发水、牙膏、胃药。看完后,二王以同情的口气对毛豆说:你们上海的警察都不来找你。毛豆想回他一句,却没有回出来,只是朝了电视瞪着眼。三王就安慰说:他们不要你,我们要你。毛豆不理睬,二王又说:你要是个大款,或者港台的投资大户,他们早就找来了,可惜你不是!三王接口道:这个世道多么势利啊!两人就这么一唱一和,听得出,他们是想学习大王的雄辩,可因为没有大王的才分和修养,所以就显得嘴碎。电视屏幕上继续播放着上海的节目,这一回是新闻。播音员是熟悉的,画面上的巷里坊间也是熟悉的,毛豆怔忡着,眼泪涌了上来,那两人趁了屏幕的亮瞥见了,不由得都一愣:他哭了!毛豆又是一阵火起,挣着起来,起不来,干脆弯下腰去咬他们的手,他们自然不让他咬。三个人在沙发上球过来、球过去地球了一阵,真有些压不服他了。要知道,一个疯人是十个常人也对付不了的。最后,那两个不由得也急了,捶了他几下,问道:你这个白眼狼,我们是诚心待你,你到底要干什么?毛豆的脸被摁在沙发上,眼泪哽住了喉头,停了一会儿,说:我要撒尿!那两人才松了手,却要与他一同去厕所。厕所就套在这间卧房里,也是新婚的气氛,空气中洋溢着橘香型的清新剂气味,大理石镜台上堆满了各色化妆品,两人挟持着毛豆撒了尿,又从镜台上取一把梳子,替毛豆梳齐方才弄乱的头发,还旋开一罐摩丝朝发上喷了。三人重又回到沙发上,看电视。

中央台《新闻联播》过后,开始播气象预报了,三王从窗玻璃上看见了车灯的亮,就说:大王回来了!于是关了电视机,三人一齐下楼,大王已经进了门。大王向他们扫一眼,说声"吃饭",就坐在桌边抽烟。二王叫来老板点菜,三王则又打开墙角的一架电视机。这一架比那一架尺寸小,而且破旧,缺了许多台,又有许多台信号模糊。调来调去,找到一个勉强可看的,也不知是哪个地方的台,台标是奇怪陌生的。店堂里,此时竟有一点居家的气氛。毛豆不再闹了,看见大王,他不由得就安静下来。似乎是,他晓得和这个人拗是没有用的;还晓得,跟了这个人也是靠得住的。大王这个人,就是奇怪地散发出这样一股子权力的魅惑。饭和菜很快就上桌了,没有酒,菜都是大盘的浓酽的下饭菜,饭是用脸盆大的盆端上来的。四个人呼啦啦地埋头吃,看起来,就像四只下山虎,很是痛快。至多一刻钟,盆干碗净。四个人面不改色,只是如同上了一层釉,有了神采。老板与老板娘除去上菜撤菜,都是待在灶房,将一个店堂让给他们。公路边开店,不知有多少行动诡异的客人,他们总是一个看不见,不知道。四个人放下碗筷,抽着饭后一支烟,电视屏幕上也不知演到哪一出,声音和画面都是激烈的,但在这晚上的路边饭馆内,却又现出一股寂寥。大王自进门说出那声"吃饭",一顿饭间都没有说话,此时缓缓吐出一口烟,说话了:情况有些变化——三个人一齐看着他,他却谁也不看,眼光从他们三人中间穿过,朝向前面——本来计划今天车子出手,让你晚上回家,大王说,将眼睛看向毛豆。那两个人也一齐向毛豆看,毛豆的脸涨红了,他不曾想到原来他今晚上就能回家的,可是,他刚知道这一点,事情就已经改变了。不巧得很,下午我送车去我战友的车铺,不料我战友出差去了——大王的眼睛一直看着毛豆:我向你保证,等我战友出差回来,车子交到他手上,立刻让你拿钱走人。你战友出差去哪里了?毛豆的声音里是无限的失望。大王不由得一笑,温和地说:我战友他过几日就回来了。毛豆又紧着问:你战友什么时候回来呢?二王和三王在边上看不下去了:这样逼着问,是不是太没礼貌了?大王又一笑,再一次回答:仅有几天。毛豆却还不依,再次要求:能不能给你战友打个手机问一问。这一回,三个人一起笑了。笑了一阵,三王说:我们是不用手机的。毛豆这才发现,从没见他们打过手机,自己的手机被他们没收去以后,从此也不见了。

毛豆问:为什么不用手机呢,手机联络不是很方便?三个人又笑了一阵,渐渐息下来,大王就问出了这样一个问题:我们要方便做什么?毛豆也要笑出来了:方便不好吗?难道不方便反而好?大王就接着问:为什么方便一定好过不方便?毛豆简直要强忍住才不至于笑出声来:难道不方便要好过方便吗?大王脸上有几道细纹呈现出绽放的趋势,一种雄辩的快乐洋溢起来。他将烟揿灭,然后把烟头揣在了口袋里——毛豆很快将注意到大王的这个习惯,他从不遗留烟头在任何地方。大王揣好烟头说:换个提问的方式,什么是方便?毛豆想了想说:就是快!还有吗?大王向四周扫视一遍。二王说:就是容易。三王又补充:就是轻松。好——大王点头——很好,举个例子,驾车要比走方便,因为快,容易和轻松,对不对?三个人都点头。好——大王接下去说——可是开车需要有驾照,要有车、汽油,还要有路——毛豆又要笑,却被大王的一个手指有力地止住了!你不要笑,你以为天生有路?告诉你们,连地球都不是天生成的;太阳系运动了多少万万年,经过多少万万次宇宙大爆炸,物质分裂,聚合,转化,最终才有了地球;有了地球还不算完,要经历冰川纪,大洪水——大洪水,读过《圣经》吗？里面有一段,讲到诺亚方舟:洪水将要淹没地球,上帝透露消息给一个好人,诺亚,让他及早地做条船,劫后余生;总之,又是多少万万年的地壳变化,才划分了陆地,高山,海洋,然后,才谈得上路。你们都读过这句话:世上本没有路,走的人多了,便有了路——毛豆忽想起一个人,老大,他也使用过这一句话,可是意思完全不一样——大王说:世上本没有路,走的人多了,便有了路！这才是指人走的路,车走的路呢？见没见过修路？三个人都噤了声,表情肃穆起来。大王在各人脸上看了一遍,激情的潮红从他脸上褪下。停了一时,他轻轻一句收了尾:这就是方便的代价！他忽然笑了一声,这一声笑却是带了轻蔑,并且,这轻蔑远不只是对跟前这三个人,而是对了极广大的人世。

　　老板买单！他叩了一记桌子,二王应声而起,点出钱付了账,四个人走出饭馆。暗处停了他们的车,二王坐进驾驶座,将车开出来。就着门内的灯光,毛豆看见车尾的车牌已换成"浙"字头的号码,而他心里也没起多少波动。这车,早已经和他生疏了。这回,三王坐前座,大王和毛豆坐后座。毛豆摸到车座上有一件尼龙面真空棉的风衣,正要推开时,大王说了:给你的。毛豆也不客气,穿上了身。车子上了路,在路当中退身掉头。拉开距离,看那路边饭馆,周身贴了马赛克和瓷砖,在渐亮起来的星光之下,有一种水果糖样的光洁,嵌在了夜幕之中。他们的车,从夜幕中穿行而过。

第 七 章

大王他曾有过五年的军旅生活,当兵的地方是在徐州警备区,其实是城市的卫戍部队,相对一般陆军多少要散漫一些,空闲也多一些。尤其到了后两年,他以一个超期服役的老列兵资格,就可又多获一点自由。这些空闲,大王全用来做一件事:读书。他读完警备区阅览室里的书,又在徐州市图书馆办了借书证,将那里的书也读完了。这时,他就结下了几个地方上的朋友,他们接着向他提供书,有一次,还带他去过一个师范学院的教授家里拜师,但去过一次之后却没有去第二次。关于这次拜师的经过,等一会儿再说。总之,大王他读过的书,在量和质上,远远地超出他所受的农村初中三年级的程度。如果撇去杂和乱不讲,也超过了一个大学生,甚至研究生。也正因为这个杂和乱,大王阅读的面就非常广:小说,散文,诗歌,哲学,医学,数学,地理,考古,军事,只要是到手的一本书,他必是从头到尾地读完。很难说大王有多么深的理解力,但他的记忆力却是惊人的。多少是有一些自觉的,他训练着自己的博闻强记。最典型的表现是他从来不买一本书,都是借,倘若有人会送他一本书,那么,他一定是看一页,撕一页,等到看完,这本书就不复存在,就好像被他吃进肚子里面,他将它全部背了下来。可以说,他不是凭理解,而是凭记忆,吸收了书本给他的知识。所以,他的阅读就给了他两项成就,一项是知识竞赛。先是在警备区自娱自乐的联欢会上得利,奖品不外乎毛巾、笔记本、水笔一类的小东西。然后,被推举到师里的比赛上,奖品和名声都要重一些。接着,军区举办的知识竞赛他也得了第一名,奖品是一部《辞海》。大王的理想,是到电视台参加竞赛,可却不知道应当通过什么途径,据说需要交一笔数目不小的报名费。其实电视台收钱的说法未必确凿,但大王却似乎喜欢这样的说法,这满足了他的好胜心,说明他之所以没能参加电视台的竞赛不是因为别的原因,只是没有钱;也满足了他和社会的对抗心,他就此可得出"社会是势利的"这样的结论,两点都是年轻人的心理需要。这是第一项成就,第二项则是他的辩才。他的辩才随着知识的积累,不断地增进。开始的时候,大王是以量取胜,就是将他的知识一股脑儿地堆砌起来。由于博闻强记,辩论的材料就十分富裕,供给充足,一张口就来,似乎是触类旁通,事实上是很拉杂的。但是,却造成一种雄辩的印象,在气势上占领了上风。当这些知识化成词语,就好像自动地,从大王嘴里滔滔涌出,大王他模糊感觉其中隐藏着一条首尾相衔的锁链。是这条锁链,将那么些不相干的环节收拾起来,串联起来,这就是逻辑。大王所受的初级教育没有给予他哲学的训练,他只能靠自己摸索。这个发现使他十分兴奋,用个不敬的比喻,他就像猎犬一样满地嗅着,试图寻找到这个神奇地将种种事物联系起来的隐形线索。这线索埋在他的庞杂的知识之下,忽隐忽现。有时候,他差点儿就拽住它的尾巴了,可惜不知觉中又让它滑脱。一旦从电视里看到大学生辩论会的节目,他便被迷住了。迷住他的并不是双方各持一见的观点,而是,竟然无论站在哪一方,都有得胜的机会。他又模糊感觉到了那条锁链,这条锁链的衔接其实无比灵活,它是可以根据需要去串联那些于己有利的知识,以集合力量,在观点的内容之外,起着推动的作用。他以灵敏的嗅觉,嗅出了具体事物之下的抽象定理,他无法去描绘这形而上的存在,凌乱杂芜的现象——这现象由于他无节制的阅读又繁生出现象的现象,就像鸡生蛋,蛋生鸡,它们压迫了他的知性。可他就是感觉到那奇异的存在呢!在大学生双方的辩论中,他眼见着失利的一方,攀着这看不见的链子,渐渐地站起来,站稳脚跟。大王他,凭着蛮力,在壅塞的知识堆里,开出一条逻辑的路,他摸着了诡辩的窍门。

辩论的乐趣很快取代了知识竞赛。而辩论也不像知识竞赛,必需特定的条件,比如,用他的话说,缴纳报名费才可参加电视大赛。辩论是随时随地都可进行,任何一件事也都可作辩论的题目。比如,一盘下到中场的棋局,预测胜负就可一辩;车马炮的功能也可一辩;过河卒的原理再可一辩;棋局的规则更可大辩特辩;于是,何为胜何为负也是可辩的了。辩到此处,下棋这件事本身就都变得可疑了。而这就是大王最为得意的结果。就是说,经过一轮一轮的辩论,最终将辩论的主题推翻,使其不存在。当他在辩论中掌握了主动权,引向预定的方向发展,逐渐接近目标时,他兴奋得都红了脸,全身血液涌到头上,眼睛灼灼发光。他四处寻找辩论的机会,看起来就像是寻衅滋事,人们都有些怕他了。他还没开口,对方就说:我认输,我投降!没有人能做大王的对手。也有不知天高地厚的,可上去没几个回合就下来了。大王渐渐感到了孤独,他甚至变得少言寡语,有过那样精彩的雄辩,日常的讲话显得多么无聊而且无味啊!方才说的,他地方上的朋友带他去师范学院的老师家拜师,就是在这时候发生的,他心里想的其实不是拜师,而是,辩论。那位老师住在城西,师范学院的教工宿舍,新盖的公寓楼。老师将他们引进一间四壁都是书柜的书房,因是在家里,老师就穿得很随便,背心裤衩,脚上却怕风寒似的套了一双尼龙丝袜。老师的年纪是在五十岁上下,可说正当学术的壮年。能够分配到新公寓,足见得在学校亦是受重视的。大约是出于一种惜学的古风,才会接待他们这样师出无名的读书青年的拜访。老师将他们引进书房坐下,双方有片刻无语。在他们自然是紧张拘束,在老师,恐怕是不了解他们的来历,而不知从何说起。静了一时,那引见的朋友说:老师有这么多的书啊!老师就回答:不多,不多。老师是朋友的朋友的父亲,而朋友的朋友正在外地上大学,主客就都是生分的。趁了书的话头,那朋友就将大王介绍出场:我这位朋友特别爱看书。老师与大王这就对视了一眼。大王这日没穿军装,一件圆领汗衫,束在宽大的军裤里面。身体不是高大魁伟,甚至还不是结实,但却有一种紧张度,显现出操练与纪律的影响。头发是剃成平顶,展露出平整的额角,眼睛明亮,直视着老师。老师将眼睛移开,问道:平时看些什么书?大王回答:瞎看罢了!老师就温和地教导说:看书还是要有选择地看。大王问:老师以为如何选择好呢?此时,老师的眼睛又回来了,他慈爱地看着面前这个谦虚好学的青年:是啊!书是那么多,而人生是有限的,选择就尤为重要,意味着你可能将有限的人生利用到怎样大的程度。就这样,话题从读书转向人生。做老师的,总是会被语言蛊惑,然后迷失方向,他也已对这个青年放松了警惕。本来,青年的目光多少让老师起了戒心,现在,演讲占据了注意力。当他讲到人生的有限与认识的无限的时候,冷不防,青年将话题拉回来:那么我们如何选择读书呢?老师一怔,发现自己离题了,但到底是有学识和修养,立即接住话头:认识,就是认识,我们应该选择的书是从中获取认识,而不是知识。青年又问:什么是认识?什么又是知识?这显然撞上了老师的枪口,老师笑了:知识是不告诉你不知道,告诉你就知道了的,认识却是,简单地说,一个字,就是看,你看见的是什么?你如何去看?所以,知识是第二手的,而认识,却是第一手。那么,好学的青年又发问:什么是第一手,什么又是第二手?老师又是一笑,他简直有点喜欢上这个青年了,完全没有察觉,已经被他牵入一个埋伏圈。

第一手的,就是你所见所闻,直接反映在你的脑中,心中的一切;第二手,则是别人已经获取的经验与结论,转而由你所获取——那么,青年截断道,那么,这第一手,也就是"所见所闻"里面,是不是包括了别人的经验和结论?老师伸出一只手掌,暂时地挡住青年——举个例子,比如说水——老师举起案上的一杯水,"水"这个说法就是知识,认识是什么呢?是流动的,要渗漏的,无色透明,可食用的一种物质。青年以一种迅雷不及掩耳的速度紧接着:"物质"又是什么?老师一怔,放下手里的水杯:你的意思是——这个小小的迟疑,已经使老师开始走入被动。我的意思是"物质"这个词是知识,还是认识?老师不由得一笑,这一笑里难免含有着讥诮的意味,因觉着这问题的质量不怎么样。青年对讥诮恰巧十分敏感,他不依不饶地再一次问:物质,是知识,还是认识?因带有情绪,这一遍问就有些像发难。老师便也收起笑容,表情严肃起来:"物质"是一个概念,它是客观存在的总称,是认识的对象;但"物质"这两个字,却是认识的结果,一旦成为结果,便成了知识。青年动了一下,虽然很轻微,却令人感觉他浑身毛发乍起了,就像一只好斗的公鸡:那么就是说,"物质"是一个名称,知识就是名称?老师停下来,看着青年,他不知道青年是要把话题引向何处。此时的老师显得比实际年龄年轻了,也可能他就是年轻的,只不过败顶使他看上去像个老先生。青年开始发表宏论了:依老师的说法,这个世界一旦被认识了,就变成第二手的,也就是变成知识,更就是变成名称——认识是不断发展的,老师怔怔地说了一句,就像在为大王做注释。而大王滔滔不绝——所以说,事实上我们是生活在一个名称的世界里,也就是知识的世界,第二手的世界,第一手的世界在哪里?我看不见,您也看不见,流动的物质在哪里?我们分明只看到水,氢和氧的最普遍的化合物,这第一手的世界一旦进入认识,就已经是变成第二手的、知识的、名称的,第一手的世界就此灭亡了。你说的其实是存在决定意识,还是意识决定存在,这是唯物论与唯心论的重要分歧——老师努力从青年的言论中辨别思路。青年感激地向老师一笑,现在,他们的位置颠倒过来了,青年是老师,老师是学生——这个世界是意识的,意识就是存在,难道不是吗?意识不是存在的一部分吗?听到这里,老师就又是一笑,这一笑是宽心的一笑,他放松下来了,因他看出这青年没有受过训练,思想是混乱的。这笑容又一次激怒了青年,他眼睛更加灼热,言语也更汹涌澎湃,他蛮劲上来了,制胜的心情使他急躁起来,他开始偏离逻辑的线索——存在与意识是共存的,互相依附,没有意识就没有存在,没有存在也没有意识,这就好比先有鸡,还是先有蛋,最初的形成是鸡还是蛋?这也好像地球的第一次推动,是谁的手?谁能够回答,最先形成的是意识,还是存在?老师觉得青年简直是胡搅蛮缠,他不再发言,从辩论中退出,只是做一名听众。这再次激怒了青年,他站起来——所以我们就很难说什么是第一手,什么是第二手,我们立足的这个世界,可能就是在意识中的,不是有"庄子梦蝶"吗?什么是真,什么是梦?我们现在,可能就是在梦里面,老师您,还有我,可能根本就不存在,就是一种意识,然而,我们在说话,交流思想,就又是存在了,至少在梦里——老师在内心深处,承认这位青年有发达的头脑,甚至,也承认青年确实读过一些书,可,他还是认为这是一场胡搅蛮缠,简直是开玩笑。他站起身走出书房去,其实他只是去上厕所,但总归是有怠慢的成分在内,至少,可以事先打个招呼嘛!青年的演讲戛然而止,他也知道自己是有些说乱了,而且急切中,把"庄周梦蝶"说成"庄子梦蝶"。

和老师的辩论成为一场羞耻了。他几乎可以像棋手复盘一样,将辩论的全过程从头再走一遍。他分明是掌握了主动,节节推进,每一个关节都是他占上风,可是,失败的趋势却不可阻挡地笼罩全局。他就知道,他输了。在某些关键的地方,他差那么一点,滑了过去,错失机关。这些机关隐匿在蔓生蔓长的枝杈之间,他就是看不见,抓不住它们呢!可他,是那么一种生性颉颃的人,怎么能叫他服输呢?他抓不住那些机关,不要紧,他可以另开辟一条新路。用现成老套的话说,就是大王他的方法论上出了偏差。他要是甘愿做平庸的人,满足于感性的印象世界,倒也好了;可他不是,他要向抽象的形而上世界攀登,却又缺乏思维的膂力,跨越不了分界线。他就悬在中间。照最通常的俗话说,就是高不成,低不就。结果,便没了个安身立命之所。有谁能看清大王的尴尬处境呢?匆匆忙忙的人世,都在奔自己的生计,能要求谁去了解大王?一个小当兵的,或者说老列兵的,知识的痛苦呢?比他低的,都敬畏他,像方才说的,怕他;高的,老师那样级别的呢,又不爱与他对话,觉着他野路子,胡搅蛮缠。所以,大王他的内心,是有着无限的孤独。

当兵又把他当油了。初入伍时的志向在一个接一个干枯的日子里,早已经磨蚀得无影无踪。他是有些眼高手低呢,这是所有的思想者差不多都有的毛病。那些为实现目标必须施行的劳动,在他们看来,都是可笑的,甚至贬损人格。看着人们努力,争取,其中最幸运的人亦不过是入党,提干,进军校,他们高傲的眼睛,最终将目标也看成可笑的了。这有什么意思呢?这是他们最常说的一句话。不知不觉中,他们从实际的生活里走出来,人生变得虚无了。而他们又不是真正的思想者,能够在虚无中享受哲学的快感;他们甚至不是虚无主义者,那也可以有另一番乐趣,颓唐的乐趣。他们一半向虚无,另一半又向着现实。现实的世界并未与他们绝缘,事实上,多少有一点是,因为现实没有满足他们的欲求,才用虚无来搪塞。他们说,"这有什么意思呢?"原意其实是,这么点小"意思"满足不了他们的胃口。总之,他们不是那种彻底的虚无,也不是彻底的现实,两下里都沾一点,所沾的那一点不是去芜存精,各取所长,而是他们要什么就拿什么。因此,他们同时就还是个人主义者。在这一点上——谢天谢地,他们真正做到了彻底,不至于分裂他们的人格。也因此——谢天谢地,他们虽然有一点苦闷,却远远及不上痛苦,他们没有痛苦这种高尚的感情。个人主义者都不会有痛苦的,但也不会有幸福。

就这样,当兵把大王他当油了。但这"油"并不在表面上,像某些老兵油子那样,军纪松懈,行为放纵,被老百姓骂作"丘八"。外表上,大王恰恰保持着一个军人的严谨,这种严谨甚至于超出了军人,而在向政治家靠拢。就是说,他的风度,不只是在仪态上,更是出自内部的一种控制力。老兵复员退伍,是军队里气氛最骚动不安的时候。在这个驻军九个师,自古兵家必争之地的古城里,流传着许多兵炸的故事,都是发生在军人复转时期。或是用手榴弹,或是用枪,最不济的也用棍棒敲碎几扇兵营和民房的玻璃窗,发泄心中的愤懑——多年惨淡经营无果。这多是发生在农村兵身上,他们抱着改变命运的希望来到部队,最后希望落空,光阴却一去不返。他们还不是再走上一辈的老路,娶妻生子,面朝黄土背朝天!送行宴上,酒都喝过了量,趁了酒,又说了过头话,有哭的,有笑的,有打起来的。一片狼藉中,大王他却声色不动。他没有沾一点酒,他是早知道酒的坏处的。看上去,就有一种"众人皆醉我独醒"的意思了。他一个背包来,又一个背包去,回到了老家,浙江西部,与安徽皖南交界的山庄。他到家当年,就结了婚,妻子是等了他六年的初中同学,在乡里小学教书。隔年生下一子,再隔年生下一女。家中的生计是靠山吃山,种菜竹。竹子这样东西是自生自长,到季节只管去采,自有商贩上门收购。早几年,父母就将他与哥哥分了家,各人名下有一片山地,再有几间瓦房。他的复员费加上老婆的积攒,翻造了水泥预制板的小楼,带一个庭院。一院倒有半院盆栽,没有花,全是草本。背靠青山竹林,就有一些归隐的意境。每日里,用胶皮管接了井水浇盆栽,扫庭院,偶尔上山里看看竹子,他连书都少看了,只是看老婆从学校带回的几份报。有时,暮霭中,你看他一个人立于庭院,仰头看着房后屏障般的山,最后一点残照落在他身上,勾出一个清晰的背影。你心里不由得会一惊,此人在想什么呢?

作为一个有过见识,又读了这许多书的复转军人,从外面的大世界回到闭塞的务农生活里,他似乎显得太过平静了。在这平静底下,有着什么样的奥秘呢?在浙西的山地里,不知什么地方就凹进去个山坳,坳里藏着个小村子,村里头几户人家。这隔绝的生活中,人的长相多少是奇峻的,似乎有些像山中的兽类。身量短小,却可根据需要延长与弯曲四肢。面目五官布局紧凑,轮廓凸出,有一种观察的神情。总之是,有着远超出容积,于是压缩起来的能量,是为适应环境生存,物竞天择,进化的结果。大王则与本地人生相不同。他从小就是白皙的孩子,在本地人中间,他还算得上高,这大约也是一种异禀的表现吧!后来,到了部队,他的身体与五官又发生了些变化,变得比例和谐,匀称,这是在开放的社会生活中,骨骼肌肉自行调节的结果。但是在眉宇间,还含蓄地保留了一种来自遗传的机敏表情。他从那个交通枢纽的城市徐州,回到这山坳里,真是沉得下来,三年时间就这么过去了。三年里,他没有外出过,哪怕只是淤潜县城,只是在收竹笋的季节,接待过几个外面来的客商,来自临安、杭州,甚至还有一个上海。同所有的村民一样,大王也在家里请了酒饭,客商们自然要讲些奇闻异事。比如,有一桩贿赂案,是怎么败露的?一天开常委会,主席台上坐着的领导见底下几个常委,在玩一只打火机。这只打火机很奇异,任谁打都打不着,唯有它主人的手打得着。原来是专为他一个人做的,将他的指模做上去,就认他一个人。领导便想,是谁替他做的打火机呢?派人去查了,不料一查查出个上千万的大案。再有一桩雇凶杀人案。

一个人被杀了,可查来查去也查不出他有什么仇家,他家也无钱财。寻不到杀人动机,破案就难了,结果是怎么一回事?原来杀手认错人了,于是就杀错了。最蹊跷的事情是一个骗子,从银行里贷到第一笔款,投资房地产;然后以建筑中的楼盘作抵,又贷到第二笔款,投资第二个楼盘;再用第二个楼盘作抵,贷到第三笔款……就此,银行都抢着要贷款给他,因他资金一直在活跃地流动,事业兴旺极了。最后,事情败露,骗子坐了班房,可他的楼盘,却如雨后春笋,在城市的各个角落生长起来——因是贩笋的客商,用了"雨后春笋"的成语,就有一种风趣,主客都笑起来。

这样类似隐居的生活过了三年之后,大王就有些松动的意思。在他们邻近的县份里,有一座山,应是安徽境内著名的黄山的尾脉,新近开发了旅游业。七、八、九月份旺季的时候,他就去那里做一名轿夫。轿夫中多是山里的村民,原先也是靠山吃山,如今将山一股脑儿卖给旅游开发的集团公司,先还以为赚了大便宜,因从来没见过那么多钱的,不承想从此没有了生计。可白纸黑字大红印地签了合同,反悔也反悔不得,唯有的办法是村长每日到公司去坐着,再要讨些补偿。一个山里人能说出什么道理来,反倒是犯了错似的,要人家看在千把口子过日子的分上,帮帮忙。但他有山里人的耿劲,早出暮归,像上班的职员一样,一日日地下来,搞得人家怕了他,纷纷躲他,却也并不会再给一分钱补偿。每日清晨,游客们还未上山,村长已经走到设在半山的公司办公室门前,聚在山路平台上的轿夫就喊他:点卯啦!几日关饷?中午吃几荤几素的盒饭?村长手里擎着泡了茶叶的雀巢咖啡瓶,腋下夹一个黑皮包,就像往日去开征粮纳税的会,装没听见人们的嘲骂,头也不回地踅进大门,有一点丧家犬的意思。轿夫们再一起哄笑。大王也在里面一起笑。轿夫们的活计其实亦很清淡,因毕竟不算名山,上山的游客并不十分踊跃,又大多年轻力壮,即便要乘轿,不过是好玩,乘一段就打发开了,但终究聊胜于无。像大王这样外来的,本地人多少会有一些排斥,觉着来抢他们饭吃。好在山民生性都很淳厚,竞争意识又不顶强,几日下来厮混熟了,就当自己人一般。大王尤其不跟人争抢,甚至还推让。他外出当兵这几年,也已将山上的活路荒疏了,轿夫更是苦力,认真要争,未必能争过,大王又不指望靠这个养家活口。那么,他究竟来做什么的呢?

　　大王终日打量着这座山。从小在山里长大的人,山是同生计联在一起,照理不会有什么欣赏的雅兴。但大王看这座山,却是有着特殊的心情。日落以后,最后一些游客已下到山底,轿夫们也各自回家,他却还流连在山里。潭水清澈,水里的卵石简直晶莹剔透,鸟在空山啁啾,树叶子落下都掷地有声。大王一个人,对着这座山,这山就像是活起来了,彼此都能听见心声似的。大王从游人所走的水泥台阶走下,走上樵夫和采药人踩出的小道,慢慢偏离了那些人工开发的景点,进入真正的山的腹地。偶尔有几次,他会遇上人,在暮色里紧张地动作,猛一回头,双方都吓一跳。只见那人收拾起家伙,转身就走,隐进杂树丛中。那是山上的村民,趁了没人偷着种和收一点药材,以为大王是旅游公司巡山的人。这陡然邂逅又迅速遁去,并没有使山因此变得热闹,反是更空寂了。大王用手里的棍棒扫着山路边的杂草,草丛里慌慌张张奔走着一些昆虫,可见在这静的深处,其实有着相当活跃的原动力。暮色渐变得湿润稠厚,四下里起来广大均匀的潇潇声,是夜露降下的声音。大王知道是下山回去的时候了,于是踩上一条下山路。回首间,蓦然见一道屏障般的山峦,顶上立几棵松柏,将天幕剪出参差错落的边。天幕是蟹青的蓝,山是黛色,其余的细节都归入这两色里,天地忽变得简约,并且抽象。大王的眼前几乎就要浮现起一个人的面庞,可终究没有浮现,还是隐匿在历史隧道的纵深处,融入无形之中。这个人于大王是无限的远,可是又近在身边,这座山是因这个人得名,这一处,那一处,留下传说。就在这山的顶上,说来叫人不信,大王从来就没上过那顶,是出于一种什么心情?顶上有千亩草甸,当年朱元璋——对,此人就是朱元璋!朱元璋被张士诚追击,率残部上山,在此屯兵,积养数载,骤然间,犹如猛虎下山,蛟龙出海,杀了张士诚,一举打下天下。现在,千年草甸已是这山的最重要景点,游客们爬山的目的地。每日里多少人登上山顶,观看那起伏的草浪。好几次,大王已经接近了山顶,可他还是没上去,似乎是,他还没做好准备,他以为他还不到时候。听见"朱元璋"三个字在上山的游客,不论老少妇孺的口中念来念去,他有一种"古今多少事,都付笑谈中"的历史悲戚感,还有一种好笑,笑世人轻薄。他想,有多少人,才能懂帝王之心?他对那类牵强附会的传说同样嗤之以鼻,比如某一块石头上,朱元璋曾经睡过觉,等等的,也是轻薄。王气岂是凡人可感悟的?这些小零碎不过是自欺欺人的把戏!他还嫌有人闹哄哄地扰了这山的气象。天色向晚,游人走净,他独自徜徉山间,感觉到四周有一种氤氲,渐渐弥漫生起,合拢过来,洋溢于天地之间。王气重又聚敛,这山的真面目显现了。在暮色的薄暗中,谁也看不见大王脸上的微笑,他笑的是世人的浅陋,非要往那顶上去,一双俗眼能看见什么呢?而他,不用看,也不是听,就是——在一起。他不相信

《圣经》上的,耶稣现身的事情,他觉着西人有些像小孩子:一是一,二是二;丁是丁,卯是卯,太实心眼了。说有神,神就化个人形来了!他也信神,但他信的神却是无形,是钟灵毓秀。

入秋以后,游人渐渐少了,进入淡季,眼看着树叶凋黄,却有几株变了红叶,如几炬火焰。轿夫们也散了,各自寻找下冬季的营生,相约来年再见。等到来年,聚拢的人多少要有变化,几个年老力衰的不来了,却又添了几个青壮的后生。谁也不会记起曾经有一个缄默的汉子,不怎么与人打拢,却也有些人缘。肯吃亏,轿夫间起了争执,他会用一二句话调停。像个读过书的人,可从不见他拿书。人们甚至不知道他是哪里的人,只知道不是本地,租住在村里的半间旧屋,自己起炊做饭。收活时在潭里洗澡,捧起水一扑,扑到脸上,倘有人招呼,便呼啦啦一抹,回头一抖一笑,飞溅开的水珠子里头,眼睛一亮。就像不知道他从哪里来的一样,轿夫们也不知道他往哪里去了。

大王回到家中,住了几日,又出发了。他的老婆,人称叶老师的小个儿女人,问他这回去什么地方,他说杭州,叶老师就不多问了。她已经习惯男人这种说来就来,说走就走的习性。他们是初中里的同学,家在相邻两个村庄。叶老师是班上的好学生,而大王只能算位居中游。叶老师平素都不曾注意过大王,在已经发育成少女的她的眼睛里,大王只是未脱孩子形骸的小男生中的一个。在那样的年龄段里,女生们很难注意到同年龄的男生,谁叫他们晚熟呢?三年初中毕业,叶老师如愿升了高中,大王则应征入伍。两年以后,叶老师在县城街上迎面遇见一个军人,骑一架自行车,忽地停在她跟前。叶老师很诧异,不知道此人是谁,等来人报出名字,她依然想不起当年同学中有这样一个体格匀称、态度沉着的男生。当他们靠到路边聊起来以后,她发现这个想不起的男同学竟然记得她的许多事:有一次她得了县里奥林匹克数学奖;有一次体育达标考试,五百米跑了三次她才通过;又有一次,她穿了一件上海买的白色连衣裙。时间就在回想当年中飞快地过去,他们在县城的街边聊了两个小时。下一次见面,就是周日放假。男同学直接来到她家,带了厚重的礼物,烟、酒、保健品、火腿、茶叶,那意思就很明白了。叶家的父母为了回报客人的厚礼,留了午饭。临时杀鸡,割肉,向方才宰了羊的邻居借了一只羊肺,办得很隆重,多少有着些回应的意思。叶老师觉着这位昔日的同窗操之过急了,但心里却是高兴的,因受人积极主动的追求。此人既是旧相识,又是新交情,是了解又是新鲜。再下一日,叶老师就去了他家,见过父母兄嫂,同样吃过一餐饭。饭后,随男同学参观了新房子,也就是他们如今住的这个院落。其时,还只是平房,而且是个房壳子,没有刷墙,也没有铺地,甚至也没有隔间。畅荡荡的房里边,搭了一张铺,是回来探家的男同学临时住的。铺的上方墙壁,贴了一张很大的世界地图。就在这张世界地图底下,男同学和叶老师做了那件所有少年人都好奇的事情。

叶老师这样的好学生,从小到大都是大人教训孩子时推荐的榜样,就算是长相好看甚至妩媚的,也不会有男生主动上前表示什么。优越地位养成的骄傲又不允许她主动向人家表示什么。高中里,男女生,尤其是女生,大多谈了恋爱,成双成对的。老师批评起来,也总是拿她作正面的例子,她却不像过去那么喜欢老师的夸奖了。老师的夸奖非但不使她骄傲,反而感到自卑。乡下的女孩都成人早,她也知道,有些女生都有过了和男生的经验,甚至有一两个悄悄去了邻县医院堕胎。宿舍里,女生们因要避着她,用暗语交流避孕的措施。她们的表情并无半点羞耻,而是一种得意。她心里,其实是相当落寞的。现在,简直就像是从天而降白马王子,那样坚决、肯定,甚至带些蛮霸地,攫住她了。当他扶她坐在床沿,从口袋摸出两片药片,用矿泉水喂她吃下,她没有一点疑问,也没有抗拒。凭她从同宿舍女生隐晦的只言片语,她猜想这是避孕药片。她也知道大多数男生不喜欢用避孕套,而且避孕套也不安全。她顺从地由大王摆布。有几次,两人的眼睛上下相对,竟然都很平静,也有一种陌生,好像在问:你是谁?这初次的经验并未达到她原先预期的,出自一个爱读小说的女学生的浪漫想象,以为的如胶如漆,相亲相爱。其中似乎有太多的技术和操作的成分,占去了大半的注意力。他们并没有因此而亲密起来,甚至于未来的叶老师都不大能确信,他们的关系就这么决定了。这个人,自从与她有过这样的肌肤接触后,就变得缄默起来,再没有头一次在县城街上邂逅时的滔滔不绝。她发现,他们彼此远远谈不上了解。可是,她依然对这个经验感到满意。尤其是在事后的回忆中,这个经验又渐渐填入了她的那些浪漫想象,变得亲密了。

  大王探亲结束回部队,就没有来信。她不是牵挂,也不是想念,而是觉着做了一场梦。这个人倏忽而来,倏忽而去,显得那么不真实。等到她差不多把这个人放下了的时候,他就又来了。她坐在他的摩托车后边,随他来到他家,又到了那个属于他的院落里。房子还是畅荡荡的一座,孤零零的一张铺,墙上的世界地图还在,略微黄旧一点。他们依然是在地图下面做了那事。这一回,他们彼此都比一年前激动了些,因为动了欲念。紧紧箍着对方的身体,从男欢女爱中生出了些真情。可是大王回到部队上,依然没有信来。对于他在徐州那边的生活,叶老师无从想象,于是也不去多想。到了再下一次探亲,大王又出现在跟前,虽然是有意外的惊喜,但似乎也在预料之中。直到他正式退伍,将房子翻盖、装修,不等涂料干透,便将她娶进了门。此时,她已经从二年制的师范专科毕业,在镇上小学做一名公办教师。她对他依然谈不上有什么了解,但四五年的等待有了确凿的结果,就可证明这是个一诺千金的人。于是,再无他想,铁心跟定他了。

第 八 章

在一爿私人小旅馆里住了三天,等战友出差回来,战友却音信全无。他们是在江苏的地界上,一条无名的街市,临一道齷齪的河,不知是从什么地方流来。街上多是木器工场,单间的门面,一户挨一户。伸进头去,见里头无限深长,就像一条甬道,黑洞洞地摆满体积庞大的家具坯子———一种嫩红色的材质,打成仿古的款式。甬道尽头又亮起来,因通向后院,木匠就在那里做活。后院中的一个,就停了他们的车,是旅店老板给找的地方,大王与他说是车坏了,要找人修。老板并不细究,立刻去交涉,然后引他们的人去停车。街的尽头,有一家冷轧厂,机器日夜轰鸣,冷却水直接从河里抽起,又直接回到河里,这条河的污染全是因为它。厂里用了些外地的民工,所以,他们这四个外乡人在其间出没,就并不显得突兀了。可他们还是很少出门,大多时间是在这旧板壁楼的二楼房间内打扑克。这座二层小楼不晓得有多少年的历史,杉木壁被河水与潮气浸润成朽烂的深黑色,歪斜着,后屋檐马上就要倾到河面上。瓦也碎了,缝间长出品种多样的草,一只野猫又在上面刨抓,将瓦行刨乱。从外面看,就觉得这小而腐朽的楼盛不进四个血气旺盛的青年,单是重量,就足够压坍了。可是,偏偏就装下了呢!你看,那古式的,明清风格的,木窗户支起了,探出头,向底下河里吐一口唾沫。抓紧时间看清楚,数一数,里头正是四个人,围一张方桌。那破板壁就好像胀起了似的。河边的几棵柳树都落了叶,赤裸的枝条垂下,在灰色的河面划出疏淡的影。朔风吹来,河水带着影动一动,有些像冷粥上面结的膜。楼下前客堂辟出半间,是个剃头铺,光顾的客人都是老人,剃光头。剃头师傅在刮刀布上来回地光着剃刀,声音传上楼,楼上的人就笑,说是"磨刀霍霍向猪羊"。想到刀下的老头成了猪羊,就又笑。他们都年轻,兴致又好,就觉着世界上有许多好笑的事。他们笑这河水的肮脏腥臭,河边倒伏的破船,河上的石桥——三步跨过去的一条横搭的石板,还正经八百地叫个"善人桥",这才叫"欺世盗名"!他们中间那个比较年长老练的说,"磨刀霍霍向猪羊"也是他的妙语。

大王兴致很高,他发明了一种新的扑克玩法,还是争上游,规则也不变,但是输赢却是反过来,牌脱手算输,手中牌越多越是赢。说起来似乎很简单,一旦打起来就全乱了套。比如,原先是要计划着出牌,现在谁都不愿出,哪怕是一张小二子,也没人敢要。一圈下来,还只有庄家的小二子在台上,他就不干了。于是,修订规则,每个人必出牌不可,出不来牌的,就由他开始下一轮。出牌的问题是解决了,大家也都变得很吝啬,只肯一张一张地出牌,再不肯出对子,更不肯出三带二,四带一,一条龙,姐妹花,生生将一副整牌拆成零碎。因此,牌局就进行得很慢,而且很闷,老半天也打不完一局,就好像在集体怠工。可大王非逼着往下打,不让停。终于有个人打着打着瞌睡了,头碰在桌子上,红出一个包。大家就都笑。大王忍住笑,说了一个故事。说的是外国的一个农场,农场主为决定继承权给老大还是老二,想出一场奇怪的竞赛,就是让兄弟俩赛马,但不是比快,而是比慢。于是,两兄弟全都伫步不前,没法得出分晓,就当父亲要取消继承权,谁也不给,千钧一发的时刻,两兄弟翻身下马,小声商量一下,然后又翻身上马,扬鞭拍鞍,飞也似的向前驰去。大王让大家猜,这两人商量的是什么,为什么一变而为快马加鞭?三个人面面相觑一阵,大王说出答案:兄弟俩换了马。先是愕然,接着便一片声的赞叹起来。大王将牌刹齐,重新发牌,宣布了第二种玩法。还是争上游,但不是大牌压小牌,而是小牌压大牌。这倒不算太出格,只要耐心转脑筋,可问题是,大王说要读秒,每人出牌不可超出三秒钟,难度就上去了。大王说,这是训练他们正反切换的思维能力,而且——大王说,这里面还藏着一个道理,什么道理呢?就是大和小的关系。大就是小,小就是大。这回他们不大能明白,大王宽容地笑了,说,这个道理对你们可能太深了,但我还是努力地解释一下。他从牌里挑出同种花色,方块,依次排列——A,2,3,4,5,6,7,8,9,越来越大,是不是?再继续大上去,10!他指了牌上的"10"字——看没看见,个位数这一档里,"9"忽然就变成了"0","9"和"0"谁大?你们会说因为进位到十位数上了,可十位数上也只是一个"1"呀?"1"和"9"谁大?再继续大上去,11,12,13,14,15,16,17,18,19——好容易又有了最大数"9",可大上去一格,又变成"0"——"20"!终于把十位数增到"9",个位数也增到"9",然而,请注意,然而,一眨眼工夫,老母鸡变鸭,"99"变成"0"加"0"——100。那三个全傻了眼,毛豆问了一句:那么一百不是比九十九大吗?大王很高兴能有人提出问题,他爱惜地看了毛豆一眼说:很对,这只是一方面;另一方面,还是那个问题,"九"和"零"谁大?"九"和"一"

谁大？这下，连毛豆都没问题了。大王就像一个魔术师，大王就是一个魔术师，将司空见惯的事情变出一个新面貌。

再说，大王把纸牌重又合起来，其实，说到底还是个名称！我们就为什么不能称"一"是"九"，"二"是"八"，"三"是"七"，"四"是"六"，"五"是"四"，"四"是"三"，"三"是"二"，"二"是"一"？这又是谁规定的？大王的声音轻下来，情绪似也有些灰暗。话说到这般，打牌就打不下去了。好在，隔壁面店老板送上他们要的四碗腊肉面，放下扑克不提，吃面。

午后的街十分寂寥，太阳是略略热烈了点，但依然是苍白。寂静中，刨锯的声音就格外清晰，锯末的清香也很清晰，几乎盖过了河水的腥气。有几只鸡在石板路上踱步，蜡黄的鸡爪着力很重，有几处都刻下了竹叶状的足印。猫在门槛上打盹，麻雀在太阳地里蹦跳着啄食。毛豆一个人在街上闲逛，他们已经对他有一些信任，或者说是把握，于是他就有了一些自由。此时，大王出去寻找战友的消息，二王和三王在午睡，毛豆自己下了楼。沿街的敞开的门里，可看见饭桌，饭桌上吃剩的菜碗，地上有小孩子的学步车，门前晒着菜籽。有些门上了锁，门上写着水表与电表的字数。这些凌乱的杂碎，倒使破败的小街有了一点过日子的温馨。有几段粉墙上用墨笔大大地写着"吊顶""水空调"，还有"冰棺材"的字样，对后者毛豆感到了费解，正揣测，边上一扇木门里走出一个女人。因是看见生面孔，就盯了毛豆几眼。毛豆抓了时机请教，什么叫作"冰棺材"？女人解释说，天热的时候，人去世了，放在冰柜里可以不坏，冰棺材就是冰柜的意思……毛豆的注意力有些分散，他没有听进女人的解释，耳朵里却注满了女人的声音。这是什么声音？女人说的分明是苏州话。这里是什么地方？毛豆身上一紧，心跳加速了。他们行驶这么久，日里赶，夜里赶，难道只是在与上海紧邻的苏州地方？毛豆从来没出过远门，开出租车以前，连上海市区都是陌生的。他见识有限，他以为他已经去到天涯海角。女人的口音却是他熟识的，因他们那里，都爱听苏州评弹。电视、广播，有的茶馆也请了说书先生开书场。毛豆紧接着又问：阿姨，这是什么地方？女人就有些疑惑，反问道：你是什么地方来的？毛豆话要出口，脑子一转——到底是境遇不同了，毛豆变得警觉了。毛豆脑子一转，也不正面回答女人，而是再次发问：这里离苏州还有多远？女人说：这里就是苏州，木渎晓得吧？离木渎仅只两块钱中巴，木渎很好玩的呢！女人认定这是游客了，又追问道：你是什么地方来的？开车过来的？毛豆觉着与这女人说话有些多了，不敢再搭讪，模糊应着离开去。可是女人的一句话却在耳边，似乎提醒着他什么，就是："开车过来的吗？"是呀，毛豆心里说，是开车过来的，有一辆车，车呢？那天，车是由二王送去停的，这么点卵大的地方，不相信他韩燕来找不出来！"韩燕来"这三个字此时跳出来，他方才发现，已经与这名字生分了。他在街上急急地走着，双手在滑雪衫口袋里握成拳。他从木器店门口探头往里望，目光穿过幽深的、被家具坯子夹挤着的甬道，看见尽头的光，锯刨声正是从那里传出。阳光中飞扬着金色的刨花和锯末，给灰暗的冬日小街增添了亮色。他发现，店铺后面的院子，大约是这猪尾巴长的街里，唯一能停车的地方了。他从一条缝似的巷道挤过去，因为背阴，巷道地上化了霜又收不干，泥着鞋底。韩燕来浑身发热，几乎穿不住滑雪衫，就解了扣子，敞开怀，两片衣襟像翅膀样夯开着。韩燕来忽然明白，原来他是准备逃跑！

他反而平静下来,心跳也平缓了,只是背上流着热汗。他走到街后,街后要比前街宽敞。后院对着几块菜地,几户人家,也间隔着一些空地。空地上有粪池,或堆了玉米秆、芝麻秆。后院里,凡张了大帆布棚,有锯刨声的,就是木器店,韩燕来就循了去看。院门多是敞开着,有一些活从院里铺到院外,木匠们忙着画线、契榫,并没注意到韩燕来。韩燕来踩着嫩红的刨花,脚底软绵绵的,有一点腾云驾雾的感觉。他听见有人问他:小老板,寻哪一个?他不知道自己回答了还是没回答,眼前忙碌的木匠身影里,他忽然就好像看见了熟人,就是那个有心收他学徒的海门表叔。韩燕来想起了他的家人,不由得热泪盈眶。他在院里穿来穿去,肯定是碍了人家做活,背上挨了不轻不重的一下板子,还被揉了一下,揉到了墙边。院子也是狭长,与前边的铺面一样,除去木器活计,似乎放不下一辆车。韩燕来渐渐冷静下来,他站在后院外的空地上,空地上竖了一架稀疏的短篱,上面乱七八糟挂了些藤蔓。太阳比方才又热烈了,视野里便亮丽许多。就好像一个刚从暗处来到亮处的人,韩燕来眼前有一些光圈。忽然,前面店铺起了一阵嘈杂,后院的木匠也丢下活计,往前去了。他返身跟进去,铺里的家具坯子都离了原地,壅塞在铺中央,堵住了甬道。但仔细看,却是秩序井然,相互错开着向外移动,原来是运货的船来了。搬运夫用麻绳兜底穿了两道,又拦腰一横,打个松松的活扣,插进杠子,"嘿"一声就离了地面。一前一后呼着号子,穿过石板街巷,来到河边。河边停了一艘机轮船,几乎占去河道一大半。本以为这是一条死水,此时却有了些蒸腾的气象。圮颓的房屋门里,也走出了大人小孩,立在河两边,还有桥上。韩燕来不知不觉跟到河边,看搬运夫将跳板踩得一弯一弯,木器一件一件上了船。偶一回头,见临河的窗也推开了,伸出一张张脸,其中有二王和三王。此时,他们一上一下打了个照面,就像不认识似的,彼此都觉着无限的陌生。韩燕来心想,自己与他们究竟有什么关系呢?

木器上船,船吃了重,就有些动荡,听得见水拍岸的噼啪声。这条河,原先简直不知道在哪个犄角里边的,此时却和外面的大世界连接起来了。太阳晃晃地照着,照着小孩子红通通、胖鼓鼓的脸颊,上面皴出了细小的口子。女人皲裂的手指上的金戒指,也晃晃着。挑夫们的额上冒出了热腾腾的汗气,脱了棉衣,汗气又从棉毛衫底下冒出来。家具坯子上了船,嫩红色的木质在亮处显得格外细腻,都有点像陶瓷了。原来这就是红木,上漆之前的红木颜色。跳板抽走了,马达发动起来,声音大得压住一切。大人说话,小孩子哭,全听不见了,只看见嘴动和哭脸。船往前开去几十米,在略宽的河湾,奇迹般地掉了头,又奇迹般地穿过石桥的桥洞。当它过到桥洞那边,忽然就变小了,速度也加快了,一会儿就不见了影子,留下一歇儿马达声。韩燕来随船走了几步,眼看船驶远了,他感到一阵怅然,似乎是,方才打开的世界此刻又重新闭拢,重又离群索居。韩燕来又想起他的车,他急急地回转身,要往木器店继续寻找他的车。就在这时,他看见一扇后门旁边,就在他们住的旅馆楼下,剃头师傅正与一个人接火,那人回过头对了燕来微笑。燕来觉着又熟悉又陌生,怔了一时才认出,原来是大王。日光下的大王的脸,格外的清晰。燕来是第一次那样清晰地看见大王的脸。顶光在他脸上投下了几块阴影,强调了脸型的立体效果。这是个好看的男人,而且,自信心十足。

这天晚上,他们又一次出发。毛豆跟了大王去开车,车果然就在木器铺子的后院。毛豆曾经进来找过,却没发现。原来它就在墙根,罩了一张油布,这个后院实是要比看上去的宽大。车从后边的院门出来,在高低不平的空地上摇晃,路口等着的二王和三王,悄然上了车。夜幕降临,这小街又沉入寂静。星月还没起来,天色就格外黑。车灯"唰"地劈开路,蛮横地扫过街角,出去了。早歇的乡间,连鸡狗都眠了,其实不过八时许光景。受环境的影响,车里的人静默着,气氛变得沉重。车在路上走了一阵,上了公路,路灯照耀,车辆"嗖嗖"过往,就像混沌里开了天地,心胸也舒朗了。他们活跃起来,嗓子眼痒痒的,又要唱歌了。这回,连毛豆也跟着一起唱了。他们同是青年,生活在同一个时代,有着共同的未来,分歧只是暂时的,终将走到一起来。这回他们唱的是《涛声依旧》。这也是毛豆喜欢的歌,但他是个腼腆的人,从不好意思开口唱歌。现在,和这几个快乐的青年在一起,他竟也放开了。而且,他发现自己唱得还不错,有几处险些儿荒腔走板,却被同伴们拉回来了。《涛声依旧》反复唱了两遍,大王就指示毛豆将车拐进一条窄路,沿窄路又拐进一个敞了门的大院,院内停了三五辆车。毛豆停了车,四个人鱼贯下来,出到院外,回头一看,正好一盏路灯照在院墙,墙上写了"人民医院"的字样。说是"人民医院",却只是一个荒废的空地,不知等待着作何用途。此时,他们才发现窄道另一边的一行柳树后边,是一条齐整的宽沟,沟那边则是一排院落,虽也是静的,可不是那样寂寥的静。有时,会有一扇院门推开,露出灯光,走出人,脚步清脆地击在石板路上,静夜的空气便搅动了。但他们却反而沉默下来,这些院落里藏着的安居乐业的生活,总有些叫他们生畏似的。黑暗里,这四人,低了头快着脚步穿过直巷,又穿过一二领石桥,来到一条横贯东西的长街。这条长街显然新近修葺不久,在路灯的照明下,楼面的漆水新鲜油亮。因是仿明清的风格,全做成木格雕花的门扉窗棂,楼顶是黑瓦翘檐,山墙粉得雪白,门楣上有写了字号的横匾,立柱上则用绿漆写着对联。一时上,他们好像不是现实里的人,而是成了古人,并且是电视剧里的古人,都有些恍惚的欣喜。他们木呆地咧开嘴,四下里看着。路灯的薄亮里,人往来着,而且,口音南腔北调,他们竟是不知身在何处。大王显然白日里来打样过了,熟络地将他们绕到一爿颇具古意的中药店背面,于是,就看见了粗糙的水泥预制板的楼体,露天下一道铁梯直接通上二楼。上到二楼,门厅里挂有"老年茶室"的牌子。此时,门里却旋着一盏彩灯,五颜六色,斑斓幻化的光里面是鬼魅一般的人影,跟了震耳欲聋的音乐动作。大王带他们在一张空桌边坐下,要了茶水饮料。他们想说些什么,可是只看得见对方嘴动,彼此都觉着很滑稽。现在,他们回到了现代生活里面,显得兴兴头头的。可他们都是有涵养的青年,虽然心里高兴,面上却是不怎么热情的样子,甚至是冷淡的。他们各自矜持地坐着,喝茶,抽烟。三王与毛豆借火时,在他耳边说了一句:大王的战友来了。说是耳语,其实几乎要喊破嗓子了。

桌边加了一张椅子,坐下一个人。灯光正切换到明暗快速交替,骤亮与骤灭。看起来,人与物就好像不停地从照片翻转底片,再从底片翻转照片。还好像电影中的定格镜头,于是,人的动作不再是连续的,而是一格一格向下去,效果十分奇异。那新来的人,就这样,一会儿变成照片,一会儿变成底片。一个定格在和大王握手,一个定格在与大王点火,又一个定格是用手指着大王,下一个则是与大王仰头大笑。再一个又是握手,接火,互相指对方,一同仰脖。连接起来,应是一幅相谈甚洽的场面。这一阵激烈的灯光运作过去,又回复到彩灯旋转,景象略微和缓些,就见新来的人身上的毛衣一会儿成红色,一会儿成绿色,一会儿又成黄色。看人家是这样,自己呢?只是觉着有一只色彩斑驳的手,从脸上抹过来,抹过去。这里是年轻人的世界,需有强健的感官神经和心脏,才经得这般刺激和打击。人明显比方才多,再没空桌了,没占到桌子的,就倚墙站着,或者坐在窗台上。舞池——所谓舞池,不过就是桌子围绕的一块空地,舞池里人挤人。想不到,离开那寂静的小街方才十分钟的车路,就有了夜生活。毛豆想起了圣诞夜,而今天,原来是新历年的除夕夜啊!毛豆有些伤感,但很奇怪的,这伤感并不是那种苦楚的,而是,竟然有一点兴奋,也是给眼下这气氛激励的。他这样又酸又甜地想着那个圣诞夜,就像一个混得不赖的人在犯思乡病。二王和三王熬不住也挤到舞池中去,溺水似的,转眼间不见了身影。大王和战友坐着抽烟,舞厅里已是烟雾缭绕,光打上去,人脸便游动起来。二王从舞池中挣出来,拉毛豆过去。毛豆被拖到舞池里,只觉得前后左右都是人,都在蹦跳,二王和三王一人一边架着他,也在蹦跳。害羞得要命,却身不由己,只是笑。他笑得简直支不住,要倒下去了,可二王三王就是不松手,得寸进尺地一人抱住他肋下,一人握住他的脚踝,将他抬起来,左右晃悠。毛豆哪有这么疯过的?他从来就是个安静的孩子,说话行动都不放肆。可是,他到底是个男孩子啊!身体健康,精力旺盛,内心其实挺热情。这时,他都笑不动了,软瘫着,由他们摆布,也趁着不用力休养生息,但等他们放他下地,他立刻拔脚,在人堆里左冲右突,终于脱身,在了舞池外边。几乎就在同时,心里生出了悔意,他羡慕在那里跳舞的每一个人。他到底不好意思再挤进去,只能回去自己的桌子。可是,他找不着自己的桌子了,因为,大王和战友都不见了。

毛豆有些慌,一张一张桌子找过去,其时,又多出空桌来了,因都跑去跳舞了。舞池也自行扩大,将周边桌子都挤乱了。毛豆茫然地站在挤成一堆的桌子当中,无法决定再回到舞池里去跳舞,还是随便在一张桌子旁边坐下。他正不知所措,肩上被拍了一记,回头一看,是大王。他竟然十分的欣喜,完全没有意识到,他实际上又错过了一个逃脱的机会。可是,怎么能怪他想不到?在这样的快乐的除夕之夜,和这样快乐的伙伴共度良宵,他怎么会想到"逃跑"这种危险的事情?看见大王,毛豆就心定了。大王很容易就找到他们的桌子,桌上还有各人未喝完的饮料。他们坐下来,虽然互相听不见说话,可是却有一股亲切的心情滋生出来。悬在头顶上的大电视机屏幕上,播放世界各地迎接新年的实况:悉尼,多伦多,巴黎,纽约,香港,上海,已临近十二点了。舞厅里的音乐渐渐止住,灯光也缓速旋转,电视机里开始倒数秒:九,八,七,六,五,四,三,二,一,然后是当当的钟声——不等十二响敲毕,电视内外已是山呼海啸的欢声。音乐继续大作,彩灯也加剧转速。但毕竟是高潮过去,气氛一节一节下来,人意阑珊的意思了。舞池里的人疏落了,甚至有清扫人员过来收桌上的空饮料瓶。二王和三王也回来了,大王就做了个"走"的手势。

喧嚣哗动只在门厅里就消散了,楼外面是睡梦中的镇市,他们踏着铁梯下楼的声音都显得刺耳。狂欢之后的心,不由得沉静下来。默默随大王走了一段,跟着的人忍不住说:车停在那头呢!因大王分明是往相反的方向去。大王并不回答,依然朝前走,走到长街街尾,房屋就矮下去,最终矮成平地,裸露出河道。沿河道走十几米,路边出现一个个的水泥台子,台子后头还有一个大棚,顶上写"农贸市场"的字样。铁门虚掩着,一推就进去了。没有灯亮,但玻璃钢的屋顶透出天光,所以依稀能看个大概。棚里也是水泥台子,一长条一长条,此时都收了摊,地上扫得挺干净,但还是有鱼肉的腥气,鸡鸭的屎臭,与菜叶的腐味。大王拣了张角落里的台子,台子边有一把破椅子,坐下来,两条腿搁在台子上,紧了紧军大衣,看上去是过夜的架势了。二王和三王很领会地,跟着给自己安窝。一个找来几个筐,叠在一摞,脱下棉袄团在里面,就做成一张舒服的沙发。另一个是搜罗了破纸板箱,拆开来垫在水泥台上,再铺上蛇皮袋,还邀请毛豆一起合睡。毛豆到底不惯,只肯坐在"铺"上。忙碌一阵,终于安顿下来,大王才告诉大家,方才他们跳舞的时候,他和战友专去看了车,可是不巧,停车的地方锁门了,车就没看成,生意也没成交。现在,战友先走了,约他们明天到武进见面。说罢,大王抱歉地看毛豆一眼:本来,想让毛豆新年回家的。毛豆不由得生出几分惭愧,大王分明还记得他们的合约,而他倒生出外心,竟想过要私自出走。于是就低下头,喃喃道:我无所谓。大王就笑。

方才度过极度兴奋的快乐时光,又过了子夜,人就亢奋着,没有睡意。各自在暗中眯了会儿眼睛,又说起话来。大王给大家出了个作文题目,叫作《记一个难忘的人》,不是用笔记,而是用嘴说。谁开头?就用"剪刀,石头,布"来决定。先分两组进行,再胜者对胜者,负者对负者,一时间,就有了冠、亚、季,以及最末名,最末名打头炮。于是,第一讲就由三王担任。三王沉吟一时,开始讲述"一个难忘的人"。

话说从头,一切要从蚌埠火车站说起,在那里,他从事的是倒卖火车票的营生。其实,这也是搞活经济的一种。什么叫市场经济? 就是有供有需,或者说有需有供。听客也许会问,车站不是有票房吗? 票房不就是卖票吗? 要出门的人直接上票房去买不就行了? 那么本人也有一个问题,你要穿鞋,为什么不直接到鞋厂去买? 而是要鞋厂做好鞋,先批发给大经销商,然后大经销商批给小经销商,小经销商再发给零售点,这时候,你才能见到你的鞋。回头看,一双鞋养活了多少人啊! 这就体现了社会主义的优越性,一碗饭要大家吃,众人拾柴火焰高! ——好! 大王叫了一声好! 这些人里面,三王是他最好的学生,领会了他的诡辩的精神,而在讲述的风格上,则又有一种民间说书人的乡俗意趣。大王赞成这样,他不愿意他们只是对他的完全照搬,而是希望他们保有自己的个性。

三王接着说:所以,不要轻视倒卖车票的营生。天有长短之时,人无贵贱之分。好,言归正传。车站也是个小社会,单是倒票这一行,就分有多个门派,就像武林,每一门里,都有掌门人。倒票的掌门人就是从窗口批票的人,是从不露面的。不怕听客笑话,我在门里待了二年有余,也没看见过那掌门人一面呢! 票从窗口批出来,再一层一层往下发,最底的一层,连票也摸不着,只负责找买家。找到买家,就往上线领,交给上线就完事。上线,也未必有票,要往上上线领。这最基层,其实也是最前线,多是由小孩和老人组成。小孩机灵,眼观六路,耳听八方,一眼就看得见,哪一个人在找票。老人呢,有经验,不是说,姜还是老的辣吗?虽然反应不很快,可是他们分辨得出来,谁是着急地找票,谁是不着急地找票。是从行李、穿戴、神情中辨别出来的。这就叫三百六十行,行行出状元。方才不是说过,倒票的也分门派,听客要问,会不会有争夺?和任何行业一样,有竞争才会有发展。但是,竞争也是要守规矩的,不可胡乱争。所以,是有秩序的竞争——"有秩序的竞争",这句话好!大王评点道。谢谢——三王像歌星一样道了谢,继续往下。门外人是看不出来,在他们眼里,车站就是车站,广场就是广场。门内人看过去,车站不是车站,广场不是广场——是什么呢?毛豆忍不住发问——是地图。三王回答,就是一幅地图,被划分为一块一块,边界十分清楚,而且,互相绝不犯边越界,这就是每一门的领地。掌门人和掌门人常常会举行会谈,就像联合国理事会。大家都笑了。笑过后,大王说:"难忘的人呢?"这句话提醒了三王,三王说得兴起,偏离了主题——一个难忘的人。

有一年,临近国庆节,车站开始打击票贩,形势变得艰难。满地都是戴黄袖标的联防队员,你简直不能动一动,一动就被盯上。哪怕你什么也不做,只是袖着手走路,联防队员也会过来,轰鸡一样轰你,你就没有立足之地。我几天没有找到买卖了,方才说过,像我们这样的小孩——那时我只十二岁,是专门联络买卖的——我几天没有上手,生活十分困苦。补充说明一下,我们是按劳取酬。生活的困苦在其次,重要的是心里惭愧。我们这些人,荣誉感是很强的。这一天,我在广场上四处转悠。并不是寻找生意,我们都是有规矩的,决不犯边越界,我只是出于苦闷,散散心而已。无意中,我发现一个男人,穿着厚呢衣服,手里抱着棉袄,头上冒着汗。在蚌埠那地方,九月底还没冷出来呢!所以,我断定他是从东北来,临时在这里转车,没买到票。这个时期,对于供需双方都很艰难。因为窗口的票都已出来,中间环节却中断,就不能够及时地送到买方市场。这个人东张西望,我看他是个老码头了,晓得困难时找票贩的出门道理。广场已经肃清,票贩都转入地下,那些联络生意的老人小孩都轰走了。这时节的广场,真的很萧条。他从北往南走,我呢,有意无意地跟着从北往南走。奇怪的是,没有人轰我,也许以为我是他的小孩吧!其实,联防队员已经能认出我们这些人了,只等着掐住腕,一个个揪了,送到遣送站。可是,这时候,竟然没有人认出我,我就大摇大摆跟了东北人,从北到南,穿过整个广场。一到南广场,我们的地界,我立即和东北人搭上话。接下来,就是东北人跟我走了。我把他带到车站南头公厕门口,交给卖手纸的刘大娘——刘大娘是我的上线,交了刘大娘,就转身往南广场回去。才走到半路,就过来一伙人,要我跟他们去谈谈。我一看就是北广场那伙小孩,来找我讲话的。我解释说:我是在南边做的买卖。他们还是说:谈谈,谈谈怕什么!就将我拥走了。路上,我对他们说:大家都不容易。他们不接我的话,只说:谈谈,谈谈怕什么!就这样,来到桥洞底下,几个人围了我站定。我又说了一句:大家都是一条船上的人,话没说完,拳头已经封了眼。就在这时候,突然间,有如神兵天降,只听霹雳一声大吼:住手!一个高大魁伟的人影,出现在桥洞口,遮暗了洞里的天地。里边的人不由得一怔,歇住了手。天降神兵又喝道:什么人?大胆,竟敢闯入老子的山寨!原来,这桥洞是有主的,桥洞的主回来了。然后,又听头顶上一声呼啸——嗖,一道闪光,是洞主手里的兵器,一根铁管。洞里的人哗然一声,抢出桥洞,丢下了我。此时的我,躺在地上,腹中空空,口吐鲜血,再也动弹不了。洞主就说:留下吧!于是,我一留数年,至今还与他在一起。

毋庸多说,人们都知道,三王说的正是二王。接下来,是二王讲述"一个难忘的人"。

我拜过师傅,学的是轻功。师傅说:一招鲜,吃遍天,人一定要一技在身。所以,师傅怎么骂我打我,我都不怨,就为学艺。可没等师傅教得我出山,师傅就死了。这是一个难忘的人,不过我要说的,是另一个难忘的人。我没有跟师傅学出师,"飞檐走壁""蜻蜓点水",还谈不上,但我会爬墙。我说的不是院墙的墙,院墙,我一抬腿就上去了,我说的是大楼的墙。无论是多少层,我都能徒手上去。但是,切莫以为爬墙只是腿脚的功夫,其实不然,还要看天时,主要就是看月亮。上半月时,月亮出来早,下半月时,月亮出来晚。上半夜,月亮从东往西照,下半夜时,月亮就到了西边,你就得避开月亮光。最忌的是月到中天,整座楼,整条街,整座城,就像汪在清水里似的,透亮。为什么是要看月亮,而不是看太阳呢?那是因为我们的营生是在夜里。除去看天时,还要实地勘察。城里的房子不像乡下,一律坐北朝南,城里可不是。你们不觉得吗?一进城就转向,东西南北都乱了。所以,城里人说路,不是说朝东、朝西,是说向左、向右。这就是其中的道理。就算是城里人说的朝南,实际上也不是正南,而是要偏一点。所以,看楼一定要看准。到时候,你以为你是背阴面,结果,月光就像探照灯,一下子把你照亮!你看好天时,再看好楼面,四周的环境也要打打样,然后就可以上墙了。说出来,不怕你们不信,有一次,一面楼的窗户全关死了,只有十六楼开了一扇气窗,你们知道我是怎么得手的?我上到十七楼,在空调外机上落脚,来个蝙蝠挂岩,倒悬身子,进了气窗——我可以证明,三王说。当时他在场,就在楼底望风,只见十七层的高空,一条黑影,悬空悠几下,进了墙缝,不见了。

在上海——二王说,"上海"这两个字似乎触动了每一个人,有一时的静止——上海,是个好地方,机会多。当然,难度也大。保安太多。小区里,保安骑着自行车巡逻,你就还要计算时间,计算保安多长时间巡逻一遍,你只能插空行事。可是,上海的楼高啊——二王的声音兴奋起来——晚上,你们知道,我们是夜行人,到了晚上,灯亮起来,数不清的灯格子。直高到雾里面。你看了,由不得就手痒痒,脚痒痒!我就为我的师傅叫屈,师傅没到过上海,没见过这样的高楼,师傅的武艺可惜了。我看到高楼就想上,要有哪一幢高楼看进了眼里,我无论如何也要上它一上。在上海时,我脖子都仰酸了,都是望楼望的。从底下一层一层数上去,先是数,后来只一搭眼,楼层数就出来了。我喜欢上海的楼。二王停顿一下,为平静激动的情绪。就是在上海,我遇到了又一个难忘的人。

这一天夜里,我上了一座楼,二十七层。我从厕所的窗进去,照我的经验,看得出这是写字间,因厕所里没什么杂碎物件。这一间厕所格外的大,照我的经验,是直通老板或者经理办公室的。员工的厕所,一般要分男女。果然推出去是一间大写字间。当中一张大班桌,沿墙一周沙发,很豪华的。不是吹牛,我见识过豪华,我不羡慕,我信我师傅的,"一招鲜,吃遍天",可惜我不能孝敬师傅了。可是,我很快就又有了一个难忘的人。我定了定神,就去摸抽屉。其实老板的写字间不会有大收成,不像居家,东西四处乱放。老板的财物都放在保险柜,我不会开锁,这是另一行。俗话说,隔行如隔山。我只能在抽屉里找找。有时候能找到一个金表,一个旧手机,一个镀金的名片夹,或者老板的钱包——钱包没什么用,因为老板都是用卡的。正在我摸抽屉的时候,忽然听见一声笑,我不由得腿一软。不是怕,是惊!这时候,这样的地方,大门,二门,三门,层层防卫,除了我二王,还有谁进得来?窗户是那种茶色玻璃的,外面看不见里面,里面能看见外面,外面是万家灯火,映在玻璃窗上,稠得,稠得就像,一锅粥。上海的美景啊!只有像我们这样登高的夜行人才看得见。循了笑声望去,就见背着窗户上的灯光,单人沙发上坐了一个人,正对我点头,然后说道:英雄相逢!这个人就是大王。大王他是怎么进来的?二王想,难道也是一个练轻功的师傅吗?大王却说,他练的是"心功"。怎么说?二王请教,大王就请他在另一张沙发上坐下,说:很简单,我是走进来的。二王又是一惊:走进来的?大王说:当然,我来得比较早,下班以前就来了。二王问:无人阻挡?大王反问:凭什么?人家能进,我为什么不能进?只要你心里认为你可以进,就无人阻挡。二王还是不能明白,还觉着挺委屈似的,他想,他这些年学的艺难道都是白费?他还替师傅委屈。大王看着他木呆的样子,又笑了,用了一个以二王的知识能够理解的比喻。比如,轻功为什么不登梯就能上墙?再有,穿墙术,不破一砖一瓦,人就到了墙那边,这是为什么?二王回答:这是得道了!对!大王喝了声彩,二王心里投进一线光亮。就这样,初次相逢,他们长谈了一夜。最后,二王决定拜大王为师,大王不受,说:谁知道谁是谁的师傅?但二王跟大王的心已定,无论大王到天涯海角,二王,还有三王,都永远相随。

现在,轮到毛豆了。毛豆将他的生平想了一遍,觉着阅历实在太平常,结果,他讲的"难忘的人",是一同学开车的老大。想起老大,毛豆心里竟有些激动,他发现,那情形和今天挺相似。他们四个学员:老大,老二,老三,还有他,小阿弟;这里是:大王,二王,三王,他,毛豆,他总是排行最末。可是老大和大王是多么不一样啊!他眼前出现了老大白胖、略有些虚浮的脸庞,架着一副无框眼镜,笑起来,腮上会显出女人样的浅酒窝。他的手也是虚浮白胖,左手无名指上箍了个金戒指,也像女人。他走起路来,挺着上身,屁股向后坐,弯着腿,勤奋地交替双脚,像个大肚子女人。可是,这一切都不妨碍他的豪爽心肠。他尽管是个老板,可是,对毛豆很亲切呢!他教毛豆处世的道理,这些道理一句也记不得了,但他说话时热情的态度,却历历在目。毛豆对大王和老大的心情也不一样,前者是尊敬,后者却是喜爱。毛豆怀着一种温存,描述了老大这个"难忘的人",但在结尾,他略微做了些修改,将老大没有考出驾照,改成他第一个获取成功,并赢得考官们一致的好评。

相比三王和二王的叙述,"老大"这个人物确是要平淡许多,但他却是个有趣的人。在毛豆讲述的过程中,有几处,人们都发出了笑声,最后还给予掌声鼓励。大王的评语是两个字——生动。毛豆发现,自己其实蛮可以的。在这个新历年的除夕夜,毛豆学习了两项功课,一是跳舞,二是讲故事,他就像换了一个人,连自己都不认识了。到此,听的和讲的都情绪亢奋,并无睡意,各人从自己的窝里出来,活动活动腰腿,小跑几圈,再回到原处,听最后一位,大王的讲述。大王讲的"一个难忘的人",是他今夜会晤的战友。

第 九 章

战友这个人——大王笑了一下,怎么说呢?老实说,到现在为止,我还说不好他究竟是什么样的人。我不喜欢一目了然的人,那样的人,一个字,浅。而战友他,就像什么呢?就像一个谜,而且不是一般的谜,什么"千条线,万条线,下到水里看不见",什么"花阁子,红帐子,里头睡了新娘子",一猜一个准,差不多是要张口告诉你了。战友这个谜,是个字谜,谜面是——某人死,刘邦笑;某人死,刘备哭——打一个字,你们试着猜猜。三个人全都茫然不知所向,胡乱猜一气,连边都沾不上。大王又笑了,抬起手,在灰暗的晨曦中——晨曦已经从玻璃钢屋顶上渐渐渗透进来,有一个挑担人,不知什么时候进来,在远处的台子上,摆放他的菜——大王的手指在灰白的最初的晨曦中,大大地画了一个字:翠!"翠"是怎么组成的?上面一个"羽",下面一个"卒","羽卒"——项羽死,刘邦笑;关羽死,刘备哭!那三个这才恍悟过来。战友他,就是这样的谜,你要猜他,至少,怎么说,至少要读一部《三国演义》,否则,人到了你面前,你都不认识。这也是,什么叫"真人不露相"?战友他就是。还有一句话,叫什么?"众里寻他千百度,此人却在,灯火阑珊处。"意思是,他不是在中心,而是在边缘,暗处,找不见的地方,凡胎肉眼看得见,就不是他了。他和战友同在一个连队,一个排,甚至一个班,共事数年,可是我对他毫无印象。你们信不信?他没受过表扬,也没挨过批评;不先进,也不落后;他和战友们不闹意见,也不太打拢,就好像没他这个人!所以,退役几年后,再遇到他,我已经想不起眼前这个人是谁,在什么地方见过。但是,很神奇地,有一种力量却把我吸引向他,我就觉着这个人——不是认识,不是熟悉,而是,与我有缘——这就是形与神的区别。形,是看得见;神,看不见,可却是有影响。书上常说:无形中,什么什么发生了。这"无形"就是"神"的意思。他是一个有"神"的人。共事多年,我对他完全没有印象,可是他其实在我周围,渐渐形成气场。他喊我的名字,我很惊讶,要是换了别人,我决不会搭理,而此时,我却问道:你认识我?他回答说:谁不认识你,警备区的名人!又是一件令人惊讶的事,被他认出,他称我作"名人",非但不使我得意,反而是,极其惭愧,脸上腾地烧起来。我摆摆手说:别提它了,纯属闹着玩!他就放下不提,说起别的,免了我的难堪。只这么一个小小细节,我觉得他是知我者,不是知我者,是知天下者!这又是"神",没有什么大举动、大道理,可是,让你心悦诚服。其时,我知道面前这人是战友无疑了,经他提醒,我们曾有一度还睡过上下铺,可我还是记不太起来。奇怪的是,虽然我记不起这个人,但是与他共处的几年时间,却在这一时刻,全部回来,凝聚起来,我觉得认识他已经很久很久了。所以,这又叫"魅力"。

"魅"这个字,大有深意。古代时候,有一种职业,专门将客死他乡的人背回家,怎么背?你们以为真的是"背"?其实不然,是领了尸一同走。总是走在无人的野地,或者萋萋荒草丛中,难得有人看见,远远地,只见一人前头走,后头是一纵一跳的一具人形物件,就是尸首。到了夜晚,宿在庙里,背尸人卧香案底下,尸首则戗在庙门后。听起来不可思议吧!可事实上就有,就是"魅"。你们都听说过关于"僵尸"的传说吧?不会是空穴来风,定有人亲身经历,因解释不了,就说是"迷信"。这个世界,难道仅仅是我们眼睛里看见的这个?这大话谁敢说?其实我们每个人,都接触过"魅",但都是用"迷信"两个字解释掉了。浅点说,你们信不信梦?科学说:"日有所思,夜有所梦",又解释掉了。科学真是个坏东西,它把这个世界减去了大半,只剩下它以为的那一小半。你们好好想一想,是不是,在梦里会时常反复来到一个地方,这个地方很眼熟,很亲切——

二王说有,他有时会梦见一棵古树,树下有路,路边有一座庙,庙里有一个老和尚。三王也说有,他常梦见的是一条水,水底下是卵石,有鱼在游,他走在水上就好像走在平地,事实上呢,他怕水,是旱鸭子。仿佛间,毛豆也想起一个熟梦,是一片空地,地上长了毛豆,豆荚子打着小腿。大王说:这就是你们的前世。三人不禁一阵胆寒。四下里已有人在设摊,天亮了。大王从破藤椅中站起来,说一声"走"。那三人中的一个忽想起一个问题,问道:你再见到战友的时候,他在做什么呢?大王一笑:他来我们村子收购菜竹,是一个笋贩子。

他们走出农贸市场的大棚,黎明的气象很清新。岸下停了一条木船,船主正在卸黄瓜和青菜。黄瓜是暖棚里出来的,干净得水洗过一般,青菜是江南特有的矮脚菜品种,染了霜,胖鼓鼓的一棵一棵,令人想起家中饭桌上的菜碗。这个镇市,揭开了又一日的帷幕。他们从石桥走到后街,豆浆铺开了张,进去喝两碗热豆浆,吃几套烧饼油条,通夜消耗的热能就又回来了。顺来路走回"人民医院"停车场,大门开着,他们的车还在,顶上停了一抹朝霞。等他们上了车,车开出停车场,太阳真的就要出来了,灌了一沟的金水,沟边的柳条也变成黄金缕。水上缓缓过来一条船,船上立一个人,握一杆网兜,左一下,右一下,打捞水中的腐草,这有些像仙境呢!他们的车从岸上开过,与船相对而过,开出老街,上了新街。新街上总是另一番气象,车和人汹涌起来,声音也嘈杂了。他们沿大街驶出一段,有运石料的拖拉机和卡车隆隆地过来,远处可见残缺的山形,车就上了国道。

这一路,他们歇人不歇车地赶,只在中途加油时,略停了停。付了油钱,他们所余款项就只有五十元,外加几个硬币。所以,必须在日落前赶到武进,与战友接上头。一人开车,其他三人就在车里补觉。车里开着暖气,太阳热烘烘地晒着外壳,催人入眠。国道上车辆成流,因隔了窗玻璃,听不见发动机声,只看见飞转的车轮,几乎离地似的,你追我赶地向前去。偶有一声喇叭响,也是远远的,好似天外传来。轮毛豆开车,已到了午后,他听见自己肚子在叫。这并没什么,开出租车的人,经常有一顿,没一顿——他想起开出租车的日子,已经是隔年的往事了。那些"朋友"们,在马路上交互往来,车前灯,尾灯,就是打招呼的手势。他知道凡是载了顶灯的桑塔纳,都是他的"朋友",虽然叫不出其中哪怕是一个人的姓名。他不能不承认,这是一种孤寂的行业。那三个人睡得很沉静,车里就像只有毛豆一个人,于是他的思绪就不受干扰,自由地飞翔。他想起那城市夜晚的马路上,出没着的小厉鬼,涂着鲜艳的唇膏,有一个,竟然涂成黑色的。在这光天化日之下的回想中,小厉鬼们的脸,就像薄脆透明的肥皂泡,一个一个爆破了。他眼前有些缭乱,有一些光圈在游动,是日光的作用,他将车窗上的遮光板拉下来。有一辆面包车从后面上来,与他平行着。副驾驶座上有个青年,向他打着手势,朝他车尾的方向指点。毛豆不晓得他的车后部出了什么状况,放缓速度靠边道渐渐停下,然后下车去。原来是车牌挂下来一半,几乎拖地。于是,打开后车盖找出工具,重新旋紧螺丝。他看见车牌又换了新的,上面是"苏"字头,这车变得越来越陌生了。日头煌煌地照,耳里灌满汽车发动机的"行行"声,还有轮胎和路面摩擦的"嗖"声。毛豆直起身子,四下里望去,心里恍惚,不晓得这是什么地方。冬歇的田间,有一座小水泥房子,大约是变压站。门上新贴了对联,看不清字样,只看见醒目的红。毛豆忽然一阵心跳:他为什么不跑呢?沿了地边往相反方向跑,再跑下岔路,一径跑进村里——车里人正睡到酣处,等睡醒过来,还要掉转车头,可不那么容易!毛豆的腿开始发颤,他向路边农田迈了几步,不知为什么,没有跑,而是解开裤扣对了地里撒尿。天地多么广大,看不到边。天又是多么蓝,上面有几丝白,就好像是那蓝起的皱。公路上的车也是甲壳虫,不是像上海城市里,被高楼衬小的,而是被天地衬的,连公路都只是一条裤腰带。还有远处那些房子啊,树啊,桥啊,都是小玩意儿。而他自己,毛豆,简直就像没有了似的。就在这茫然的时刻,车上下来了大王、二王、三王,睡眼惺忪地,也对了地里撒起尿。毛豆知道跑已无望,反平静下来。待上车时,大王换了他,他就坐到副驾驶座上。方才那一时紧张过去,人陡地松弛下来,不一时,便睡熟了。中间有几回醒来,每一回,开车的人都不是同一个。先是二王,后是三王,再又是大王。他睁眼认了认人,就又睡过去。最后一趟醒来,车窗前面的路上方,正悬了一个金红的日头,不停地向后退,退,退,终于退到路边,笔直坠落下去,武进到了。

在冬日短暂的夕照里,街和楼有一时的金光灿烂,转眼间灰黄下来,进入暮霭,却有一股暖意生出,是安居的暖意。虫和鸟都是在这一刻里回巢了。车在街上盘桓,犹疑着要进哪一条岔路。武进出乎意外的大和繁华,因与常州市相连,看上去竟是个大城市。几幢高层建筑兀自立于楼群之上,玻璃外墙反射着最后几缕光辉,地下是车和人。可能因为街面无当的宽阔,车与人就无序地漫流着,反使得交通壅堵。大王似乎也有些茫然,在互相抢道的人车堆里,进也不得,退也不得,前后左右的车都在鸣笛。乱了一阵,终于又找着方向,各自调整位置,就像千头万绪中忽有了一个眼似的,轻轻一抖,分外流利地解开来。这样,大王就把车开进直街,驶上另一条平行的马路。大王放慢车速,沿马路缓行。街沿多是临时搭建、结构简易的店铺,发廊,饭馆,摩托车行,洗车铺。有些店铺正打烊,卷帘门"哗啷啷"地落地,另有一些,则悄然张起灯来,暮色沉暗中,显出一种幽微的气息。车开到街尾,过一座水泥桥,再从前街绕一个圈子,回到这街上。车开得更缓,并且贴了街沿,此时,街上无论人,还是车,都稀落下来。有几家饭馆门前,亮起了霓虹灯,竟也显出一些都会的靡颓声色。大王终于确定了地址,在一爿碟片店前停下,然后自己下车,推进店门。

车熄了火,寒意渐渐升起,大半也是腹中空空的缘故,从一早吃豆浆油条到现在,他们再没有进食。但二王三王是受过生活磨炼的人,连毛豆,开出租不也常常错过饭时?所以,都保持着镇定,安静坐在车内。天黑到底,街灯反显得亮,柏油路面起着反光。有一时,竟没有一个人、一辆车过往。可仅仅是一时,饭店的门,开关频繁了,突然间冒出人来。也是以年轻的男女为多,沓沓而来。有几辆车开来,停靠在路边,然后车上人下车,啪啪地关上门。饭店门楣上的红灯笼更红更亮,玻璃门打着闪,漏出一点热闹,又掩住了。车里暗着灯,谁也看不见里面的人,有手脚闲不住地走过来,就车后盖上重重拍一下。车里人也没反应,他们在等待他们的头儿回来。

大王其实去的并不久,只是很奇怪的,他并没有从进去的碟片店里出来,他们三双眼睛一直看着碟片店的门,大王却从天而降似的,忽然拉开车门,坐进来了。再仔细一看,并不是大王,不等他们回过神来,车已经开动。这时候,他们发现前面有一辆蓝色桑塔纳,正亮着尾灯离开街沿,他们的车跟随其后,相距一段距离,驶出街去。三个人都没发问,倒不是对来人的信赖,而是信赖大王。大王是这样一个特殊的人,跟了他,就必须过一种特殊的生活。车拐了几个弯,每逢拐弯,那一个闪烁的尾灯,就好像大王在对他们眨眼睛。就这样,七拐八拐,汽车出了市区,上了公路。走了一段,忽然车流壅堵起来,渐渐连成长阵,最后干脆停下来,显然前面发生了事故。二王嘀咕一声,没有人回应他,新来的开车的陌生人头也不回,正对着前方。一辆小型货车,将前面那辆车与他们隔开了。反向的车道依然流利地通行,并不很密集,但也是一辆接一辆,车灯像流星一般划过去。他们这里三个人,目不转睛盯着小型货车前的蓝色桑塔纳,生怕会跟丢了。此时车内的沉默变得有一些不安,几个人心里都在想:这人要带我们去哪里呢?又想:大王他到底在哪里?开车人不吐一个字,连他的眉眼都没看见,只觉着他操纵排档有些手重,起动和刹车就会打个格楞。但他们没有一个人提议与他换了开,内心里有些生畏,因想这是大王的战友的人,可是,大王在哪里呢?他真的就在前边那辆车上吗?那辆车在慢慢向前移,又移前两个车位,与他们隔了三辆车,而他们却原地不动。车阵终于动了,越来越快,彼此拉开距离,不一时,恢复了正常的路况。这是一条普通公路,方向大约偏东北,经岔道时,有几回让车,就又落后了些。而前边的车却如脱弦之箭,流畅至极。这像大王开车,坐在前座的毛豆觉得出来。大王开车就是有这么一股骠劲,不开车的人觉不出来。其实,车就是骑手的马,马有好马和劣马,骑手也有高手和低手,风度就是不一样。只是,大王的车,离他们越来越远,几乎看不见了。车里的空气忽变得凝重,公路两边是休冬的田,如今沉陷在夜色之中。远处有几点模糊的灯光,还有几眼发亮的水塘。星月都没有出来,公路上的车,就好像在暗夜的隧道穿行。可他们都是有阅历的人,经过许多危机的时刻,所以沉得住气,始终保持镇定。忽然间,极前方有一辆车出了队列,左尾灯闪着,准备大拐——大王又出现了!毛豆可以肯定,这是大王,大王的那一拐,有一种脱兔之势。他们的车加大油门,到前面地方,也一个大拐,从道左下了公路,驶进一条宽街。和所有旧城的新街一样,路边是来不及长大的树,树下是简易的矮房,路面蒙了水泥色的尘土,尘土的气味洋溢在空气里。灯毕竟稠密了些,但在广大的夜空下,依然是疏淡的,而且,反而照出了夜的破绽——这里破开一个店铺,铺前污水横流;那里臃起一堆瓦砾,猫和狗在上面攀爬;电线杆上糊着治疗梅毒淋病的老军医张贴;破塑料袋东一片西一片地扬起落下,沾着一点反光,就像沾着秽物。穿过灰暗的街道,你再想不到,前边却有一幢大厦,霓虹灯亮着几个大字:五洲大酒店!车在沿街的台阶下停住,开车人终于发出声音:下车。三个人应声下车,那人又发出第二声:东西。二王与三王会意地绕到车后,打开后车盖,取出东西。就在扣上后车盖的同时,车发动了,一溜烟地开走。这三人几乎是被逐下车来,二王对了车后骂了一声娘,被三王止住了。现在,他们三个人,提着可怜的一点随身用品,站在酒店大理石台阶下,门里投出的一片光里,茫然不知所向。正彷徨转侧,忽见门里有人向他们招手,不是别人,正是大王。

他们几个"噔噔"上了台阶,扑开玻璃门,迎面总台顶上的大钟正指向七点半。而他们竟觉着已是夜半,与大王分别了许久。此时,三个人在温暖明亮的大堂,围着大王,感动得眼睛都湿了,他们终于又在了一起。大王说,战友已经替他们登记了客房,现在上二楼餐厅吃饭。他们这才想起饥肠辘辘的肚子,顿时觉得险些支持不住了,一边往二楼去,一边问:战友呢?大王说战友走了,说话间,就进了餐厅。餐厅里还很热闹,屏风拦去大半,后面是哪个单位的新年聚餐,显然已经酒酣人饱,正互相拉歌,喧哗得很。他们四人在稍许僻静的角落里坐下,服务小姐送上菜单,这一回是大王亲自点菜,大王说:今天是庆祝,也是送行。那三个面面相觑:为谁送行?大王对着毛豆笑道:送你呀!我们的合约到期了。毛豆这才悟过来,"哦"了一声。大王继续点菜,点毕后,却让小姐先上一盆面条。这一日是有些饿过劲了,方才还恨不得立刻进食,此时,闻见餐厅里的油气,竟饱了。等面条上来,分到各人,只一小碗,热腾腾地下肚,才缓过劲来,又有了食欲,冷盘也上来了。到底是大王懂得吃的科学。暖烘烘的餐厅里,细看去,玻璃吊灯,水曲柳护壁板,塑料高泡墙纸,都蒙了薄薄的油垢,但也是膏腴之气,增添了丰饶,让人满足。大王吃着菜,说了一个天目山和尚吃粥的传说。说的是天目山上的禅源寺,原先是个大寺,单是禅房就有上万,出家人数千,日出时分,旭日光照大殿,正殿,侧殿,二进殿,三进殿,铺排开一行行案子,案上则排开一行行粥钵和咸菜钵,然后和尚们开始吃粥。滚烫的白粥,竹筷划进嘴里,包住,咽下,竟无一丝声息。想想看,数千和尚喝热粥,悄然无声,是什么场面?那是入了化境。这故事说完,那三个不由得都听见了自己的咀嚼声,分外响亮,一时不敢动嘴。并一刻,又轰然笑起来:管它呢!我们又不是出家人。大王说:随意,随意,我不过是在说心功的一种。二王接着也想起关于功夫的一则故事,说的是他的师傅教他,每天早起练功,必是不吃饭,不喝水,憋着屎尿,等一趟拳走完,才吃喝拉撒。讲的也是"并功"。三王说的却是相反,不是"并",而是"放"。他没有拜过师傅,遇到二王和大王之前,也没有教导他的人,是在同行中间互传经验得到的方法,就是挨打时要大口呼吸。他说,你们一定看见过,挨打的人总是大声叫喊,你们千万不要以为他是受不了,恰恰相反,他是在大口呼吸,这样,伤就不会积淤起来,而是散发出去了。虽然表面上背道而驰,实质上讲的还是一桩事,如何控制身体,增强能量。轮到毛豆了,毛豆为难了一阵,在大家鼓励下,讲他从小在饭桌上受他母亲训诫,吃饭不许出声,说那是"猪吃食",将来会没饭吃,吃人泔脚的命。这就与三王反过来了,表面上与大王讲的是一件事,实际上呢?却跑题了。到底入道浅,还不能真正领略精神。但是,即便只是表面的相似,也很可贵了。所以,大家还是给予掌声鼓励。

大王让二王三王向毛豆敬酒,并且每人说一句临别赠言。二王一仰脖,饮干杯中酒:禅家说,修百年方能同舟,我们兄弟算是有缘;俗话又说,有缘千里来相会,想当初,兄弟我们天各一方,陌路相逢——只听"叮"的一声,大王在玻璃杯上叩一下:打住,累赘了。于是,二王打住。三王将喝干的杯底朝毛豆照一照:千言万语汇作一句,好人一生平安!很好,大王说。毛豆正要喝酒,也说一句回敬的话,不料,大王对了他举起茶杯,大王从来不沾酒——以茶代酒,也要向毛豆赠言,毛豆不禁惶恐地红了脸。大王喝干杯中的茶,脸色忽变得严肃:相逢一笑泯恩仇!"恩仇"两个字是说到节骨眼了,他们不由得都想起彼此相识的往事,说是往事,其实才不过几日时间,这就是阅历的作用了。人都是一生时间,有的一生平淡如水;而有的,应当说是极少数的人生,却起伏跌宕,一波三折。这就使得时间的概念也有了变化,有的人一生像一天,而有的人,一天可经历几世。人生的质量有多么大的差别啊!毛豆必须要做回应了。他喝下满满一盅酒,脸都红到颈脖底下了,这几日的漂泊生活,已经在他身上留下印记。因总是在乡间野外行车,风吹日晒,他变得黑,而且皮肤粗糙。新长出的唇须也硬扎许多,头发呢,长了,几乎盖在耳朵上。令人难以置信的,他似乎还长了个子,有些魁伟的意思了。这样一个大男子汉,此时却窘得红了脸,嗫嚅着说不出话,就像个孩子,看上去实在惹人爱怜。他们发现,短短几日相处,他们都已经喜欢上这个青年了。虽然他来自另一种生活,马上又要回那生活中去,可他依然是个可爱的青年,谁能要求所有人对生活都持同一种看法呢?毛豆嗫嚅了一会儿,说出一句话来:我永远不会忘记你们!这话说得很朴素,却很真挚,大家都受了感动,再加上酒,眼睛里就汪着泪。屏风那边还在唱歌,伴奏带的电声差不多盖住了一切。但比起他们这边的动静,那喧哗就显得空洞了。

吃完饭,上到客房楼层,进房间。战友给订了两个标准间,浴缸、坐便器、大理石的洗脸台、电视机、沙发椅、壁橱,甚至保险箱,一应俱全,但每样东西都坏了一点。像大王带毛豆住的那间,洗脸池下水道坏了,水直接落到地上,于是就用个塑料桶接着;壁橱里高科技地装了自动灯,可是因为橱门关不上,灯就关不灭,始终亮着;电视机屏幕则雪花飞舞。但不管怎么,也是标准间,比那无名小镇上的小客栈,不知强到哪里去,而且和国际接轨。更何况,许多夜晚是无处可归。大王让毛豆先泡澡,毛豆放了一缸热水,躺进去。浴室里雾气缭绕,浑身舒泰,竟睡了过去。迷蒙中听见房间里的电话响了两声,就想是大王与战友在通话。不知睡了有多少时间,结果是让一口水呛醒的,因为滑下浴缸底了。毛豆赶紧爬起来,匆匆抹肥皂,洗头洗身子,然后,三把两把擦个半干,跑出浴室,想他耽误大王泡澡休息了。浴室里的水汽弥漫进房间,云遮雾绕,大王对着窗外吸烟,看上去背影有些朦胧。毛豆喊他,他回过身来,两眼却是炯炯的。他招手让毛豆过去,指他看窗外的夜景。窗外一片漆黑,定睛一会儿,便见黑中浮着稀薄的光,显现出一些灰暗的线条和块面,是公路和房屋。毛豆看看窗外,又回头看大王,眼睛里是迷茫的表情。大王说:现在,我们就好像站在灯塔上,站在黑暗中的光明里。毛豆并不懂大王的意思,只是觉着大王的深刻,不是他毛豆,也不是一般人能够理解的。大王对着黑压压的窗外,说起一条船的故事。这条船的名字叫方舟,就是上帝决定制造大洪水之前,将这秘密唯一告诉名叫诺亚的好人,嘱诺亚制造的逃生的船。上帝说,这条船必须十分宽大并且坚固,里面要乘进诺亚一家,还有每一种动物,无论天上飞的,地下走的,每一种都是一公一母两只,再要装进大量的食物,足够船上的人和动物度过洪水泛滥的四十个昼夜。等到四十个昼夜过去,诺亚走出方舟,看见洪水已经平息,所有的生灵不复存在,可谓"白茫茫大地真干净",然后方舟上的活物登上陆地,重新繁衍出一个新世界。讲到此处,大王就问了毛豆一个问题:为什么上帝要让诺亚逃过大洪水?毛豆说:因为诺亚是个好人。大王笑了:这是不消说的。毛豆又说:诺亚是个有本事的人。大王又笑:这也是不消说的。毛豆不服气道:那你说呢?大王说:因为诺亚在耶和华眼前蒙恩。毛豆又听不懂了,这时电话铃响起,毛豆以为大王会接,大王却让他接。接起来,竟是个女声,毛豆不由得吓一跳,求助地看着大王,大王乐得笑出声来。毛豆问:你找谁?电话里的女声说:我找你!毛豆越发惊慌:你是谁?女声说:哥哥你的妹妹!毛豆"砰"一下挂上话筒,电话却又响起,毛豆不敢接了,看着一阵阵铃响的电话机,急促地呼吸着,大王早已笑翻在床上。毛豆忽又觉着大王不那么深刻了,也不是不深刻,而是在深刻的同时,还有着另一面,不那么费解难懂的一面,就好像是他的兄长。毛豆其实没有多少对于兄长的体验,他的哥哥韩燕飞——韩燕飞是多么遥远的一个人了啊!哥哥韩燕飞从小就不像是哥哥,他被压在家庭的底层,完全没有兄长的权威。姐姐韩燕窝——韩燕窝也变得遥远,韩燕窝倒有权威,可毕竟是女的。在毛豆温驯的表面之下,其实是有一颗男孩的心,他渴望男孩之间的友情。

大王终于进浴室去了,消散了的水汽又一次弥漫出来,缭绕中,毛豆睡熟了。他们好久没有睡过这样干燥暖和的被窝,而且,那辆桑塔纳,经物质转换为口袋里的钱,就可谓化险为夷,他们可以高枕无忧了。这帮子年轻人都是拿得起放得下,经得住熬,也享得起福。前些日子里欠下的觉,吃下的辛苦,此时就抓住机会找补回来。于是他们深深沉入睡眠,忘记了时间。由于年轻和健康,他们都睡得很酣甜,一点鼻鼾声没有,做的全是好梦,安宁和幸福的梦。要是有人能走进他们的睡房,就会感觉有一股热能扑面而来,那是来自强壮的肺活量的呼吸,有力地交换着新的空气。你都能感觉到那气波均匀的节奏,一浪一浪。外面已经红日高照,人们都在忙碌一日生计,在庸常的人生中尽一日之责。窗幔遮住了日光,屋里面便是黑甜乡。地下餐厅开了早餐,又开午餐,接待一批又一批馋口的人,他们这几个在哪里呢?还在黑甜乡。日头渐渐从西边下去,光变成暗黄,那两间客房玻璃窗上的厚幔子拉开,有了活动的人影。暗黄的光一径灰下去,街灯却亮起了,虽然只是常州市郊的街灯,可也有了那么一点华灯初上的意思。现在,无论在哪里,再是旷野,偏僻,荒凉,猝然间,都会冒出一星半点都会的灯光呢!更别说是在经济发达的京沪线上。

就这样,华灯初上时分,他们好比还魂一般,醒了过来。这一觉可是睡得足,一睁开眼,便目光炯炯,互相看着,然后问出同一个问题:现在做什么?大王说:吃饭。于是,这几个人就又聚在了餐桌旁。不过这一回不是在酒店的餐桌,而是到同一条街上四川人开的酸菜鱼馆,开一个包间。说是包间,其实不过是用板壁隔开,顶上都通着,饭菜的热气,说笑的声音,自下向上,交汇集合,再自上而下,分入各个包间,反更浑浊嘈杂。桌面上挖了圆心,露出生铁的煤气灶眼,上面糊了烧焦的汤汁酸菜叶什么的,起着厚厚的壳,"嘭"一声点着,蓝殷殷的火苗窜得老高,坐上一大盆高汤,转眼就"咕嘟"沸滚起来,一股辛辣香浓的气味顿时溢满了。大王向二王动了动手指,二王就递上一个报纸包,大王将报纸包拍在了毛豆跟前。毛豆打开一看,里面竟是一封钱,足有一万的光景,他一惊,又掩上了。看他吃惊的样子,那几个王就都露出善意的笑容。大王说:吃过饭,就回家,许多次火车经常州到上海,赶上哪次是哪次,晚上就看见爸爸妈妈了!那两个王又笑了,是"爸爸妈妈"这几个字惹笑他们的。毛豆感到了害羞,他好像是吃奶的孩子似的。他低头有一阵无语,然后忽问出一句:那你们呢?他们就又笑,这回是笑他问题的幼稚。他与他们到底不是一路人,相处这几日,只称得上是萍水相逢,要想成为知己,远不够的。虽然是这样可笑的问题,大王还是宽容地回答了:我们北上。北上哪里?毛豆紧追着问,这就有些犯忌讳了,二王三王收起笑容,眼睛里有了警戒的神色。在这分道扬镳的时刻,他们与毛豆之间,迅速生起隔阂,气氛变得紧张。大王哈哈一笑,说:在这最后的时刻,再给你讲一个故事,大王最后的故事是关于"三生石"。

　　说的是唐朝,有一个叫李源的纨绔子弟,少年时过着声色犬马的享乐生活,但是后来有了变故,他的做官的父亲,死于朝廷政变,这给了李源很大的教育,从此洗心革面,换了人生。他立下誓言:不做官,不成家,不吃肉,住进洛阳的惠林寺,与世隔绝。惠林寺里有一个和尚,名叫圆泽,和李源做了朋友,二人心心相印。有一天,他们约定出游峨眉山,但在出游的路线上,产生分歧。李源要从荆州走水路,圆泽却要从长安走陆路。李源很坚持,说他已立志不入京都,怎么能再到长安?圆泽听他这么一说,只得让步,二人便乘船前往。一日,船到某地靠岸歇息,见岸上正有一个孕妇在打水,圆泽望了那孕妇,叹一口气,说:这就是我不愿走荆州水路的原因,这女人肚里怀的其实就是我,已经怀了三年,因为我不来,就生不下,现在好了,一旦碰上,再也无法逃跑,咱们俩就不得不分手了。此时,李源后悔已来不及,只是捶胸顿足。圆泽又说:等我出生第三日,洗澡的时候,希望你来看我,我会对你笑,这就是你我之间的约定。然后,再要等十三年,第十三年的中秋夜,杭州天竺寺外,我们还会相见。于是,二人洒泪一番,天向晚时,圆泽死去,而那女人则产下一子。过了三天,李源到那女人家中,婴儿正坐在浴盆里,果然对了李源笑。挨过十三年,李源就往杭州天竺寺赴约。八月十五明月夜里,听见一个牧童唱歌走来,李源大声问:泽公健否?牧童大声答:李公真是有信之士!二人月光下擦肩而过。

听完故事,酸菜鱼吃得见底,各包间的油烟已在板壁上方连成一片,人在其中,眉眼都模糊了。结了账出来,四人站在街上,又抽一会儿烟,二王忽抬手拦下一辆中巴,一问,果然是往常州火车站。毛豆上了车去,来不及挥手告别,那车门就"啪"一声关上,开走了。大王、二王、三王的身影从蒙灰的车窗前掠过,不见了。

车到火车站,毛豆懵懵懂懂下来,随人流涌进车站广场,广场灯亮着,如同半个白昼。毛豆看着方砖上自己的影子,忽而清晰,忽而疏淡,忽而又交叠。身前身后走着人,携着行李,他们的影子也与他的交互相错。回顾一下,毛豆这二十来年生涯里就没乘过火车。他们村庄前边的铁路线,一日几班车过,路障起和落的铃声,就要传进村里,可他就是没有乘过火车。后来,火车少了,再后来,铁路也废了,他们只能远远地听见火车的汽笛,他依然没有乘过火车。那村庄出现在眼前,是一幅剪影,他离开的那晚,留在眼睑里的印象。自他从那里出来,已经过了多久了啊!父母兄姐会对他的失踪有什么猜测?还有老曹,想到老曹,毛豆的心陡地一动,很奇怪的,这是想起家人时候也没有的心情。似乎,家人只是代表家,而老曹,却引出了整个村庄的景象。毛豆好像看见一群小孩神情紧张地去找老曹,将空地上拾来的可疑的"凶器"交给老曹,老曹却漫不经心地往包里一扔,那群小孩里面就有自己。忽然间,空地也出现了,上面滋滋地生长出毛豆,豆棵打着他的小腿肚子,豆荚毕剥落下。毛豆热泪盈眶。他的脚步忽然有了方向,变得坚定起来。他很快找到票房,往上海去的车果然还有几班,都是从北方下行的普快和慢车,多是站票。临近春运,火车率先有了过年的气氛。毛豆看准了一列车,从一个叫"三棵树"地方开来,上车时间在午夜。毛豆在挤搡着的人堆里站稳脚,到怀里摸钱。当他手触到钱的一刹那,他忽然想起一个人来,不由得停住了。这个人就是他的搭档,老程。

　　他和老程的车,变成这包钱了。他回去要不要见老程?见了老程,又该怎么解释?还有公司,他如何向公司解释?难道他说:他遭到劫持,那么要不要报案?倘若报案,他又如何向公安局解释?解释这一万块钱的来历,他被劫的这十来天的经过,还有,劫持他的人,大王,二王,三王——是的,他连他们的真实名字都不知道,可是他们的音容笑貌宛如眼前。是他们劫持了他,使他的处境变得这样尴尬,可是,怎么说呢?他们在一起处得不错。毛豆一迟疑,后面的人就涌上来,将他从窗口挤开,并且越挤越远。他多少有些顺水推舟地离开了票房,回到车站广场。有一个女人过来问他要不要票,他看着女人扎得很低的头巾底下,表情诡秘的脸,心中茫然。待女人重复几遍后,方才恍悟,原来这就是三王以前的营生啊!他并没有因此而感到亲切,却是有一种害怕。他躲闪着眼睛,不敢看那女人,嗫嚅说不要车票,转身走开去。不想那女人却紧跟了他,问他要不要住旅馆。毛豆不搭理,快步走得老远,回头看,那女人倒是没跟过来,站在原地看着他,朝他笑,好像已经成了他的熟人。毛豆赶紧回过头,继续走,这就走到广场边上,临了候车室的入口,人流多往这边集中,都是南来北往的旅客。这时,他听见了乡音,几个上海客人大声喧哗着朝这边过来。虽然市区的口音与郊区的有着差别,可总归是毛豆的乡音。火车站真是个惹人伤感的地方,这里,那里,牵起着人的愁绪。毛豆又折回身,这时,他发现广场其实并不大,简直就是巴掌大的一块地方,因为他又遇见了那个女人。这回,女人没看他一眼,很矜持地从他身边走过去。夜深了些,气温下降,路灯底下有氤氲般浮动的东西,是人们的呼吸与寒冷的空气结成的白雾,再有,天似乎下霜了。远处有霓虹灯,"亚细亚""柯达"等等的字样,嵌在深色的夜幕中,散发出都会的气息。

毛豆决定在这里过夜,等到了明天,也许一切自会有委决。也不知道是他有心找那女人,还是那女人知道他的心思,毛豆一抬眼,竟见她在不远处向自己招手。毛豆不情愿地朝她走去,她一点不见外地,拉住毛豆的手臂就走。毛豆挣了几下没挣脱,便也随她去了,不知情的人看了,还以为是母亲领着娇纵的儿子。两人这么别别扭扭地走出广场,向东边小街走去,钻进一条窄巷。巷里黑漆漆的，门窗都紧闭，倒有一方灯光映在地上，走过去，见玻璃门上写了"五洲旅社"四个红漆大字。推进门去，窄小的门厅，迎门就是一具柜台，柜台下的长凳上坐了几个女人，和这个女人奇怪的相像。即便在室内，也不解下同样扎到齐眉的头巾，头巾下是诡秘的眼神。此时，她们捧着茶缸，大声地吸食里头的面条，大声地喝汤，门厅里面满溢着方便面强烈的鲜辣气味，有一股肉欲的刺激。她们和这女人用几个类似暗语的字句交谈，流露出彼此间的默契。柜台里面也是个女人，样子和装束与这几个略有不同，面色白净些，衣着也轻便整齐，这就区别了她们不同的工作性质，一种是室外，一种则是室内。她拉过一本旅客住宿登记册，让毛豆填写，身份证一栏，毛豆停下了笔。他和女人说因是和同伴走散，所有东西，包括车票和身份证就都不在身边了。女人立即直起眼睛：那你有没有钱？毛豆说有，女人将登记册一合，说出两个字：押金。毛豆交出一百块钱，领了钥匙，由女人指点，上了二楼。这"五洲旅社"总共不过五六间房，五六间房又像是从一大间里隔出来的，毛豆住的这一间隔得尤为勉强，生生将一扇窗从中劈成两半。于是，这一间其实就只能放下一张床。毛豆爬上床，趴在半边窗台上，望着窗下的街道，忽感到无限的孤单。

这一个旅社，今晚似乎只住了毛豆一个客人，窗下的后街，也没有一个人影出入，只有一盏路灯寂寂地照着。电线杆上，糊满了各色招贴，最鲜明的一张依然是治疗性病的"老军医"。这张招贴将全国各地都联系起来，使之成为一个共通的世界。楼下女人们的喊喳偃止了，大约又各自出去上岗。四下里，就变得十分静。毛豆将头枕在胳膊上，看见了层层屋顶上面的天空，不是漆黑,而是蒙了灰,像是有一层薄亮。其实不是亮,而是天在下霜。毛豆睡着了,先是枕在窗台上,后来又滑回床上,进了被窝。夜里面,从隔开的窗户的另一边,传过来灯光和动静,那边也住上了人。恍惚间,毛豆以为是在过去的日子里,不是太远的过去,只是在这一夜之前,与大王二王三王在一起的日子。他翻了个身,又安心地睡熟。

毛豆起来,已是第二日的中午,他结了房钱,走出旅社。他完全不记得昨天走过来的路线,而且,周遭环境看上去也和印象中大不一样。昨夜静寂的街巷,此时变得喧嚷,沿途多是小铺,饭店居多,还有杂货、碟片、服装、水果,间着发廊和旅馆。毛豆进了一家面店,要了面和一客卤鸭,再又要了一瓶啤酒。他多少是有意地拖延着时间,不想立刻上路。他一个人自酌自饮,看上去并非逍遥自在,反而有一种落寞。车站附近的街巷,总有一种不安的流动的空气,是行旅的空气,从车站蔓延过来,带着催促的意思,令人紧张。可毛豆不急,他想:急什么呢?有的是往上海的车。经过这一夜,他仿佛长了阅历,能够处变不惊。他慢吞吞地吃着喝着,看面店前过往的人。他辨得出人潮里面,操那种特殊营生的人了,无论男女老幼,一律都带有一种佯装的悠闲,里面藏着诡黠。他甚至又看见昨晚带他去住宿的女人,虽然白天看起来很不同,可他依然认出了。夜晚看上去鼓鼓囊囊的身子,原来是一件面上行线的厚棉背心,手上戴着半截手套,头巾扎到齐眉——这是他们这一行的职业装束。拉杆箱的轮子哗啦啦从街上过去,有一些男女,摩登得不该在这样庸俗的地方出现,可他们就是出现了,而且还很坦然,也走进饭铺,要吃要喝。毛豆喝干面碗里的汤,抱着不得已的心情,站起来走了出去。就像是存心的,他朝与火车站相反的方向走去,走到了大街上。大街上人头攒动,店铺里都张着高音喇叭,放着电声音乐,有一派节假日的气氛。毛豆站在十字路口,正对面是"亚细亚影城",他忽然就想看电影了,于是随了人流蹚过车水马龙的街心。到马路对面,又见有一箭头标志,直指"天宁寺"三个字,毛豆的心思又从电影上移开,转向了"天宁寺"。他沿了箭头指示向南走,发现行人多是朝那个方向去,还有旅行团的大客车,在往前开。眼看大客车停下,便知道"天宁寺"到了。其实,毛豆并不懂观光,只是随了人流走,有个导游在解说,通过麦克风出来的声音失了真,说的又是什么"道教",就听声音嗡嗡地响,没有一个字入耳。小孩子只管挣脱了大人的手,在人缝里乱钻,有一个特别调皮的,硬把毛豆从水池边撞开,自己挤到石栏杆前。毛豆当然让他,抬手摸摸他的发顶,被太阳晒得暖烘烘的。可是男孩并不领他情,稍停一下,又撞开他腿钻出去,留他自己在这里。毛豆顺着人流,不知不觉绕完整座天宁寺,游出寺外,又站到马路上。这却是另一条马路,窄小和安静,沿街有一些香烛店,兼卖杂货。街上过往的人,彼此都认识似的,立定在街心说话,有车过来也像认识似的绕过说话的人。这是休息日下午特有的恬静,还有意兴阑珊。毛豆想:是不是要回家了。

想到回家,并没有使毛豆高兴。前一日的顾虑,倒没有继续困扰他,而是想过了就算是解决了,放下不提。毛豆不是心重的人,他相信船到桥头自会直,走到哪里算哪里。他没有过什么大不顺的时候,就算劫车这一桩事故,在他也不像传说中的那样,造成什么死和伤的严重结果,相反,这些日子他过得不错,以至于他想起家,就觉着闷了。怀着这样悻悻的心情,毛豆走上去火车站的路。这半天时间,毛豆的脚已经认识了这个城市,想也不用想,就走到了车站。可它依然是个陌生的城市,人的穿戴举止看着就是两样,口音也是耳生。其实,这些都不是真正的区别,区别在于,人的表情。那是安居乐业的表情,就是这表情将他和人群隔膜了。下午的车站,还不像夜晚的,有一种暖调子,灯光在黑暗里造了个近乎橘色的小世界。而此时却平坦敞开着,与周边灰暗的街道、楼房连成一片,景象消沉。毛豆闷头走到售票处,售票处人倒不多,一半窗口闲着,他仰头在车次表上寻找自己要乘的一班。正搜索,忽然,脊背上一紧,肯定是受了某种感应,他浑身一激灵,不由得回过身。身后不远处立了几个人,真是又熟悉又陌生,毛豆的嗓子眼噎住了,说不出话来。

大王,二王,三王,他们准备沿铁路线旅行,这一站是往镇江。半小时以后,毛豆同他们一起,乘在了上行的火车上。

第 十 章

后来,回溯起,这一日,大王他们也是在常州游玩,而且也去了天宁寺,却与毛豆不在一个时间。除此,他们还去了江梅阁、文笔塔、一个什么古人的墓,还有大运河。大王有一个心愿,就是沿大运河旅行。大王对隋炀帝有着特殊的敬仰,他说:隋炀帝留下的是骂名,可是他的大运河,《辞海》上怎么说的?"我国古代伟大水利工程",他集"遗臭万年"与"流芳百世"于一身。大王平生最看不上眼的是艺术家,画一幅画,做个什么雕像,或者写个曲子,写篇小说,还要呕心沥血,把生命泡在里面。你们看,大运河!想想看,当年万舸争流的景象!这就是帝王的手笔和胸怀。那些所谓"艺术品"算什么?雕虫小技。帝王的手,只需玩泥巴,就在地球上划下了沟壑。还有长城,不也是玩泥巴玩成的,一垒垒起一万里。大王说到激情处,由不得感叹道:中国好啊!好就好在泱泱大国,水是汤汤,风是荡荡,国和民讲的是普天下——普天之下,莫非王土,率土之滨,莫非王臣。大王说:我这个人,就崇尚一个"大"字,这个"大"不只是指面积、体积,而是气象。要论"大",美国也很大,可是总统是选出来的,一点王气也没有了。四面八方谈判,讨论,分选票,再数选票,国不国,君不君。天下就是要打出来,打出来的才是天下。中国人有一句古话:胜者为王,败者为寇,这是天经地义。什么人能成胜者?强者。天下山河,民生民心,理当归强者才是上策,难道还要归弱者不成?什么又是强?大王以为有两条:一为勇,一为谋。对"勇"的解释大王与通常以为的有所不同,他的"勇"不指胆大刚烈,在他的看法里,那不过是鲁莽粗暴,他说的"勇"是思想的狂妄。他也崇拜毛泽东,有霸气,什么都不放在眼里,"惜秦皇汉武,略输文采;唐宗宋祖,稍逊风骚。一代天骄,成吉思汗,只识弯弓射大雕。"大王的眼睛再次灼亮起来,诵读使他激奋——你们想想,毛泽东的红色江山是从哪里打起的?延安,山沟沟里,巴掌大一块地方,羊不拉屎草不长,可是有胸怀啊!最后直指全中国,这就是气象。我们顺运河上行,最后是要到北京的,首先第一,就要去毛泽东纪念堂。将来,长征的路线也要走一走,到延安,再到西安——西安是十三朝国都,定有王者之气,武则天——大王笑一笑——是个人才,可终究是个女人,听没听过?有句话:孙悟空七十二跟斗,翻不出如来佛的掌心,这"掌心"就是气数,女人的气数是有限定的。大王说:我们要行万里路,读万卷书。然后就转向"谋"这个话题。关于"谋",大王以为有四个字全可概括,就是"合纵连横"。他说人们向以为"谋"就是暗地里做手脚,那是指的"阴谋",小人之道,蝇营狗苟,真正的大"谋"则是光天化日之下。历代多少帝王将相,就差在这一口气上,因为有妒心。一有妒心,胸襟就小了,于谋于略都要减分,就像曹操,其实失策也失在妒心上。什么是大谋?或者叫作"阳谋",大王沉吟一时,举个例子,下棋。车马炮全部面朝天,你知我知,你一步,我一步,终于走到终局,"将"左,"炮"架着,"将"上,抵"马"脚,"将"下,有"车","将"右,飞"将",眼睁睁束手待毙。大王吸支烟,接着往下:说实在,"勇"和"谋"天生是有矛盾的,"谋",是相才,相,本质上是万人之上,一人之下,所以,不称霸,比如诸葛亮,这就与"勇"的理想有悖。但是,"谋"里却还有一路,就是识人,刘备,原本无才,可是他识人!三顾茅庐,不就为求一相?相将相,也可算上一霸,于是,也坐了一时的江山。识人,是很重要的,当然,还要有际遇。什么样的人,遇到几等的才,全是有定。必要是天上有星宿前缘的,才可有大际遇、大造就。看过《红楼梦》没有?贾宝玉梦游太虚幻境,看到柜子里的册子,这册子,就是仙籍,大千世界,芸芸众生,总有几个入仙籍的,只不过世人不识,连自己都不觉的!当这几个抢着问,自己是几等的人才,被大王慧眼识中?大王笑了一下,没回答,面有怅惘之色。

后来,临长江之畔,大王忽然说起"泥沙俱下"这个词。他说,大江大河直泻,必将是泥沙俱下,当照单全收,方是大气象。他其实是在回答先前的问题,并且是将那几个比作了"泥沙",可他们都是天真淳朴的人,怎能听出这弦外之音?也正是因为他们是这样的人,大王才将他们收罗麾下的吧!不过,有一回,毛豆独自一个人又问过大王同样的问题:为什么选中他?那是在又一次,也是毛豆所经历的第一次劫车之后,车主被他们甩在公路上,而没有像毛豆,被他们带了走。关于这次劫车,以后还会专门讲到。其时,毛豆就向大王提出问题。大王回答道:"因为诺亚在耶和华眼前蒙恩。"毛豆依稀记得这是大王讲诺亚方舟故事里的一句话,用在这里,他有些摸不着头脑。大王看看他茫然的样子,不禁笑了,补充说:我喜欢你的性格。毛豆说:我有什么性格?他以为"性格"都是属于那些特殊的人。大王更笑了:我看你硬和我们争的样子,就喜欢上你了,我说,留下这孩子结交几日,再叫他走吧!这样,大王就与他讲了又一则故事。春秋战国时期,楚国大夫伍子胥,受小人诬陷,被楚王追杀。一路逃亡,风吹草动皆心惊,渡他过河的老艄公认出他来,他迫艄公自杀;供他餐食的村姑认出他来,他也迫村姑投水自尽。可是,他最终却留得一人,相伴于左右——大王说到此处打住了,毛豆听得将信将疑。他也把这个问题提给二王三王,他们的回答很简单:一辆小车不正好坐四个人?他们指的是劫车的人数以坐下一辆小车为适宜,听起来就好像是在联合拼车的人。这理由比较自然,但是毛豆宁可相信大王的说法,大王的说法是引他为知己的意思。

毛豆崇拜大王,和大王在一起,他有一种奇怪的安全感。其实,大王带着他们,过的正是危险的生活。可是,好比那句古话"曾经沧海难为水",有过这样的生活以后,再要过平常的日子,就难了。照一般的说法,这是一种刺激的生活,倘若没有大王,仅仅是二王和三王,这生活也许就只是刺激的,这两个家伙可真是叫人兴奋的家伙!毛豆喜欢他们。后来回想,他们逮住毛豆的每一个举动,都充满了风趣,他们俩的魅力就在于这风趣。这风趣不只是来自于性格,更是来自于世界观。和他们只需相处一小会儿,你就会发现,凡是现实里的严肃问题,他们都抱有着轻松戏谑的态度,相反,凡是游戏玩耍,他们却是郑重其事,来不得半点含糊。所以会有这样的颠倒的看法,是因为他们自小生活在社会的背部,什么都是反着来的。比如,偷窃,肯定是公认的犯罪,可这却是他们的衣食来源呀!比如,"七不"原则里规定不许打人骂人,可挨打与挨骂又是他们的家常便饭。比如,自然法则是一男一女结合才能生下孩子,而他们打生下地就没有爹妈。总之,他们是生活在正常秩序的反面,而这反面其实又是正面投下的,就好像光在照明的同时又投下了暗,水在澄清的同时又沉下了渣滓。在暗和沉渣里面,也有着一种秩序呢,完全不同的另一种秩序! 所以,你就不能以为他们的生活是不合理,没有道德的,他们必是发掘出了他们的合理性,建立起他们的道德体系,才能够心安理得地享受人生。这就要感谢大王了,遇到大王真是他们的幸运,大王赋予这存在于理念,还是那句话,倘若不是大王,这生活至多只是刺激而已。有了大王,生活变得庄严了。这就是大王给予安全感的原因吧! 大王和二王三王就是那样相得益彰。单是大王,气氛多少过于沉重;单有二王三王,又流于轻佻。单是大王,就光有理论,没有实践,这生活会变得空洞;单是二王和三王,则光有实践,没有理论,就丧失了意义。所以,他们是不可或缺的。那么,毛豆是什么呢? 毛豆是小学生。从大王、二王、到三王,都担负起毛豆成长的责任,这促使大王继续完善理论,二王三王则更加自觉地实践。于是,这个小社会里,又有了前辈和后辈,有了传继的关系。

　　毛豆随了大王、二王、三王,开始了他的新生活。应当说,这新生活虽然有着许多新课题,可是,在某一方面,甚至可说是相当本质的方面,是切合着他的天性,那就是两个字:自由。和二王三王生长在社会负面的情形不同,毛豆的自由天性追其根源,大约来自于悠久的农耕生产方式。农耕生产的自由性,其实更是一种驯服,对自然绝对的驯服。这不是被打败了的臣服——力量实在太悬殊,根本谈不上较量,人就是自然的子民,受其养育,受其恩泽,人知道自然是与自己友善的,便甘愿受天时地利的指使，打心底里情愿。那些生活劳作的口诀，比如"日出而作，日落而息"，比如"春种秋收"，其实都是人和自然同心同德的表现，是人和自然通上了性情。所以，所谓"自由"，其实也就是"自然"，顺其自然的意思。但事实上，毛豆的自然天性，也有一些些不自然了。他是在荒废的田园里长大，自然繁荣生息的景象早已经消失，他们是驯服来着，可驯服谁呢？而他们已经生就成无忧无虑的人，此时亦还无忧无虑着，难免就有些没心没肺的意思了，于是，自由也变质了，自由顺了惯性演化成一种散漫的习气。然而，我们依然能从毛豆的散漫中，找到那自由品性的遗痕，就是天真的快乐。这年轻人总是无来由地欣悦着，事实上并没有什么理由啊？连生计都是茫然的。可他就是快乐。这从无条件的信赖中遗传下来的快乐，信赖这世界上一切枯荣死生都有好意，不会欺人，只管放下你的心吧！哪怕是地里不再长庄稼，而是长出垃圾，或是水泥；叮叮当当的豆荚子变成漫飞的塑料片；日出日落，春华秋实的灿烂时间，被钟表分割为机械的钟点——这有什么呢？他心里不还有着一条莺飞草长的时间河，敲着他的生物钟？毛豆的快乐都是依着它来的，所以，说它没来由也不对。就这样，这年轻人温和友善地面对人生。要是，要是没有过和大王他们在一起的日子，他也许就将永远认识不到他人生的枯竭，他其实一点不快乐。后来，大王还讲过一个小姑娘才爱听的故事，可是这故事有一点合乎他们邂逅的情形呢——现在，我们是不是可以将这个劫车事件更名为"邂逅"？这故事名叫"豌豆公主"，说的是某国国王的卫队在街上巡视的时候，捡来一个流浪女，自称是另一国的公主，王子对她一见钟情，爱上了她。可是，谁能保证她没有说谎，确实是公主呢？王室的婚姻不是开玩笑的。大臣们连夜开会,想出一个测验方法,就是在公主的卧床上放一颗豌豆,然后摞上一个床垫,再摞上一个,一直摞了十几个。第二天早上,公主睁开眼睛就抱怨道,做了一夜噩梦,就像是睡在乱石头堆上。大臣们这才放下心来,这样娇嫩的身体,必是出自高贵的血统。于是,王子和豌豆公主举行了盛大的婚礼,从此过着幸福的生活。这也可从某一面印证毛豆和大王他们几个的关系,他们虽然萍水相逢,可却是出自一源。

听大王讲演,是最为沉静的一刻,会有一股特别深邃的空气滋生出来,那是思想的空气,他们的神情都会变得凝重。大王讲演,往往是忽然间,受到某时某地某情景的触动,即刻就开始了。这一日,是在南京的燕子矶——此时,他们已经旅行到南京,时间也到了旧历年的年底。本来就不是旅游季,再说天色向晚,石矶底下,路两边,出售旅游品的商铺多打烊关门,石矶上更无一人。但光线未曾沉暗,霞光透过卷层云的绢丝状的透明幕帘,投射出千针万线,落到江面,横下来,千丝万缕流泻而去。那石矶突兀在江上,犹如悬在当空,这四人立于矶上,就是在天水之间。风极大,点了几次火都没点上,火苗来不及伸头,就没了。大王收起烟,一细眼睛,忽发问道:你们知道,诸葛亮坐在空城墙头,等司马懿大军来临,心里在想什么?有没有听过那段著名的唱词:我本是卧龙岗散淡的人——他在回顾他的生平!这一个散淡的人,为何同意出山辅佐汉邦?二王说:刘备三顾茅庐。三王说:诸葛亮会看星相,看出刘备日后将成气候。大王看毛豆,意思也要听听毛豆的见解,毛豆既赞成二王,也同意三王,觉着答案都叫他们说完了,但大王鼓励的目光逼着他说出了第三种。他说:会不会是像大王先前说过的"三生石"的故事,他们前世有缘。大王赞许地看着他,二王和三王也觉着他有长进,击了几下掌,掌声在浩荡的天水之间消散得无影无踪。连他们这几个人,也小得快要找不见似的。大王点头说:前缘的说法终究是抽象的,太玄!其实很简单,事实都是简单的——大王补充一句,接着往下说,他们有着共同的志向,什么志向?两个字:天下!说什么"卧龙岗散淡的人",什么是"散淡"?其实就是大,大,大到无限,天下就是无限!大王伸手在天水之间划了一道,天水已经接壤,浑然一体。"卧龙岗"又是什么?是个天下的缝吧!是个极小,极小里边藏了个无限大,只有极小才能藏住这个无限大,这就是大和小的辩证关系。看着这三人不解的脸色,大王沉吟一时——再换种说法吧!

又有一句古话——大王说,说的是"隐",隐藏的"隐"。这话全句是"小隐隐于野,中隐隐于市,大隐隐于朝"。"隐"本来是不让人看见的意思,隐于"野"不是最藏得严吗?可那却只是小"隐"。中"隐"是在"市",指的是市井社会,人头攒动,摩肩接踵的地方,人虽然是多,竟还不要紧,因是不相干。庸庸碌碌的芸芸众生,识不出真人面目,也还藏得住,却也只是中"隐"。大"隐"则在"朝",就是社会上层,政治中心,耳聪目明包围之下,这个"隐"方才是真正的"隐",因为"隐"得深。所谓深不可测!

卷层云铺平了,直铺往天际。瑰丽归于平淡,换一种壮阔,不计细节,只是一味地扩张。江面上暗了,三两只水鸟,跌落似的踉跄地飞。风吹得脸都木了,那石矶顶的铁栏杆几乎摇动起来,底下是万仞空虚。大王忽又问:伍子胥最后留下的人是谁?就是大名鼎鼎的刺客专诸——将匕首藏于鱼腹之中,上菜时候忽抽出刺向吴王的那一位！专诸。大王面向沉入黑暗之中的江面默了一会儿,是在向那遥远的英雄缅怀致敬。奇怪的是,如此浩荡的江风,却没有风声,也没有涛声,这大约就是大音希声的意思。伍子胥和专诸陡然一见,就像热铁淬火一般,火星乱溅,彼此都知道遇着了可为自己完节的人,这就叫作"知遇之恩"。天已经黑到看不清互相的脸,只是绰约的人影,在渺茫中深浅沉浮。只听二王失声叫道:大王,你不是在说我们几个吧！这喊叫让在场的人,包括二王自己,都一惊,因是变了声腔的。自此一发不可收拾,二王又叫道:兄弟们,我们再不要分开！要是在平常时,他们都会不好意思,他们全不是感情直露的人,不会作腔作调,可是此刻,当了天,当了地,还有什么顾忌,需要藏着掖着？在二王不期然的爆发下,每个人都受了激励,情不自禁,他们四个人竟携起手来。先是二王向大王伸手,再是大王握住,然后一个,二个,交叠起来。如此寒江冷月,他们的手却是烘热的。他们共同地使劲地一摇,迅速松开,撒手的疾速加剧了相握的力度。四个人心里暗觉得,之间的关系有一种转化,从原先的相知相投转化为一种铁血盟誓,从此,他们绝不会相互背叛。

月亮升起,江面在清亮中又拉开宽度,脚下的石阶镀了一层冷光,石面上的缝就像墨笔描过似的,清晰入目。他们鱼贯下了石矶,下到底,再抬头往回看,那矶头高而尖锐,带一股脱弦之势,伸向长江上方,这就是他们盟约的见证。四人默了一会儿,再又继续低头走路。当他们在一家小馆坐下,室内的暖和明亮好像是另一个世界,不由得有些互相躲避目光,是为方才一幕害羞。好比是最亲最亲的同胞手足,在面上反而更加保持距离,他们惯常的态度是嬉笑怒骂,因他们都是有豪气的人。你听,他们又开始了,开始了又一桩游戏。这一回依然是接龙,不过不是接"词",也不是接"成语",那只是初级课程,现在是要向高一级进发,他们接的是"事"。由一个事端,一节一节往下走,看能走到多远,又看谁能刹住尾。大王说,作文有六个字的要领:虎头,龙身,豹尾——豹尾是极有力量的,在与兽类搏斗中,起着重要的作用,往往是那一扫豹尾决胜负——所以,文章的收尾最是要紧。大王开头,说的是在一间宾馆十六层的客房,早上,一位客人睁开眼睛,看见窗帘没拉严,留出一道缝,缝里却有一张脸,正往房间看着——二王接道:客人一惊,从床上跳起,那人一闪不见了,于是报警,警察来到,头一件事是回放宾馆里的录像,但是——三王接过去,但是,录像里没有生人,多是客人,或者员工——大王一击掌,叫声"好",在这么一个彩头之后,毛豆就有些难度了,他只能过渡性地交代:刑警又到宾馆外边的马路上,向路人了解——大王提示一句:对面有一幢大楼,刑警也去那里调查——毛豆迟疑一下,说道:也没有可疑的线索。大王表扬大家做得不错,不歇气地步步推进悬疑,以待生发情节,这是"龙身"的基础。然后,大王接下去进行第二轮:当刑警到对面写字间大楼调查时,发现面对宾馆事发窗户的楼层的那家公司老板神色紧张,刑警注意了这家公司的牌子,是一家贸易公司。二王接道:他们所做的贸易是什么呢?就是毒品——大王一拍桌子:罚! 等二王乖乖地喝下罚酒,大王才解释罚的原因。原因就是,偷懒,怎么知道他们做的是毒品交易? 这不正是要我们运用思辨的武器去工作的? 不好好工作就不会有精彩的结果,任何事情都不要想不劳而获。说得二王十分惭愧,一时上再也想不出该如何往下走,就由三王接过去:这贸易公司表面上没什么,可稍留心一下,就发现有点不对劲,办公桌上没有电脑,没有传真机,没有报价单什么的文件,只有一部电话——毛豆再又添上一笔:刑警看了他们的营业执照,见他们经营的范围很广,食品、服装、百货、文具、冷冻肉,样样有,注册资金是三十万,和这写字间的排场很不相符!毛豆这一笔使在场的人都有些意外,因想不到毛豆其实也是有一点社会阅历的。毛豆回想起在服装厂做杂工的日子,心里滋生出些得意,想他还是有人生资本的,而且,这资本正处在积累的过程中,将越来越多。大王说:话分两头,在宾馆调查的刑警则发现事发的客房隔壁,一对男女客人当日匆匆离去,没有结账,也没有领回押金,经查验,他们填写的身份证号码是假的。二王这次有心要扳回上一轮的败着,拼足吃奶的力气:刑警再到探头录下的影像搜索,搜索到几个模糊的画面,仔细辨认,忽然就觉得面熟。是谁?大王拔声问道,其实是一个点醒,点醒在座的诸位,这是一个紧要处!二王略一迟疑,三王抢上来:是本地的高级领导人和电视台的女主持人。大王靠回到椅上,吁了一口气,几双眼睛都看着他,等待他做出判决。良久,大王抬起下颏点了点:往下吧!大王显然是失望了,三王自动认罚,饮了一杯,请求指点。大王叹息道:错是没错,可毕竟不高,二王递给你一个好球,你却没用好,高官和电视人的瓜葛,是典型的小报风格,这就看出你们所受教育的缺失,你们接受的是小报教育,你们的想象力于是也只能在小报的藩篱下活动,这很可惜,不过,现在就如此吧!说不定先抑后扬,以下会有惊人的意外,继续往下。于是,继续往下。

下一个是毛豆,毛豆说:晚上,刑警队长在家里看电视,正好看见女主持人在做节目——这一回,那三个人都笑了,向来袒护毛豆的大王,也不得不批评道:这就叫,给你棒槌你当真,说主持人,就真格主持人下去了!二王说:小弟弟大约是想女人了!话没落音,大王就变了脸:莫谈女人!那三个都噤了口,停一时,大王的脸色缓过来些,说:在我们这张桌上,你们不要想尝一点荤的,我们绝不来那一套,要尝荤,就请走人!我们不能放低我们的品格。这样,毛豆就将电视里的主持人改成了正在做报告的高官。大王接:高官的一句话,引起刑警队长的注意,他说,台风的中心却是风平浪静!刑警队长觉着这话触及到一个真相,可是他一时上还找不到通往的途径。二王说:刑警队长就把思路打得更开,去调查事发客房另一边隔壁的情况,另一边隔壁,并不是客房,而是杂物间。大王没说话,只是向二王伸了大拇指,二王激动地红了脸。三王说:刑警们仔细搜了杂物间——大王叫道:毒品在此可以登场——在天花板的吊顶里面,发现了海洛因。此时,有一种高潮来临的气氛,每个人的想象力和激情都调动起来,毛豆紧接道:刑警截听到对面写字间的一个电话,电话里提到宾馆的名字,还提到客房的房号——大王接过去:一个不存在的房号,但根据排序,正是这间杂物间。二王道:刑警埋伏在杂物间周围,从早上等到下午,再到晚上,只有客房服务员进出,更无他人,可是,海洛因不见了!——其时,整座宾馆都在监视中,毒品出不了楼,楼里住着各路客人,无法强行搜索——然而,次日早上,服务员打扫客房,却在事发房间的浴室,坐便器的水箱里发现了海洛因——疑点就回到那位报警的客人身上,可是经审查,客人只是个普通的游客,没有任何前科和不良社会关系——除去客人,进出此客房的就只有清洁工,于是,清洁工进入视线——轮到三王了,他看着大王:收尾的时候到了没有?

大王又叫：你收你的！三王说：清洁工就是罪犯，之所以想到将毒品转入事发客房，是因为他也在同一天里看了电视，那位高官说：台风的中心风平浪静，其实是将指示传达给他。毛豆不能自已地立起身来：高官是贩毒集团的头目！大王接着往下说：此时，对面大楼有一个保安忽然记起，事发那日，宾馆正请保洁公司清洗外墙，那客房玻璃窗上的脸，其实是清洁工，乘在吊篮里——那三个都傻了眼，大王说：这就叫作，台风的中心风平浪静！

这样的游戏实际是一种训练，训练思维，在大王看起来，练身手，练气功，或是练从滚水里钳分币，炉膛里夹煤球，练的都是皮毛，是"技"，要紧的却是"术"。这"术"也是要靠练的，他专门研究过如何练"术"，希望能创造出此项练习的一套方法。后来，他从扑克牌里"接龙"的游戏受到启发，发展成接字，接词，接句，接情节。为什么要以口头的方式，而不是沉思默想的方式进行训练？那是因为大王注重语言的功能。他认为语言是思维的台阶以及扶手，思维所以能够进取，就是踏着和扶着语言迈步的。甚至于，有时候，还能反过来，语言延伸了思维的路途，使之得以更上一层楼。像大王这样诡辩出身的思想家，倘若没有语言的扶持，他简直无法思考。当然，这是指极端的情形，大王毕竟是一个有思想能力的人，许多思想来自于静默的内心活动。只不过，这些思想在内心处于混沌的状态，当他企图用语言描述它的时候，方才清晰起来。再要有人向他质疑，提出反对，这思想便在进一步的阐述中，变得锐利。所以，他是需要听众的。眼前的这几位，就是他的忠实听众，和幼稚的质疑者。这些初级的质疑——这些质疑多是以"为什么"为句式——唯其因为它初级,才给回答带来困难,就好像幼儿的问题是难以解答的一样,他们其实一下子就指到事情的核心处,真理都是极简单的。这几位自己都不知道,他们帮了大王的大忙,事实上比在表面上,他们更为大王所需要。他们的那些可怜的思想,也挺有趣呢!含有一种天真,大王又鄙视又欣赏,同时,也欢喜地看到,在训练中,他们都在不同程度地提高。这三个人各有特点,二王的思维最简单,最直接,在大部分时间内是笨拙的,可是不期然地,他也会有火花。三王其实有些像大王呢!有时候,大王会为三王可惜,倘若他能有更好的机会,比如说,像大王一样,见过多一点世面,读过多一点书,说不定会成为大王的对手,大王是不怕对手的。他十分喜欢"既生瑜,何生亮"这典故,倘若没有对手,彼此都会寂寞的。可是,三王到底是错过了最佳受教育时期,反有些走上歧途的痕迹,甚至比二王还不可造就。倒是毛豆,大王看着十分可喜。这孩子很纯,而且也很灵,虽然他什么都不懂!他真的是什么都不懂,可是,略一点拨,就懂了。和那两个不一样,那两个是从飘零的境遇中来,受过屈辱,身心多少是变形的。他却是来自于平安和顺的生活,所以,完好无损。他用一种明亮的眼光看待他们的生活,于是,他们的生活也变得明亮了,而且新鲜。大王实是想好好打造他呢!大王虽然尤其中意这一个,可并没有因此而菲薄那两个,他对他们,有一些像对儿女,有一些像对弟子,其实呢?是兄弟。他了解他们的短长,他无论他们短长,都一样地爱他们。大王在心里用了一个"爱"字,这个"爱"字,他素常是不喜听的,因总是出自世人口,而"爱"是有圣意的,他却可以用。望着团团坐一桌的他们,大王心里就升起一股暖和的感情。这一年的腊月二十九,俗称小年夜,就这样温煦地度过。

　　下一次,也就是毛豆经历的第一次劫车,是在新年的正月,安徽的地界上。京沪线在镇江偏离了运河,在南京以后就进入安徽省境。虽是相邻的两个省份,一旦过境,气氛就全不同了。同样是麦田,皖地的颜色都要萎黄一些。公路网显然是疏阔了,几乎不见高速公路。但气氛并没有因此而变得清寂,反有一种局促的喧闹。公路边,挤挨着店铺,修车铺,饭铺。路下边,这里,那里,麦田里,水塘边,任意地,就矗起一间简陋的厂房,轰隆隆地开着工。沟里堆着垃圾。摩托车和拖拉机喷吐黑烟,突突走着八卦阵。路面已被碾压得不成样,常见有翻车的遗迹——一片被糟蹋了的青苗。皖地的食风也粗糙许多,并非粗犷,粗犷里是有一股热火烹油的壮烈之势,而在此只是邋遢随便。汤菜都喜欢勾芡和着酱,呈出一种可疑的黑糊稠亮。不过,早点的食铺里,有同样色泽、硕大的一木桶羹状吃物,入口却十分的特别。有一种药味的刺激,怪异的鲜。滚烫进嘴,配煎包——所有的煎包一律掉底,皮瓤两分——可这并不妨碍享用,如此一顿早饭相当满足。这种羹汤有一个奇怪的名字,发"杀"音,也不知用哪个字,只听人们喊"杀",很英武的气概,想是有着征战的历史。他们简直就上瘾了,每早都要喝它。此时,他们是在淮河北岸的地带,离开了京沪线,搭长途车或者中巴旅行。看起来没什么目的,事实上却有用心,大王在寻龙脉,这是朱皇帝的原籍。一派疙颓之下,哪里看得出一点吉瑞的风水?可大王却说不然,接着便说出一段典故。朱元璋在红巾军自立一军,攻下南京,又攻克徽州,势不可当,其时,拜见一名隐在山门的元朝遗老朱升,请教时务,朱升给他九个字:"高筑墙,广积粮,缓称王。"这九个字意思何在?"高筑墙"是一个"守"字;"广积粮"也是"守",有积养方能长守嘛;"缓称王"究其底还是"守"。守什么呢?江山!果然,就在"守"之时,江山到了麾下。所以,别看这一片十年九荒的地界,实在是一个"守"势,否则,如何解释朱皇帝的大明江山?这时,他们中间就有人发问,我们在这里可否沾一点王气,日后也好发起来?大王不由得哂笑道:王气?我可以告诉你们,如今普天下不再有一点王气,都是俗气!这话怎讲?人们再又问。大王停了停,说出一段闲话。他当兵时有一名战友恰巧来自这一带某乡某村,据他称,他家乡本是风水宝地,收成好,人丁旺,朝朝有人做官,有一日——大王有意味地停顿一下——从上海来了一位先生,庄前庄后走一遭,忽变了脸拂袖而去,过了半月,城里就来了民夫,先在村后山岗东边立一座塔,后到山岗西边钻一眼井,自此,村里的气象就走平势了,虽没有大落魄,可也不像先前的旺盛。慢慢有风声传出,那上海先生其实是个大堪舆家,就是看风水的,他看出战友的庄上气势不凡,而气势就来自村后的山岗,分明是头东尾西的祥龙,是帝王的脉象。那正是辛亥革命以后,刚刚废除帝制,上海先生心想,可千万不能复辟了,于是就龙头一座塔,龙尾一眼井,镇住了龙脉。故事讲完,大王看着众人困惑不解的脸色,又一次笑了,他伸臂向前一划:你们看,满目的电线杆子,密密匝匝,别说是龙,是条蛇,都抬不起头!人们还是懵懂着,大王叹息一声,便罢了。

他们活动的范围是在蚌埠以北,宿州以南,京沪线以东的一片地方,有淮河的水路,亦有公路,公路的等级要低一些,也因此,人车也稀少一些。从公路上可见地瓜垄,齐刷刷地伸向地平线,地平线上恰巧停一轮太阳,太阳前是摇辘轳井的农人的侧影。这一幅图画带有古意,宁静致远,可是瞬间过去,接下来又是凌乱的房屋、店铺、烟囱、垃圾。这些三级公路上的公共交通主要有三种,一种班车,班次和停站都极其稀疏;二种私人中巴,比较灵活,随叫随停,可数量也有限;第三种小车,这一种就带有非法的性质了,都是私家车的牌照,暗地里却做载客的生意。他们决心下手的就是这类车。

简直就像游戏一样。他们搭上一辆捷达车,说个地名,这地名是早一日从长途客车站价目表上看来的,谈妥价钱,车便直往目的地开去。四个人坐上车,嘻嘻哈哈地说话,坐在前座的大王还递烟给那车主,问他的职业、经历、家庭,那人则一一道来。他原是在镇上开一爿小五金铺子,买车是为送货,顺便做几搭送人的生意。主客交谈甚洽。途中,大王要求停车小解,车主也随了下车,立在路边方便。二王第三个下车,毛豆也要下时,却被三王按住,正不明白,只见二王并未小解,而是上了驾驶座,大王依然回到前座,门"啪"地一关,车一溜烟地开走。两个小的,回头从车后窗看那车主追了车跑,哪里追得上!跑到后来,只剩下跳脚,转眼就消失在昏黄的尘土中,不见了。车上的这几个,除了开车的需掌住了,全都笑得个前仰后翻,这哪里是什么劫车?不过是和那人开个大玩笑!那人实在太可爱,长了一对大大的招风耳,说话爱说"可对"这两个字,用征询意见的方式来肯定自己的观点,说话间流露出对事业和生活的满意,虽然是用否定的语气:怎么活不是一辈子?然后加上"可对?"现在,他们估猜,他一个人步行往回走的路上,就这么对自己说:怎么活不是一辈子,可对?不,三王说,他应是在乡派出所,对警察报案,然后说:怎么活不是一辈子,可对?这就更好笑了。大王笑着骂道:贫嘴!

他们是跑在皖地最北边,夹沟这一段公路上,往前是桃山集,就又入了江苏的地界,那里,有着无数大王的战友。

第十一章

　　他们又有车了。车轮子跑在公路上，公路连成网，世界便向他们开放了。这就是开放的时代啊！公路上的车流，就是时代的洪流，他们汇入其间，搭上了时代的脉搏。他们很爱公路上的气氛呢！有时候，公路与铁路并行，于是，火车鸣着笛在路轨上跑，他们开足马力，在路轨下跑。假如是客车，就看得见那车厢窗户的小方格子里面，人的动静，他们忍不住摇下车窗，热烈地向他们呼喊，可惜那边是双层窗，听不见，也注意不到公路上的同行者。货车则是另一番景象，巨大的油罐，依次排列，不像客车那样有声色，可是一种积压的能量，从铅灰的金属外壳下面沉默地透露出来。有一回，恰巧是运送汽车呢！那汽车一辆一辆，首尾相接地站在卸去四壁的车厢板上，看起来，十分的矫健。他们这些爱车人自然就控制不住感情了。由于感情强烈，他们反忘记了呼喊、动作，只是目不转睛地看着那一列车阵。车身上起着反光，由于漆色均匀，也由于光已到了夕照，所以，反射就很柔和，简直像是天鹅绒的光。虽然咬紧了速度，可公路与铁路终于分道扬镳，它们如同处子一般的姣好身影，从他们视野里消失了。

　　无论他们多么爱车，也明白车是要给他们带来麻烦的，所以,越快出手越安全,大王又开始寻找战友——不知道是同一个战友,还是不同的战友。关于战友,大王总是保持着神秘的态度。在寻找战友而又没有寻找到的时候,这车就暂时地属于了他们。现在,毛豆也喜欢上了车,原先,他对车并没有特殊的喜爱,车对于他,仅是生计而已。现在,他体味到车带给他的快乐,什么快乐?速度和危险。从最初的时候,就是毛豆被劫的那一晚,蒙着眼睛,毛豆就感觉开车人身手不凡,车轮与路面几乎不摩擦,滑行似的驶去。那是大王在开车。后来,他又领略了二王和三王的车技,虽然比不上大王的沉着,可也各有特色。二王的风格是无所阻挡。倘若要遇到坎坷,车子颠起来,却决不会落下去,而是飞越而过,在空中走一个弧线。三王的车风还是有些接近大王的,有控制,但总归不如大王的手笔大。事情就是这样,本来只是程度上不及,可就是这个不及,变成了另外的路数。三王的路数是随机应变,要也遇到坎坷,他临到跟前略一抖腕,总能绕过去,好比要个小把戏。二王的车是"野",三王的车是"灵",大王则是"流利"。毛豆还没有形成风格,不是他个性不够,而是他开车的生涯大多压在生计底下,需要慢慢解放思想,在自由中找回自我。那三个也有意识地培养毛豆的风格,总是让他多开,因这一回,毛豆总是与他们抢开车。大王说这是一个很好的起点,说明他开始学习为开车而开车,这是一种境界。现在,毛豆开车开得很疯呢!特别喜欢超车,当二王和三王呵斥他时,大王却偏袒地叫他们由他去。他看这孩子撒欢,车轮在路面擦出尖锐的啸声,险些儿与对面开来的车撞上,把脸吓得煞白,大王不由得哈哈大笑起来。大王对这孩子已经有了感情,内心里,他常常受到这孩子的吸引。他喜欢看他的脸,喜欢听他说话,这里面有一种特别甜美的气质,是没有受过生活的磨砺和损害,没有经历过不平等的对待,所以,才能完好地保存下来。二王和三王却已经伤痕累累,这当然更令人痛惜,可对毛豆则是另一种疼爱。而这孩子现在又越来越接近大王的理想了。可以说有一半是为毛豆,另一半为二王和三王,大王同意车多留下几日,让大家过瘾。

这一日,大王独自一人去寻访战友,留下他们三人和车。时间已出正月,麦田泛了青,农事还在休憩中,但却有了一点跃动,这表现在去往集镇的公路上,熙攘的人和车。他们三人驾车沿公路驶去,他们的车早已换了"苏"字牌照,并且擦得锃亮,他们都是爱车的人。就这样,这辆车在他们手里,全变了样。这条县级公路上,跑的有货运卡车、吉普,他们这样的捷达、夏利,而几近一半的是拖拉机、摩托车、机动自行车、自行车,甚至还有马车,车斗里挤挤地坐了年轻男女,身上还穿着过年的鲜亮衣服,赶集去了。他们顺人流进到一个不知名的集镇,这集镇仅只是公路边伸下去的两条街,街边修了些简易水泥房,开着店铺,无非是饭店、发廊、服装店——多是一些从哪里收来的旧衣服。在这令人生厌的景象中,倒是其中一两家铁匠铺,叮当地锻打,淬火,当街又停一辆收购苗猪的卡车,于是,一街都是苗猪的吱哇乱叫——这些动静使这乡间集市有了一些繁荣的生气。他们将车开下公路,停在路口权充停车场的一片洼地,然后下车顺街走进镇里。日头晒得很,天亮时分的寒露陡地收起了,又干又热,空气里有一股牲畜的粪便味,呛着鼻,却一点不生腻。一头驴拉锯一样叫,主人不知道要拉它往哪里去,两下里犟着劲。他们在路边买了烤红薯吃,又买红心萝卜,再看见卖一种极小的乌龟,小到只有一块手表面的大小,龟背上却镀了一层钢蓝。三人蹲着看一会儿,最终没有买,他们自知是居无定所的人,活物跟了他们要遭罪。街的最里面,连着麦地的一端,支起一座军绿色大帐篷,帐篷前的地,还有帐篷前的树,架着或者挂着大幅彩色画报,上面印一个美艳的女郎,写着"著名歌星尼娜小姐演唱会"的字样。他们看着海报上的女郎,觉着很像一位香港明星,但那明星并不叫"尼娜",就不知道"尼娜"究竟是谁了。帐篷顶上的高音喇叭报着演出场次时间,上午两场,下午两场,票价五元一人,倘若是十人以上,可算作团体票,三元一人,等等。关于要不要看演出,三人略起了些争执,二王想看,三王的意见是不看,因大王向来忌讳女人,肯定会不高兴。毛豆无可无不可,他对尼娜小姐是没什么兴趣,可这小小的集市上,还有什么别的可看呢?三人讨论一阵,因开场时间未到,那边又有税务人员收税,吸引了他们的目光。只见四个穿制服棉袄、戴大盖帽的,目不斜视走来,哄闹的人群立刻辟开一条直路。他们走着走着,就站定下来,什么话不说,只是开票、撕票,那被征税的农人,若要有申辩的意思,还是一言不发,再开一张,一并撕了递过去。这一路人过去,又来另一路,穿另一种颜色的制服,专收开机动车的主。因机动车主大多年轻血旺,要起抵抗,收费的场面就要激烈一些。先是言语上来去,再就有推搡的意思,最后拳脚上来了。第三种款式的制服——警察也过来了,小小的集市,似有无数的大盖帽攒动。这一场热闹以后,集市又安静下来,人也更多了,天则到了晌午。三个人走进饭馆——集市上最豪华的一家,门面做成古式的翘檐,翘檐下横一块匾额,书"地香阁"三个大字,看上去十分雅致,不像饭馆,而像是一座古迹似的。推门进去,就有小姐迎上来。

　　和门面不同,里面是家常摆设,几张白木桌子,圆桌面靠在墙边,墙上开一眼大窗,也没什么挡的,那边就是灶房,清锅冷灶,也没有个厨子。正犹豫着,忽从身后走上一个人,径直去了灶房,套上一顶白帽子,从灶下摸出一捆大葱。原来此人就是厨子,方才蹲在门口树下看蚂蚁打架的。小姐穿的也是家常的衣服,粉红色的毛线衣,领口袖口缀了花边,裤子是前后特意磨白两道的牛仔裤,让人着重留意她的腿和臀,两口钟样的裤管里藏着一双细高的鞋后跟,再加上染了一头间杂的黄发,在这乡下小集镇上,可说是十分的摩登。小姐安顿他们坐下,泡上茶,热水瓶里的水估计是隔夜的,茶叶都漂浮在杯面。小姐的态度却很殷勤,拿了菜单介绍道,他们的菜馆主要是一道驴肉,不知道哥哥们有没有听过一句古话:天上龙肉,地下驴肉,所以,我们的店才叫作"地香阁"。这小姐的五官别的都平常,只是鼻子有些奇特,一旦笑,鼻根这里就皱一下,两个小小的鼻翼则耸一下,看上去就有些俏皮。应她的推荐,他们点了驴肉、鲤鱼、一二种素菜。小姐转身往灶房里吩咐,那厨子又摘了白帽子,提个塑料桶出去,显然是去采买。他们便同小姐调侃,难道驴是现杀的?小姐就说:哥哥这就不懂了,凡蛋白质,冷冻以后营养成分才能凝固不流失,口味也更鲜美,所以,驴肉是在冰箱里的。这一段话里面,她笑了有三次,鼻子就皱了三次。三个哥哥都笑了。等她转身,二王建议给小姐取个名字,就叫尼娜小姐,与著名歌星同名。那两个也很赞同。等上菜的时候,小姐又过来两次,与他们添水、聊天。一回是问哥哥们吃不吃辣,吃到如何程度?他们反问有哪几种程度?小姐说要看怎么说,雅的说法是:微、中、重;俗的说法则是:不怕辣,辣不怕,怕不辣!这口诀虽不是新鲜的,但由尼娜小姐如此这般地说出,就又有了新鲜的风趣。他们挑选了"辣不怕",即"中辣"。小姐第二次过来,问的是有没有嗅到驴肉的香。此时,灶房里已起火,烹煮煎炒,店内就有了吃饭的气氛。但客人却依然只是他们一桌,于是,这饭馆以及尼娜小姐,就有些受埋没的意思了。

驴肉是盛在一个瓦罐里端上来的,葱段、姜块、蒜头、红辣椒、绿芫荽,埋着收得很小的肉块,咬在嘴里,筋得很,嚼上一时,确有一股子香味,和猪、牛、羊肉均不同。三王以为接近狗肉,尼娜小姐听见这种说法,表示了很大的不同意。狗怎么能和驴比呢?狗是最贱气的东西,看门狗,丧家犬,狗吃屎,都是说的狗;而驴,八仙里的张果老骑的是什么?驴!毛豆不服气道:不还有"黔驴技穷"的成语?尼娜小姐逼上来说:那是"黔驴",张果老的驴是什么驴?中条山的驴!驴和驴一样吗?什么东西都有个上中下品。毛豆不由得笑了:"黔驴"难道是贵州的驴吗?恰恰是别处的驴带进去骗虎的,说不定就是中条山的驴!学校里学来的课文不期然间派上用处,毛豆也兴奋起来。尼娜小姐虽然不像毛豆有书本的知识,可也有她来自生活的道理,她立即反驳:俗话说一方水土养一方人,水土变了,东西自然也要变。二王插嘴:尼娜小姐的意思是一方水土养一方驴?大家都笑,她也一起笑,笑过了就问:"尼娜"是谁?二王说:你就是"尼娜"!她说:我偏偏叫"娜尼"!三王接口了:远方的"娜尼"来到这里就成了"尼娜"!因听出小姐不是本地的口音。这一句套得很妙,大家再笑,气氛十分融洽,双方已成熟人。接下来的菜也都是葱、姜、蒜、辣椒、芫荽堆起来,里面埋着鱼,或者豆腐,或者白菜粉条,热腾腾,火辣辣,倒是和尼娜小姐的风格很协调。三人吃出一身汗,十分的痛快。

吃罢饭,尼娜,或者娜尼又新泡上一壶茶,这一回是滚沸的水,茶色很清澈,聊天也变得闲定轻松。他们问小姐是何方人士,听口音很像四川,小姐回答云贵川是一家。又问家中有谁,出来又是投奔谁?小姐回答:在家靠父母,出外靠朋友。再问读过几年书,初中还是高中?回答是:社会是个大学校。接着是小姐问他们:从哪里来,到哪里去?他们回答:四海为家。问他们有什么手艺,发什么财?回答:一身正气,两袖清风。再问来此地有何贵干?他们则回答两个字:随缘!他们是大王的弟子,小姐却不知是哪一门的学生,相谈竟甚是对路。正谈笑间,忽听门外一阵嘈杂,似有无数人在朝一个方向跑,脚步沓沓,响成一片。店内的客人与小姐,还有灶房里的厨子,一并起身推出门去,看人流全往街的深处涌动,里面夹着鸡、狗、驴、马,他们不由得也随人流向前奔腾。骚乱起自大帐篷,尼娜小姐——著名歌星尼娜小姐的演出地,只见帐篷处人头耸动。棚内的人一团一团往外出,外面的人无论怎样力争,也挤不进去一个,从门口隐约可见里面有一种颜色的制服和大盖帽攒动。随了往外出的人增多,帐篷前空地上也逾拥挤,无数条嗓子在喊着问,又有无数条嗓子喊着回答。二王几个挤了半时,又分别四处问询,各自听来半句一句,再汇拢一起,总结概括,才知道县里扫黄办接到举报,来封场子,因里面正表演脱衣舞。由于人多,由于挤,又由于气氛紧张,三个人都很激动,在人群里胡乱挤动,试图再多听多看些情况。还是三王最先冷静下来,说可以回去了!转头向外挤,那两个便也有些醒悟,相跟着挤出人群。抬头看见那一个尼娜小姐就站在人群外边等他们,方才想起还没买单,就随了一同往"地香阁"走。路上二王很多嘴地让毛豆先去开车,机灵的尼娜小姐立即听进耳去,问他们车去哪里,能不能捎她一程。二王问她要去哪里,说是郑集,二王脱口便道,正好!十分钟以后,尼娜小姐已经端坐在车前座上,二王将方向盘向左打了个满舵,车上了公路。

有一阵子,车里的气氛很沉默,他们,包括二王,都感到了不安。这样做是不是太不谨慎了?他们都在心里问自己。尼娜小姐也被他们的沉默传染了,一改先前的活泼,变得拘谨。他们和尼娜小姐,忽然拉开了距离,甚至生出一些警惕心。确实,他们彼此一点不了解呢!沉闷地走了一段,尼娜小姐忽然侧过脸,机密地压低嗓子,说:告诉你们一个商业秘密——后座两个脑袋一下子凑过去,二王也竖起耳朵——你们吃的驴肉,其实是,她卖关子地停顿一下,其实是狗肉!大家怔忡一时,然后就都笑了,小姐自己也笑。四个人都快笑出眼泪来,笑了一阵,小姐努力忍住了,说:你们想,哪来的那么多驴,在乡里,牲畜都要上户口,宰杀牲畜就和宰杀人一样,算犯法。三王说:原来你们是挂驴头,卖狗肉啊!小姐笑道:狗并不比驴轻贱,狗是看家护院的,是人类忠实的朋友!三王说:那你不会把狗的朋友,人类宰杀给我们吃吧!二王紧接道:这样的话,尼娜小姐就不是叫"尼娜",而是叫"孙二娘",专卖人肉馒头的!这一阵子对话挺妙,彼此双方都体会到了语言的快感,方才那一刹那的隔阂也消除了。二王又说:这才明白,张果老骑的哪里是驴,分明是狗。小姐说:张果老那糟老头子哪里轮得到骑狗,狗是什么?听说过吗,天狗吞月亮!你们今天福分大得很。毛豆就说:你们店应该叫"天香阁"

才对呢！二王和三王都很赞成,要小姐改店名"地香阁"为"天香阁"。小姐说:我并不是老板,我没有权力改店名。他们说:你透露商业秘密,不怕老板炒你！小姐笑道:我不怕,哥哥们是走四方的人,不会再回头！他们说:山不转水转,你知道哪一天我们会回来！小姐还是摇头笑:哥哥们走的是通天大道,我们这里是世界的角落,转也转不回！他们的对话进入抒情性的段落,流行歌词的句式,武侠小说的风格。他们说:哥哥们偏偏是走羊肠小道。小姐将摇头改为点头:哥哥们是奇人,脚下的路越走越宽。他们回道:哥哥们明明是俗得不能俗的人。小姐就说出凿凿五个字:真人不露相！他们不由得一惊,有些醒过来的意思,先前的警觉空气又回来了。小姐却又紧加了一句:什么事情能逃过我的眼睛！那三个又是一惊,全都止了言。小姐有些奇怪地偏过脸扫他们一眼,这一眼也像是有用意的。车里面重又沉寂下来,再走一程,郑集的新街到了。二王问尼娜小姐什么地方下车,尼娜小姐说:你们到哪里下,我就在哪里下。二王陡地将车停下,尼娜小姐倒吓了一跳,本来万般伶俐的一个人,忽就不知所措。二王粗声道:下去！尼娜小姐看看他,又回头看看后座两位,三人脸上喝酒染的酡色褪却了,而是微青。尼娜小姐提了她的包下了车,站在路边,像是不服气,又像是被吓住了,一时没有举步。她不走,车也不走,双方都不愿意暴露行踪似的。这么并了一会儿,还是尼娜小姐妥协,她转过身,绕过车,向路对面走去。对面是一座百货大楼,楼前砌了水池,却没水,裸出干涸的水泥池底,里面停了麻雀。日头已成夕阳,尼娜小姐走在燥黄的光里面,身影显得又小又灰暗,转过楼角,不见了。于是,车又发动,沿街向前,穿过这个颇具规模的乡级镇的中心,一个圆形广场,从广场周边放射状地伸展出去街道。车子开上其中一条,直驶而去。

车走出镇集,向徐州方向去。天到底长了,那一轮落日,停在车尾巴梢上,老也甩不脱,等终于甩脱不见了,天光也还是大亮。公路上十分繁忙,近徐州时,几乎可称壅塞,车速不得不减缓下来。车上三个人都了无心情,只想赶路,阻在车阵里,不由得性急。二王徒然地按着喇叭,有一两次险些擦碰了人家的车。三王让二王别着急,却因自己心里着急,说话不免生硬。二王就回过来,三王再过去,形势开始紧张,路况则依旧不好。毛豆左右劝解,也只有两个字:算了!二王一声"算什么算",将他堵回去,毛豆就也生了气。三人心里都不快,彼此不愿再说话。车窗前方可见一片灯光,是徐州的气象了。车临近徐州火车站,提前一拐,进一条偏街,三下两下开进一个院落,院落里是一家宾馆。他们将车停在院子的一侧,下车,上台阶,进了门厅。这显然是由行业招待所改造成的宾馆,结构很老,整座建筑是围绕天井,形成一个"回"字。如今,在天井上方加盖了顶棚,原意是为豪华,可效果却是压抑,还有些像菜市场,因顶棚是蓝色的玻璃钢。他们从总台后面的楼梯上到三楼,走了半个"回"字,停在一扇门前,推进去,见大王已在房内。

房间拉着窗帘,开着一盏墙角的立灯,电视机亮着,却没有声音,光影映在大王的脸上,倏忽即变,大王的表情显得莫测。此时,大王转过头来,看他们三人鱼贯进房间,各自在床沿坐下。大王看着他们,等待他们说一说这一日的经历,三人却都沉默着。大王等了一时,又转回头去看哑巴电视。静了一时,终于按不住了,二王先发了声:大王,我做了错事。大王不回头地问:什么样的错事?三王接住大王的问题:我们回来时带了搭车的。如同二王着重"我做了错事"的"我"这个字,三王着重了"我们"两个字,意思全在承揽责任。大王又问:一个什么人?电视屏幕的光影在他脸上变幻得更复杂了,成了一张花脸。尼娜小姐,这回轮到毛豆回答。大王转过脸,女人?三人一并点了头。大王欠起身关上电视,并没有坐回去,而是欠着身呆了一时,几乎可以看出,大王浑身的肌肉在渐渐收紧。这三个人不由得也坐直了身子,一种大祸临头的空气生起并且弥漫开来。大王站起来,走到窗前,拉开窗帘。窗外的天已经黑了,却有远远近近的灯,一丛一簇的,夜幕就拓开深度,显得神秘不可测。大王拉上窗帘,走回沙发椅,欲坐下,又没坐,再又走到窗前。房间里顿时充满焦虑的情绪,三个人噤若寒蝉,一声不出,看着大王,心里都在想:出事了!又不明白,事情终究出在哪一节上。大王走到床边,扯起他的军大衣穿上,说:这车留不得了,越早出手越好!这三人"唰"站起,也要跟了走,被大王止住:我们分开行动,你们在这里等我二十四小时,二十四小时我要不回来,就到山东枣庄火车站等我,再等二十四小时,我不到,就往济南火车站——三王紧接问:再等不到呢?大王绷紧的脸此时松弛下来,变得温柔,他的眼光挨个从三人脸上抚过,说:倘若有缘,三生石上终有一会!三人共同想起三生石的故事,不由得一阵鼻酸,眼窝里热热的。毛豆说:明天再走不行吗?大王的眼光几乎是慈爱的了,他对毛豆说:天下有一种草,名字叫含羞草,手指稍一触摸,叶子立即合起来,我们都是含羞草!毛豆到底撑不住,落下泪来,二王悔恨道:都怪我!三王说:怪我!大王止住他们:谁也不怪,这是一个兆头,你们知道,车上最忌什么?女人,女人身上带血,兆血光之灾。三个人傻傻地看着大王,形势急转直下,将他们惊得说不出话来。大王最后地看他们一眼,推出门去,反手将门带上。

他们没有吃晚饭,早早上床,却睡不着。这是两个双人间相连接的套房,现在空了一张床,怎么叫人不惆怅?隔壁的电视机声音隐约传过来,回廊上的脚步声也听得很清晰,可这一切都与他们隔开着十万八千里,关他们何事呢?他们在他们的世界里,这个世界,谁也进不来。后来,他们不知不觉睡着了,不知是谁,想来总是毛豆,在梦中发出几声啜泣,然后也沉静下来。他们的世界寂寂然地在时间的混沌隧道穿行,穿行。

下一日,他们待在房间里,也是将电视机开着,却没有声音,看了一天哑巴电视。没有出门,也没有吃饭,有一点是惩罚自己,更多的,是被焦灼攫住了。他们之间难得交谈,心里都在想一个人,大王。走廊和楼梯上,但凡有一点动静,他们都会竖起耳朵,警觉得像一只猎犬。开始,他们闭着窗帘,后又觉着不妥,多少有些"此地无银三百两",反会令人起疑,所以就拉开了。于是,这城市灰暗的日景扑面而来。这是个盛产煤炭的地方,南北铁路的枢纽,空气中便充斥了煤烟的微屑。夜晚有灯光还好,日里熄了灯,就只见尘埃遮暗了天光。建筑的水泥块垒挤挨着,看上去几乎有些狞厉。因是在三楼,视野并不很广阔,却看得见底下的街区,里面走着人,行着车,心想:其中会不会有大王呢?大王方才走了一夜,他们却觉得很久,心里满是思念之情。没有大王,他们全变成了孤儿,无依无靠,没有教育和引导。他们一点不觉着饿,但腹中空空使他们意气更加消沉。房间里的光线由明到暗,终于到了昨天大王离去的时间,他们三人不约而同站

177

起身，迅速收拾起简单的行李，离开了房间。他们下到底层总台，办理了退房手续，走出大门。他们呼吸到新鲜空气，不禁打了个寒噤，不是因为寒意，事实上，气温是暖和的，并且，有一丝湿润，春意渐浓。街上的灯光漫进院子，在院子的上方罩一层光的薄膜，三个青年匆忙的身影，从中穿行而过。

他们直奔车站，车站广场灯光璀璨，这城市的气魄是在这时显现出来的。他们三人忽变得很渺小，灯光下的影子简直像三个孩子。人声喧嚣，他们的听觉里却是寂静一片。三王引路，他是从火车站出来的青年，火车站就像他的老家，而全中国的车站格式基本一致，除去规模大与小的区别。并且，所有的火车站都共同有一种动荡不安的气氛，似乎前途未卜，不晓得接下去有什么在等待自己。他们直达售票处，买了往枣庄的慢车硬座票，是夜间十一时从徐州始发。这时，他们感到了肚饥，又由三王引路，往车站广场东去。走到一个街口，朝南望去，一街的大红灯笼，溶溶的红光里，立着雪白的小羊羔，光把小白羊羔染成了小红羊羔。原来是羊肉汤一条街，他们走进其中一家。坐定，点汤，不一时，三大海碗的羊肉汤端上桌来。熬成乳色的肉汤上堆着金黄的油花，碧绿的芫荽，雪白的葱根，鲜红的辣子，肉香席卷了调料的辛辣，热烈地扑将过来，一满盘煎得焦黄的油饼紧随其后也上桌来。他们陡然间振作起来了，似乎看见大王的身影，就在枣庄车站，向他们招手。就这样，怀抱着希望，经过一夜火车颠簸，他们越到山东省界，来到枣庄。枣庄车站比起徐州站来，只是个小站，但是在京沪铁路线上，又是山东与江苏接壤处，市镇密集，运营就挺繁忙，所以，也还热闹。他们没有去找旅店落脚，只在车站厕所的水池子上，用凉水洗了脸和手。还是三王引路,进一家饭铺,饭铺斜对了车站的出口,出口再斜过去,就是进口。略留心,就看得见那里的动静,是个眼观六路的地方。三个人叫了点吃的,却没什么食欲,只是抽烟。车站那头忽一阵冷清,忽一阵热闹,除了匆忙赶路的行旅的人,还有一些闲人,别人看不出来,三王一瞄就知道是做什么的。无论哪一种人里,都没有大王的身影。可是不要紧,这一日才刚开头呢!在等待大王的时间里,他们做什么呢?他们也拟了一条作文题,题目叫作《记我们的生活》。

二王第一个作。他吸了半支烟,他的脸罩在烟雾里,变得模糊不清,这一天一夜的经历,使这个简单的人感情深刻起来。二王沉吟一时,开始讲述:我们的生活是一种充满友谊的生活。三王和毛豆不由得互相看一眼,他们听出二王的声音里,压抑着的激动。二王说:我们几个,就像兄弟一样,有福同享,有难同当。我们中间的任何一个人,肚子饿了,身上冷了,或者心里有了委屈,其他人都会难过,很难过。我们中间任何一个人,犯了错误,其他人也都会帮他。我的师傅,在世时总是对我说一句话,"士为知己者死",我们都是"士"。我是一个没有父母的人,我生下来就没看见过他们,我从小跟爷爷奶奶生活,可是后来他们告诉我,他们不是我的爷爷奶奶,我是他们拾来的,现在他们老了,养不动我了,就让另一对爷爷奶奶领了我。这一对爷爷奶奶其实更要老一些,也更穷一些,他们带了我半年,说等不到我长大,得我的济,又把我送给第三对爷爷奶奶。这是一对更老更穷的爷爷奶奶,在他们那里,我连饭也吃不饱,可他们还是嫌我吃得太多。有一天,这时候我长大了些,开始会想事了,我想,我要去找我的爸爸妈妈,于是,就在一个早晨,离开了这对爷爷奶奶,离开了这个村庄。我在很多村庄里生活过,每一个村庄在我记忆中都是一样,因为我所住的那一家,一定是村里最穷的一家,在村子地势最低的地方,墙角扎在湿地里,起了霉,眼看就要酥烂,高处人家的垃圾,随手就往我们这里扔,所以,就臭气冲天。我从小知道,人老了是很惨的,孤老就更惨了,所以,我决定去找我的父母。最后,我虽然没有找到他们,却找到了你们——二王深情地看了那两个一眼,而他们同时想到他们中间不在场的一位,大王,怅然之情升起。我觉着,兄弟真是比父母还要宝贵,因为更年轻,更有力气,而且志同道合。我愿为我们的家庭——当他说出"家庭"两个字,不由得腼腆地红一下脸。现在,烟雾已经消失,二王的脸清晰地显现出来,有一刻显得特别明净,就像一个幼童。对于一个从来没有家的人来说,"家庭"这两个字是非常神圣的。二王继续说:我愿为我们的家庭献出一切,因为它使我得到了幸福!这一句很像是结束语,给人总结的印象,但是并没有。二王继续说:我不知道我是怎样长大的,就像村子里,就是最老最穷的爷爷奶奶的村子里,人家骂爷爷奶奶的那句话,年纪叫狗吃掉了!我的年纪才是真正叫狗吃掉了——三王说,你的意思就是"浑浑噩噩",二王却坚持他的说法:年纪叫狗吃掉了,自从有了你们——这一回,二王没有看那两个,而是望着深远处,不知名的地方,不用说,那里有着大王的身影——从那一刻开始,每一天我都记得,记得清清楚楚!有钱的日子记得,没钱的日子也记得;有钱的时候是幸福,没钱的时候也是幸福。有一次,我们总共饿了三天,说到此,他向毛豆瞟了一眼——那时你还没来,毛豆不禁生出一股憾意——我们饿了三天三夜,可我们的精神依然那样振奋,因为我们这几个人,年纪轻轻,力气十足,而且都有一技在身,我们怕什么?我们什么也不怕!我们连死都不怕。不像我跟过的那些爷爷奶奶,活得像条蛆,却还怕死,一有个什么事,就叫喊,阎罗王的小鬼来拉我了,别拉我,我不跟你去!实在可笑得很。可我们不怕,人生不是以长度,而是以价值来衡量的。这句精湛的格言一出口,明知道是大王的教诲,可这两位还是由衷地点了点头。后来,我们是怎么吃上饭的?说出来其实很简单,我们来到一家餐馆,餐馆大厅里有家公司正举行开张庆典,我们二话不说,走进去,拉开椅子坐下,老板——一个台湾人,胸前戴了花,还向我们敬酒呢!这一顿饭,不仅吃饱,而且吃好,我们的生活,就是这样同甘共苦、有苦有乐的生活。

二王终于结束作文,有一时,三个人都没有说话。二王作文里有一种令人感伤的情绪,不知道来自于何处,就好像是带了追忆和缅怀的意思,难道这一切都将一去不复还了?静默一会儿,毛豆看看三王,三王的目光是鼓励的,于是,毛豆开始作文。

也许我还没有资格说,"我们的生活"——二王和三王一起向他伸出手,于是,毛豆就像歌星一样,依次和他们握了手——感谢你们收留我,使我有幸过上这样一种——毛豆在他的词汇库搜罗了一会儿——一种特殊的生活。说实在,我前边的路还很漫长,有许多东西需要学习,有许多奥秘需要探索。有时候,我会觉着自己在做梦,我是在什么地方,和什么人在一起?这些人是什么人?你们,应当说我们将以什么维持生活?我觉着前途渺茫。曾经有一段,我努力争取离开你们,你们是知道的——毛豆惭愧地躲开他们的眼睛——可是,一旦离开你们,我才真正感到了前途渺茫,我不知道,我应该向何处去,我这才发现,我原先的生活,其实才是没有目标的生活。我的生活是,开出租车,这,你们是知道的——此时,轮到这两位惭愧地掉开眼睛了。我和老程合开一辆车——老程的面容陡地出现在眼前,瘦、黄、败顶,因牙周炎,口腔里发出异味,这股腐臭的气味就留在他开过一日、交到毛豆手里的车上。老程每隔一日送车给毛豆,都舍不得打出租回家,而是要去乘公共汽车,毛豆就开车送他到车站,老程的生活多么灰暗——老程是我的搭班,我们两个人开一辆车,一人一天,所以就是开一天歇一天,这就是我原先的生活。那两人的眼睛又回到讲述者身上,表示出对这生活的好奇,使得他必须再多说几句。怎么说呢?我们出租车司机,从早到晚,开着车在马路上转,开的车程,三个月就算得上老司机了。我们见过的人,不是我毛豆吹牛,比你们一辈子见的还多!对于毛豆这种自负的说法,那两位显然是不能苟同的,但他们决定暂时搁下,待以后再解决,目下还是不要打断。对毛豆过去的生活,他们多少怀着一些兴趣,因那是他们未曾经过的、安居乐业的生活——虽然比不上真正的老司机,我也练出了几分眼力,上来的人,一开口,我就能猜出个大概,什么样的人,做什么的,假如是两个人,那么他们又是什么关系。说到此处,毛豆想起那些开车的夜晚,街边的小女鬼,那城市魅惑的气息扑面而来,在目下这个中原小城干燥的多粉尘的空气中,又迅速地消散。他决定隐去这节,因为大王不喜欢提女人,可是,大王,大王他在哪里呢?斜对面火车站的进出口,站着和走着一些闲人,都是未曾谋面、素昧平生的人。可是,毛豆继续说,可是他们与我们,一点关系都没有,我们把他们送到他们要去的地方,让他们去做他们要做的事情,无论他们的世界多么精彩,我们总归是开出租车,在路上一兜就是一天。所以,后来,也就麻木了!毛豆有意地把自己往老练里说,事实上,他还没来得及麻木呢!可是,老程已经麻木了,老程就是他的镜子。原先,我并不知道自己是麻木的,可是,后来,我遇见了你们——说出这句话,讲和听的双方先并一下,然后都笑了。这笑,既是"相逢一笑泯恩仇"的意思,也是,他们都能以幽默感来对待生活了——我遇见了你们,才认识到这一点。现在,我就开始描绘我们的这种特殊的生活。毛豆变得饶舌了,表现的快感多少让他有些装腔作势,那两位则是加强鼓励,伸手向他做了一个"请"的姿势。毛豆的描绘却很简洁:我们的生活,可以用一句广告语来概括,不求天长地久,只求曾经拥有!就此打住,结束。倒是符合大王"虎头,龙身,豹尾"的作文章法。他们想,要是大王看见毛豆的进步,该有多高兴啊!可是,那边依然没有大王的影子。时间已到中午。

现在,是三王登场。不知觉中,三王暂时替代大王的位置,也因此,三王在同样的焦虑之中,些微还有一点兴奋。这并没什么不正当,决不能说三王对大王的首领地位有任何的觊觎之心。这真是像一个家庭,底下的兄弟有时是会渴望尝尝做老大的滋味。也是像一个家庭,老二呢,有些愣,不是都叫"二愣子"吗?第三个,则是"巧三",最机灵的一个,常常会占二哥的先呢!三王对"我们的生活"的定义是,"危险的生活"。

我们的生活是危险的生活,我们永远不知道下一分钟等待我们的是什么。从小事情说,吃饭,吃了上顿不知道下顿在哪里;睡觉,今天不知明天睡在哪一张床上;这一刻我们相聚一堂,转眼间,也许就各分东西,天涯海角——这一句触动了心事,三个人都黯然神伤。停了停,三王再继续:从大处说,我们完全不知道,什么时候是生,什么时候是死!可以说,这是一种生死度外的生活,而只有当我们置生死于不顾,才能是快乐的,这种快乐是那些牵挂生死的人无法享用的——三王的话很高深,在大王离开的一昼夜里,他们三个都迅速地成长起来。同时,三王的讲述里又有一种不祥的意思,气氛变得沉重,而大王的身影还没有出现,并且,没有一点出现的征兆。有一班新到的火车,人和行李包裹像尘土一样,一团一团挤出验票口,你能想象大王他会跻身这幅庸俗的画面中?应该说——三王继续讲述——危险还没有真正来临,可是,它总是擦肩而过,有时候,你都不知道,那是危险,它已经从你身边过去了。比如说,警察。警察是危险的化身,而警察里面的便衣,是危险中的危险。在我们身边,前面,后面,走着站着的人里面,说不定这个,或者那个,就是便衣。你看他说着笑着,可是他的眼睛其实就在搜索着。你们别以为这种眼睛很大很亮,电灯泡一样照来照去,相反,是像睡不醒似的,半开半闭,一点神也没有,好像什么也没有看,事实上,什么都看见了,对于这种眼睛,你们要特别警惕。为什么我会有这样的认识?是因为我从记事起就和警察打交道,不瞒你们说,我不知多少次在警察手里失风,他们把我送到遣送站,遣送站把我送上火车,拉到某一个地方的遣送站,再拉到另一个地方的遣送站。遣送来,遣送去,到底也不知道该把我遣送到哪里,最后只好装看不见,把我放了。我住过无数个遣送站,遣送站的生活,应当说是有保障的,有饭吃,像我这样的小孩子,那时候我还小,像这样的小孩子,也不必做什么重活,不过是替干部提提开水,扫扫地,最长的一次,我在遣送站里过了一年时间。说实在,我也有些随遇而安了,觉着这样过日子也不错。伙房里有一个大妈,挺喜欢我,说要认我做干儿子,还买了一套新衣服给我穿。有一天,大妈让我上街买一捆圆葱,这时候,他们对我已经很放松,我拿了钱就上菜市场。菜市场里人来人往,我正一个菜摊一个菜摊地看圆葱,忽然间浑身一激灵,你们知道为什么?三王看着那两个,他的眼睛灼亮着,好像又回到当时的情景之下,那两个摇摇头——因为有人碰我一下,这一碰,可是我再熟不过的了,简直就像暗号差不多,要放在别人,根本觉不出来,可我就不同了,我是道里出来的呀!我晓得有人在打我的主意了,打我身上这点钱的主意。我心里很激动,我觉得,我这身子还管用,我的才华,确实是这样,我的才华还没有被压制掉,我还有反应!我没有回头,可我却看得清清楚楚,我们也有一双便衣那样的眼睛呢!其实,我们和警察的较量,就是眼睛和眼睛的较量。我看见身后边的人也是孩子,但不是一个,而是两个,甚至三个。我又走过几个摊子,专往人多的地方挤,晓得那几个挤散了。这时候,我又回到先前看好的摊子上,买了一捆圆葱,走出人堆,看见前边烧饼铺跟前,站了几个小孩,其中一个大的,穿的还不错,皮夹克,斜着一条腿,抖抖的,有意地看我。我也看他,举起圆葱朝他摇了摇,那一只手上找回来的钱也对他摇了摇,他不由得一笑,从这一笑可看出,这是个有幽默感的人。我也笑了,我们隔老远地相互笑着,我把圆葱一扔,掉转方向朝他走去。我又回到了我失去的生活里,这生活是危险的,可是安全的生活却有一种更大的危险,就是丧失我们的才华。

　　时间已到午后,他们起身换了一家饭铺,草草吃了些面条。黄河北部地区的春阳,本是有一种热情,麦子迅速地灌浆,地里的虫子乱拱乱刨,板结了一冬的土就涨开了。现在,街道与建筑将麦田推远了,这些水泥的块垒吸去空气中的水分,丰盈的春季干瘪了,不得不缩短周期,陡然过渡到酷烈的夏季。他们的嘴唇和鼻子起了火泡,头发像草一样,手一撸,唰唰地响。热和干,使得他们眼珠发疼。车站前一会儿人稀,一会儿人稠,那几个闲人都看得眼熟,其中一个爱挤眼睛,另一个有咧嘴的毛病,那几个,坐地上打扑克,牌上的花都看得清楚。依然没有看见大王。

第十二章

次日早晨,他们搭上一班到开封的火车,在薛城下车,然后直向济南——大王所说的最后一个相会的地点。倘若再等不到大王——他们谁也不愿意往下想了。乘在往济南的火车上,他们三人分外沉默,各自在座位上打瞌睡。日头将车厢烤得滚烫,棉衣、毛衣,全扒下来,堆在行李架上,只穿件贴身棉毛衫。毛豆捂了一冬的肌肉,在棉毛衫下鼓胀起来,他是足长了有一圈,原先细条的身子,如今变得健壮。他的父母,还有哥哥姐姐,要是见到他,只怕认不出来了。认不出来的不只是他的身体,更是他的神情,他们什么时候见过他有这样一种飞扬的大胆的眼神?他要发表宏论起来,单是说话的腔调,都能吓他们一跳,且不说内容了。只有仔细看,看他的眉眼,还能依稀认他出来,那里藏着一股子秀气,是他自小生就的。笑起来,眉梢这边微微弯下来,女孩子似的,就晓得依然是那个叫人心疼的小孩子。这小孩子迅速地长成了青年,和他的同伴一样,磨砺了肌肤和性格,变得强悍了。当然还是不能与他的同伴比,他的同伴,其实是他的引路人,毛豆是他们的学生。此时,他也和他们一样,胳膊抱着胳膊,下巴抵在胸前,坐着睡着了。他们睡得很熟,却没有一点鼻鼾声,也不像那些打瞌睡的旅客,脑袋晃来晃去,身子也晃来晃去，一不小心就栽到邻座的身上。他们纹丝不动，直着腰背，就像三座金刚。他们身体和精神都处在紧张状态，这是在危险的生活里磨炼出的本领。这种生活很能锻炼人，它使人能够适应各种情况。他们这样睡着，甚至还能做梦，在梦中回顾过去，或者憧憬未来。毛豆的梦有点乱呢，这也是入道浅的缘故，就好像一个修炼不到家的人，还残留着一些杂念。他辨不清睡和醒似的，分明知道有许多熟识的人来到跟前，要与他说话，他却睁不开眼睛，也动不了手脚，只能随他们走过去。努力挣了一时，终于睁开眼睛，只见眼前白晃晃一片光，光里面站了许多人，却都是陌生人了。正诧异而且厌烦，再度要合上眼时，忽然陌生人中间的一个对他一笑，这不是个顶熟顶熟的人？熟到心里去了，他是谁？等他走过去了，毛豆忽然睁开眼睛——这时他方才明白其实他一直睡着并且做着梦，此时才真正地醒了。在他睁开眼睛的一刹那，二王三王也醒过来，并且从座位上跳起来。他们三个人望着同一个方向，车厢的尾部，有一个人的背影从那里消失了。

就好像得到了同一个启示，三个人一起挤上过道，向车厢尾部追去。通过车厢衔接处时，火车正过接轨口，激烈地摇荡着，三个人努力把住了，才没有被晃倒。等他们追到下一节车厢，那人的背影又恰好消失在车厢的那一头。他们又追过一节车厢，那人还是与他们保持着一节车厢的距离，到了那一头。可是，这一次，他回头看了一眼，完全是个陌生人，脸上的笑容，多少带了些嘲讽。他们三个停住脚步，车轮撞击铁轨的声音震耳欲聋，三个人懵懂地站一会儿，转过身，回去原先的车厢。此时，车窗外的天暗了一成，光线柔和了，济南站就要到了。离开大王的日子,又过了一天。

在济南,他们换了策略,先找个旅店扎下来,然后轮班到火车站等人。济南站是个大站,以三王的经验,一眼可看出广场上有许多便衣出入,他们三个人,又都年轻气旺,往那里一站,特别占地方,所以不宜同时出行。一个在车站等人,另两个就去城里逛,往景点逛。大王热爱历史,每到一处,都要寻访古迹,说不定,会在哪里遇上他。为这,他们专去书店买了一本《济南名胜》,来做指南。这样,一住就住了一个星期。大王无影无踪。等待大王的这件事多少变成例行公事了,每日里,点卯似的,轮值的那个人到车站走一走,南来北往的人看上去面目都差不多。大王似乎湮灭在人群里头,消失了他特殊的个性。他们的希望淡然下去,随之,大王的印象,也逐渐减弱,变得虚妄。济南的名胜他们都走到了:千佛山,大明湖,趵突泉,甚至郊外不甚出名的灵岩山。他们这三个无论对风景还是对典故都没有太大的兴趣,到了旅游景点,只见游人如织,反是觉得寂寞。闷闷地坐在一处,身边往来的人,与他们不知隔了多少远,人声嘈嘈,也是从山那边水那边传来。也有导游对了游人谈古论今,可他们是听过大王演说的人,还有什么可让他们听的?这就叫"曾经沧海难为水"。正是踏青的季节,在北方广漠的旱土上,初露头的那一点青绿实在不起眼,但定睛看,那生嫩的颜色又叫人心软。就那么针尖大的一点点,稍长起来,就又成老绿了。转眼间,树叶已盖顶,路边的花木也拥簇起来。而他们就成了伤春的人似的,表情愁苦。

这一天,在四里山景区的餐厅里,他们认识了一个人。照理说,他们不应该再轻率地搭识陌生人,可无奈那人是单身出游,深感寂寞,百般殷勤要与他们说话,再有,这些日子,他们也是消沉了,意志就有些松懈。但他们依然保持有一定的警惕性,听的多,讲的少。开始,他们的桌子与那人的隔了走道,这饶舌的男人欠了身子,问他们这,问他们那,见他们挺沉默,就说起他自己了。他来自济南市东北三十公里外的一个村,如今,这个农业村已变成著名的农工商联合体,人均收入达上万元。农工商联合体,顾名思义,就有工业和贸易,谈到工业和贸易,此人更有无限的经验要谈。他干脆将自己的酒菜移到他们桌上——工业和贸易,最重要的是什么?他问,这三个人只是看着他——是项目,有了项目就有了工业和贸易。其实生产和生意就是一个产和销,拿到项目就拿到了产和销,那么,项目又靠什么来拿呢?那三个人还是看着他,他们真是答不上来。他机密地向着他们又靠拢些:靠朋友!我们老总,当过十二年兵,转业在县里做科长,可他辞了公职,回到家乡,带乡亲们搞改革——他说出一个名字,问他们有没有听说过,他们摇了摇头,他便露出鄙夷的神情,你们真是不了解形势啊!老总他,朋友遍天下,你们应当去我们农工商联合体看看,宾馆里,我们自己的宾馆,宾馆里住的满满腾腾,今天走了,明天来,都是朋友。餐厅里,二十四小时的流水席,也是朋友。老总的朋友可不是一般的人,有上海、北京、广州,甚至于香港,记者、企业家、教授、作家、乡长、县长、省长!这时,他们三个的脸上流露出怀疑和耻笑的表情,那人就急了,将酒杯一顿:上有天,下有地,中间有父母,但凡有一句假,就不是我!又斟了满杯酒,说要用酒来明证心迹,说完就咕咚干了。老总他,特别会交朋友,他的工作就是交朋友,他召集开会也就是商量怎么交朋友。他对咱们这些干部说,朋友不是天上掉下来,而是要"交"的,用什么"交"?用"心"。所以,我们就要多长几个心眼,可是谁的心眼多,也没有老总他的心眼多呀!老总他走南闯北,广结贤士,他对我们说,古人讲礼尚往来,《诗经》里面不是有一句,"投我以木桃,报之以琼瑶"——说到此处,三个人都竖起了耳朵,他们相视一眼,彼此猜到了心事,那就是,这个老总很像大王他呢!会不会就是大王?大王时常讲:小隐隐于野,中隐隐于市,大隐隐于朝,这会不会是隐起来的大王?他们也知道不会,因那老总是这人的乡里乡亲,又在那里改革多年,大王即便"隐",也来不及"隐"那么深啊!可是,老总就像是和大王有什么联系似的,什么联系呢?比如说,大王的战友!

老总他对我们说,你们知道朋友们最需要什么?有人说是钱,有人说是房子,也有人说是旅游、汽车、出国,老总他说,你们说的都对,但是,这些东西,朋友的朋友也会想到送的,我们再怎么送,也只是锦上添花,而不是雪里送炭,换句话说,就是,人家什么都送到了,我们还能送什么?大家就再也想不出什么了,老总他说:有一样东西是多少钱也买不来的,也是城里的朋友们最缺的,就是医疗。看病难哪!老总他说,你们别看朋友们都很体面,平时出门住宾馆,还带套间,一旦生起了病,就连个乞丐都不如了。病房里又挤又吵闹,要有级别才能住单间或者双人间,做检查要排队等,找个好医生就更费周折了。所以,我们要送朋友们医疗。怎么送?我们就造了一座医院,进了最好的机器,医生呢,是去上海、北京、广州专请。你们说,老总他是什么样的人才!那人喝红了脸,酒瓶空了,他们就用他们的酒再给他斟上。他们对这人生出一股亲切之情,因为他的老总,真的,也许是大王的一个战友!他们有着共同的见识和头脑,都是时代的精英。

那人也真喝高了,又受了这三位热情的感动,一再邀请去他们的"齐鲁农工商联合体"参观,并且今晚上就去。"齐鲁农工商联合体"在济南就有办事处,派一辆车,带他们一起走。他们不得不努力谢绝,他便从口袋里摸出名片,发给他们一人一张,让他们保证日后一定去找他,像他们这样有志向的青年——他这么称他们,有志向的青年,老总他一定会很喜欢!分手时,他不知握别了多少次,还又重新回过头来握别,最后一次握别时,他忽然倾下身子,无限知心地对了他们耳朵说,你知道,我们联合体还有一个项目是旁人不知道的,是什么?他们已经有些不耐烦了,被他缠了这么久,即便是从"战友"那里来的人,也无济于事了。他们一边嘴上敷衍,一边用手往外推他,他被推着倒走了几步,硬挣着说出这么几个字:倒卖汽车!他们不由得停了手,而他诡黠地笑了一下,转身走了。

他们动了念头,要去那个"齐鲁农工商联合体"看看,大王的身影,又在他们眼前浮现起来。他们本来都把等待大王的事搁下了,去火车站也是有一搭,没一搭的。现在,忽有了模糊的希望。谁知道呢?说不定,那老总遍布天下的朋友们里面就有个大王,大王遍布天下的战友里面,就有个老总。世上的人都是分类的,那老总与大王显然就属一类人,他们都是人里的精英,听那人谈起老总,他们竟就像看见了大王。一类里的人,山不转水转,总能走到一起来。但他们只不过是动了念头,因为线索终究是渺茫的。在济南的时间又过去几天,他们的经济陷入窘境,将口袋里所有的钱并在一起,只够支付旅馆的房钱,饭钱就没了着落。在此之前,他们已经换了两次旅馆,这一次住的是一家家庭旅馆。一个老头私自将住房辟出一半,再隔成几间,也没申请营业执照，所以并不挂牌，自己到火车站拉客过来。在这方面，三王是有慧眼的，没等老头看见他，他已经看见老头了。住在老头的旅馆，讲好不付定金，走时一并结。但老头三天两头来向他们要房钱，并且，非常警觉地，每次他们出门，都要看看他们手上拿没拿行李。等他们回来，有几次看到东西明显被翻过了。他们有什么东西呢？无非是几件冬衣、几本书——是大王要他们读的，大王自己的书都咽在肚子里了。还有什么呢？还有就什么也没了，所以就任他翻去。这一天晚上，他们前脚进房间，后脚门就推开了，老头挤进身子来。这一间屋子，横一张双人床，竖也是一张双人床，进门就要上床。此时，老头站在两张双人床夹角间，一会儿低头，一会儿仰头地看他们。他们以为又是来讨房钱，不料却不是，老头说的是另一件事情。老头说，临近五一节，户籍警、居委会，照例来查户口，他对他们说家中只是住几个亲戚。检查的人问得很仔细，问他家亲戚是什么年龄，什么长相，多少身高，从哪里来，住多久。他只说是两个外甥，一个侄子，从江苏来玩。老头卖好地絮叨着，一双小眼睛从他们的脸上溜来溜去，使他们感到了紧张。第二天早上，他们像往常一样出门，但这一次出门，他们是不打算回来了。那一堆破烂就丢在房间里，随老头翻去吧！他们从济南站向北直走到长途客运站，登上其中一辆，不一时，车朝东北方向开动了。

　　行驶的车窗前，景物以一种活跃的节奏掠过去，人心受了鼓舞，茫然的前景变得清晰了似的。五月的阳光金线一般射进来，在人身上脸上乱跳。白杨树后面，是成熟的麦田，西南风里，几乎听得见嗞嗞的灌浆声。有农人肩了锄子在看麦子。他们的脸色开朗起来，说出来怕你不相信，即便在这样为难的处境里，他们依然不见憔悴,只是显得有些心事,这些心事使他们更快地成熟起来。他们提前几站,在一个叫"魏家桥"的市镇下了车。时间还没过午,他们在街上闲逛一阵。如同所有市镇,总有一条新开的宽街,街边或是没有树,或是树来不及长成,两旁的店铺多是临时搭建的水泥预制板的矮屋,总是杂货、饭馆、发廊。他们三人进了一家发廊,要理发修面,迎上来的小姐很热情,专会洗头,却不会修面,于是,出来换一家。结果走了几家,遭遇都一样,热情的小姐都不会修面,只会洗头。如今,他们已经对小姐生有戒心,所以,无论她们如何力请,也不多搭讪。后来,倒是在旧街的菜市场后面,找到一家剃头铺子,里头立一条红脸大汉,腰围白布围裙,卷起着袖子,握一柄剃刀,在油光锃亮的刮刀布上来回噌噌地磨,看上去有些像杀猪的。可是,他皮肉紧致的大脸上,双睑的眼睛却相当秀气。当他们踏进铺子,他招呼生意的声音,出乎意外的温和。他让他们坐下,一个一个替他们剪、推、洗,再用滚烫的毛巾焐住他们的脸。他赤着膀子在开水里捞和挤毛巾的时候,又有些像在杀猪,可一旦说起话来,声音却那么轻柔,手势也是轻柔的。他揭开毛巾,简直是爱抚地摸摸他们的脸颊,然后再将那把风快的刀横上去。刀刃也是温柔地在脸颊、下颏移动,最后还到耳朵眼里轻轻一旋,似乎非常爱惜他们这几张头脸。当他们在镜子前面竖起身子,看见镜子里面的自己,头发一律推到耳朵以上,顶上的发则半爿瓦似的,有一角覆在额上,面颊又红又嫩,光洁得像婴儿。他们的模样挺精神,却有些傻。三人不禁笑起来,汉子也跟着笑,是为自己的手艺得意。问他多少钱,回说一人三块,总共九块。他们摸出一张十元钞票,不用他找钱,他却不依,非从兜里挖出一块的硬币,塞进他们的手心,那硬币带着他的体温,热乎乎的。他们又把硬币摁回他的手心,那手心又大又软和。汉子的脸更红了。他们三人又觉好笑又觉怜悯,像他这样做一日吃一日的人,实在眼界有限。他们推开汉子的手,跑出门去。回头看看,他还立在门口,眼睛里闪烁着感动的光,也有些心动,抬手向他招了招,双方似乎成了朋友。

他们在一家饭铺吃了些面点,再去搭班车,这一程只有二十分钟就到了要去的地方。下车立定,就看见公路对面,水泥围墙中间破了一个门,门上铁架弯成拱形,镶了几个铁铸的字,"齐鲁农工商联合体"。长途车绝尘而去,太阳晃着眼,看过去院里没有人,特别寂静。被那人形容得十分繁荣的联合体,在此竟是有些荒凉,三个人感到茫然了。他们迟疑着穿过公路,走到对面围墙底下,再沿了围墙,趱入门内。门内是一片宽敞的水泥地坪,三面都有楼,楼里也像无人,一派静寂。他们站在院子里,不晓得朝哪里举步,太阳略有些斜,把他们的影子,结实地夯在了地上。三个看上去很陌生的脑袋,映在白森森的地面上。终于有人从楼里出来,却没有理睬他们,而是穿过院子,进了另一幢楼。楼约有四五层,外墙贴了白色的马赛克,窗户一律蓝色玻璃全封。然后又有了第二个人,也是穿过院子,向另一幢楼里进去。再接着,人来人往就稠密了些,可是人们最多看他们一眼,并不与他们搭话。他们试着进一幢楼去,正遇一伙人走出,堵住了门,他们只得靠边。那伙人大着声气说话,从边上过去时,传来一股酒气。这就有点对头了,是那人所说的"朋友们"。等人走散,他们再进楼去,门厅两侧都有门,一探头,便见是餐厅,至少有二三十张圆桌,之间横七竖八立着屏风。此时已散席,几个白衣白帽的女人在收拾桌面,十二寸的大盘子,连汤带水往塑料筐里堆。见他们探头,其中一个大声问:找谁?他们也大声答说,找某某某,就是叫他们名片上的那个名字,也不知里边的人听清没有,只是一挥手,意思上后头找去。他们就退出餐厅,从门厅穿出去,到了后院。

此时,他们胆也大了,态度就坦然了,院子里与人迎面相对,还微笑着,使人觉着他们是这里的熟人。后院也有几幢楼,前后错开着,这才发现这个院子占地面积挺大,有好几进。他们钻入又一幢楼,迎面一道楼梯,顺楼梯上去,又被一道玻璃门拦住,玻璃门上写有"招待所"三个红漆大字。试着推门,竟推开了,正对一条长走廊,两边的房间,有几扇门开着,日光就投到走廊上,将走廊照亮,依然是寂静的。他们走进去,第一扇门就开着,里边是办公室的摆设,坐了一个人,正转脸看他们。他们就问,某某某在不在?那人问:是某某某的什么人?他们说:朋友。那人说:某某某出差没回来。他们做出惋惜的表情:真不巧,专门来的。那人从抽屉里取出一个本子,说,那就先住下吧!他们走进办公室,在那本上登记了姓名,还取出身份证给那人验。那人本来是背了光的,现在正过来向了光,便看见一张疏眉淡目,微凹的窄长脸,与四里山餐厅遇到的那位有几分相像。想来也是,一个庄里的,多是带着血亲,所以倒有一点亲切的心情。但这一位并不像前一位那样热情,而是应差的态度,将朋友当公事公办,但也十分尽职。让他们登记过,就带他们去住房。跟随走到走廊尽头,原来那里还有一架楼梯,又上了一层楼,一拐,拐进一个大房间,里面起码有二十张床,铺着一色蓝格子床单,满屋子的太阳,墙刷得雪白,几乎让人睁不开眼。那人点了三张床给他们,退出去了。他们站在房间当中,觉得做梦一般,不知身在何处。定定神,三个人转头相视一眼,刚要笑出声来,又听门响。那人推门进来,原来是送暖水瓶的,依然没有多话,再退出去。三人洗了脸和手,脱鞋上床,三张床是依了西墙一溜顺放,二王的床顶着北窗,他忽叫一声:看!只见他翻身趴在窗台上,手指着窗外。那两个几步跨到他床头,一并探头向下望,窗下又是一个内院,比前院还要阔大,挨墙停有两行大小一律的帆布包,包的形状正是小车。

他们就这样住下了,这一间大客房头一晚就只住了他们三个。因为对情况的不了解,到底有些不踏实,夜里都有几次醒来,月亮光亮晃晃的,好像睡在河里。这种时候,不由得要想下一步往哪里去的问题。这里静得连狗叫都没有,简直叫人不相信,所以就会觉得,在这静的深处,其实是有一种骚动,只是听不见罢了。在这静里不安地辗转一阵,就又睡着了。这里,并不像四里山那朋友描述的那样,宾客盈门,但却也是客流不断。大餐厅里,每一餐都有个三四桌,四五桌,另外还有小餐厅。那里的招待比较隆重,由年轻的小姐往里送菜,偶尔开门,会流露出一些声气,不很响亮,却是热切的。用餐的时间也很漫长,大餐厅里的人已经走清了,那边还在上热炒。他们行动很谨慎,一般不与人说话,也没有人特别注意他们。替他们登记入住的那人,似乎第二天就把他们忘了,见面像不认识似的。也难怪他不认人,有那么多的朋友要接待呢!第二天晚上,有了两个同屋的,两个大学生,是到这里应聘的,睡在房间另一边的床上。并不与他们搭讪,尽是自己谈话,谈对联合体的印象。话里有许多名词,都是他们听不懂的,但能听出言语间的不屑,是嫌庙小的意思。刚出校门的人总是狂妄的,以为社会需要他们得不得了。他们三人静静地听人家谈对将来的计划,难免也要想自己的前景。在这个安定的处所,食宿无忧,可他们却心情抑郁。四里山结识的朋友还没回来,他们也不敢过于打听他的行止。其实,即便他回来,也不知道该与他做什么。他们进了这个大院就没出去,怕招人询问惹来麻烦。在院内所见人并不多,哪里有大王的影子!本来就渺茫的事情,变得更渺茫了。那两个大学生住了一晚上就走了,空了一晚,再进来几个。这回是从邻县过来参观学习的乡干部,乡下人的做派,高声阔语地与他们招呼,倒显得他们畏缩。这一晚上很喧哗,乡下人带了酒在房间里喝,邀他们一同喝,他们谢绝了。热闹里,他们更感到了寂寞。下一日,乡下人又都走了,房间里还是他们三个。这时,他们觉出他们在这里逗留得太久了,不像"朋友们"的行径。"朋友们"都是常来常往的,有谁是像他们这样,扎下就不走了。他们也得走!这天夜里,已经睡下了,忽然间,院子里陡地亮了。坐起往外一看,楼里的窗户全亮了,院子里的灯也全亮了。远远地,只见东面公路上有雪亮的一行车灯,往这边过来,然后向南转过去,应是到了大院的前门。楼前楼后都有了动静,人的脚步声,门的开合声,还有些模糊的话语。这些响动都带了一股喜气,轻快的,跃动的,是谁来了?他们竖起耳朵听了一阵,心想:一定是老总回来了,老总的车队里会不会有大王的一辆车?他们心里似也有了些喜气。这一夜睡得很熟,睁开眼睛,已是第二天早上八九时许,楼和院里,又回复寂静。

他们必是要走了。他们起床漱洗过后,也不往餐厅吃早饭,因早饭时间已经过了,直接就到楼下办公室找人退房。还是那人,疏眉淡目的刀条脸,看不出是喜是怒。他们不知怎么,内心里开始怕他。他们说不能再等某某某了,他没听清,问是等谁?他们又说了一遍名字。不知这人是真忘了,还是装忘了,竟不知道他们是谁的朋友了。然后他们就要结账,因早知道这里吃住全免,果然那人没要结账。只是他们转身时,他喊住他们,让他们留下名姓地址,好向某某某交代此事。他们怔了一下,三王说,就是在登记册上写了的。那人"哦"一声,转回脸,细小的眼睛似乎闪了一下。他们心里打着鼓,不知为什么都轻着手脚,退出房间,快快地推开玻璃门。走出院子,他们不由得松一口气,抬头看看,竟觉着多日不见天日,如今真感到朗朗乾坤,舒畅极了。其时,季节似乎也本质性地更换了,从春跨进夏。四乡八野都在割麦,虽然看不见麦地,空气里却满溢着麦穰的浆液的气味,麦秆断裂迸出的碎屑漫天飞舞,也是看不见,只觉着呼吸痒痒的。他们站在公路边等汽车,早上的公路繁忙了些,有载重卡车隆隆过去,间或也有小车,"嗖"地从跟前过去,携着一股傲慢的气焰。他们对了车屁股踢一脚,铲起的小石子蹦了几下,就软弱下来,滚到一旁。他们确实处在了低潮阶段,大王不在身边,不能给他们讲流年和否极泰来的道理,情绪一味地低落下来。好在,他们都是脚踏实地的人,不会太作无用功的思考,所以照常行动。等车停靠,鱼贯上车,没有座位,就坐在农人的化肥袋上,回去了。

当他们从车窗看见路边那块顶着瓦檐的大理石镇碑,碑上写"魏家桥"三个字,三人不由得相视一眼,一个浅淡却新鲜的记忆共同涌上心头。他们忽有些活跃,一摆头,站起身,撞开差不多已经合上的车门,下去了。相隔几日,魏家桥变得繁荣了,车和人壅塞在街口,街边摆了地摊,猪羊,粮食,农具,菜种,锅盖大的饼子,原来正逢集日。他们在人群中挤着,一边左右转着脸看热闹,就这样又到了旧街菜市场后面的剃头铺,他们投奔的熟人就在这里。那汉子正蹲在门槛上,也是左右转着脸看热闹,看见这三个人挤过菜摊,向自己走来,先是愕然着,然后就认出了,从门槛上立起来惊喜道:你们白了,瘦了!他见面就得出的印象使他们三人都有些酸楚,这些天来,他们过着怎样的生活啊!两下里面对面站着,都想不到又会见面,就有些激动。停了一会儿,汉子说:来赶集的吗?他们说是,又说来看看老朋友你!汉子听了,眼里竟浮出一些湿意,他一迭声地说:别走,别走!一双柔软的大手互相握住,松开,握住,再松开。这忸怩的姿态于他这样的庞大体魄,有说不出的不合适,又有说不出的动人。汉子将他们迎进门,让他们坐下,自己却要去买酒菜。他们就不依了,要他坐下,他们去买酒菜。因他们知道,汉子挺不容易的,为一块钱小费感动得不得了。汉子当然也不肯坐下,一定要尽主人的职责待客。僵持了一时,最后谁也不坐下,分头准备。汉子和面擀面条,烧火做饭,他们去集上看看——他们不还没有逛吗?他们去逛,顺便捎些吃食过来,就别分什么主客你我,也是他们有缘,称得上是兄弟了。汉子这才放他们走出门,还又追到门口,不放心地喊一声:别走!这一声有些可怜的意思,他们三个又好笑又感动。周围是熙攘的人群,身后一扇门里,有个人在替他们做饭,等他去吃,好像是终于回到温暖的人间,他们的心,渐渐活转过来了。

他们买了一只烧鸡和几块卤肝,再买一瓶洋河酒,一盒烟。最后,他们为表示对主人的敬意,也是做客的礼数,买了一件礼物,一条小四眼狗。因他们觉着这条小狗的眉眼有些像汉子,脾性也像汉子,挺温和,便杀了价买下,由毛豆牵着走,时间也已经正午了。到地方,汉子正摆桌子,一碗蒸腊肉,大约是过年余下的,散发着带蛤气的油香,一碗拌凉皮,炸花生米,还炒了盘菠菜。他们将东西交给汉子,由他装盆上桌,小四眼狗进门就满地嗅着认地方,很像回家的意思。大家笑道:这就叫"不是一家人,不进一家门"。三个人散开在屋里,东看看,西看看,打量这间店堂。此时,理发椅和洗脸架都推到墙根,本来倚墙放的一张三屉桌拉到中间空地,四面放四张凳子。店堂东侧有一扇门,虚掩着,从门缝里看得见一大一小两张床,床上叠着几条花被子,床下排了一列鞋,大人小孩,男式女式都有,所以就晓得,汉子是有家小的。四方坐定后,面朝里坐的三王正对迎门的墙,墙上挂两幅炭笔肖像,一幅男人,一幅女人,便问是不是他的双亲,回答说是师傅和师娘,也是他的岳父岳母。他们就称赞汉子有办法,将人家手艺生意和女儿都拿到手了。汉子憨厚地笑说,师恩如山。喝酒间,汉子又正色告诉,他原是师傅的继子,他们的女儿倒是领养的,反正都不是亲,又都是亲,一家人倒是一个姓,都姓"扈",很少见的姓吧!"水浒"里不是有个"扈家庄","扈家庄"上有个"扈三娘"?他的名字叫扈小宝,今年三十二岁,文化程度不高,只上过三年小学。他自报家门,两只双睑的大眼睛因喝了酒而汪着水,坦诚地看着他们,他实在很像那条温驯的小狗。他还告诉说,他女人带孩子,一个女孩子,去商河走亲戚了,要去好几日,假如他们今天不走,可以住他房里。他眼睛里,满是"别走"两个字,使他们都不忍拒绝他。

这么边说边喝,过了几巡,三王就说这样干喝没大有意思,还容易喝高,应该行个令。扈小宝就说,他会猜拳,还会"老虎,杠子,鸡"。他们三人都笑了,说那算什么酒令?扈小宝很尊敬地看着他们,不知道他们将报出什么样的令来。二王和毛豆也都看三王,这里数他脑子好,有一点大王的意思,等他拿出一个精彩的令。三王沉吟一会儿,果然有好主意,他说:唱歌!一人唱一曲,其余三人打分,去掉一个最高分,去掉一个最低分,平均得分为算。这个令实在很新鲜,扈小宝却一径摇起手来,说不会唱。那三个岂肯放过他,偏要他第一唱,一起捉住他的手。扈小宝脸羞得通红,为了使自己平静下来,眼睛里又迸出了泪花。他垂着脑袋,双手撑在膝上,停了停,唱出细溜溜的一声:树上的鸟儿成双对——这一句不由得让他们都一怔,不相信是由这么条大汉唱出的,再细想,他其实就是这么个多情的温柔的人,饱含着对生活的美意。他也被自己的歌唱感染了,沉浸在歌曲所唱的男耕女织的幸福情景之中。他们都为他打出了高分。接下去是毛豆唱,唱的是《同桌的你》——明天你是否会想起昨天你写的日记,明天你是否还惦记曾经最爱哭的你——那退去久远的校园生活,在歌唱里复又近前,也唱出了怅然的心情,毛豆的分也不低。二王唱童安格的《耶利亚》,他其实是他们中间声音条件最好的一个,当他唱到高音处——耶利亚,神秘耶利亚,耶利耶利亚——真有些声震寰宇的意思,可那激昂中却奇怪地含有一种悲凉,因为一定要找到耶利亚的决心,而神秘的耶利亚又未必能找到。不知是因为心情还是所选曲目的缘故,歌声里无一例外地流露出伤感的情绪。三王多少是有意地要扭转这倾向,他唱了一支快乐的歌——妹妹你坐船头,哥哥在岸上走——唱毕之后,突然发现,今日所唱歌曲里,竟全有女人,这可不是瑞祥的迹象,于是,心情亦忧郁下来。四个人的分数平齐,所以大家都喝了酒。扈小宝放下酒盅,问:还唱不唱?看起来是欲罢不能的样子,然而不知为什么,三个客人脸上都有黯然之色,停了一会儿,其中一个说:吃饭,扈小宝就站起身下面条。吃完面条,已是午后三四时光景了,门外的集市过了高潮,略静寂下来,人也走散了。他们三个被邀进东屋休息,扈小宝自己坐在理发椅上瞌睡。那只新来的狗,就蜷在椅下,也睡着。

　　没有人来,有几只鸡进来,盘旋一阵,又走了。洗净的碗碟倒扣在桌上,盖一层纱布。这粗大的汉子其实是个心思绵密的人。太阳向西去,屋子里一成暗似一成,等里屋的人醒来,已黑得看不见人脸了。但见门帘上映一点昏黄的光,还听有窸窣的动静,扈小宝在往锅里下米煮稀饭呢!人醒了,四肢却绵软得很,睁着眼睛躺一会儿,渐渐适应了眼前的黑暗,看得见天花板上糊的顶棚,用的是挺新的报纸,闻得见油墨的气味。墙上用石灰水刷白了,贴几张画,都是用过的挂历,细心地裁去年月日的字样,一张风景,一张女明星,还有一张外国胖娃娃。三王正躺在外国胖娃娃底下,闲来无事,抬手摩沙腊光的纸面,来回几下,觉着纸面下的墙有个凹陷,不由得摸得仔细了。果然有个四边整齐的凹陷。三王就去揭画,画是由图钉钉着四角,很容易地拔出底边两个,墙皮本来就疏松,这两个图钉更是虚在上面,显然是经常拔出和按进。画底下开了个方洞,也用报纸糊了,里面端端正正放着个奶粉铁听,这情景有一种天真的愚笨,很符合扈小宝的生性。三王不禁笑了一下,随即严肃下来。他对了奶粉听看了有一分钟,然后放下画,将图钉重新按进原来的钉眼。他的眼睛隔着画,看着奶粉听的位置,正是外国娃娃肥胖的肚子。外

203

屋稀饭锅已经开了,沸滚的声响变得热烈,又渐渐滞重起来,水收紧了,米香弥漫,蒸气也弥漫。沉暗里又充斥了雾气,本来是要更加混沌,可扈小宝又开了一盏大灯,屋里就明亮起来,同时,也有了夜色。看来,他们只能在这里过夜了。

扈小宝将中午剩的菜重新装了盆,摆上桌,已经说过,他是一个仔细的人,又切一盘咸菜,一人盛一大碗稠稀饭,耐心地等他们一个一个出屋来,坐下。其时,门口有人走过,与他互问吃没吃过晚饭,话语和脚步声听来十分清脆,可见出魏家桥夜晚的静。街面上几乎没有一盏灯,黑漆漆的,可是,探出头往街口望,望到新街,就依稀看见有着亮投射出来,形成一道光影,光影里又依稀有一种骚动,这才晓得这静夜里也是有一些热闹的。现在,四个人围了矮桌吃粥,酒和睡眠使他们身上乏软,意气不免消沉,几乎都不说话,头埋在粥碗里。可是,他们之间,却有一种亲密油然产生。小狗在四个人的脚下转圈。在这么个静夜里,气候是温暖的,空气里飘着一点鱼腥和肉腥,是上午集市的遗痕,也是膏腴的遗痕。偶尔,这里那里有猫叫和狗叫,表示着安康的居业。他们一方没有说一个"留"字,另一方也没有说一个"走"字,吃完饭,自然而然地,一个刷碗,一个上门闩,另一个帮着主人放下夏日乘凉的竹榻,开箱抱出被褥,在外屋又安了一张铺。这样,他们三个睡东屋,扈小宝睡外屋。默默安顿下来,分头洗了手脚上床,准备入睡。不料方一拉灯,精神和兴致都上来了,里屋外屋说起话来,说的什么?鬼!

扈小宝说,他刚来魏家桥时,这里荒得很,前边,新街的位置上,是一片老坟。夜里,常见鬼火,绿莹莹地遍地滚动,有时就跟着人脚,走到哪跟到哪,甩都甩不开。老人们就说,那是屈死的鬼！然后，毛豆就说了他家乡的传说，这个寄宿的夜晚，或许多少传达出一些居家的气息，让他想起了自己的家乡。他说他们家的村里有一个"慧眼"，能看见老祖宗，祭祖的日子里，他总是吵闹不休，祭拜过后，家人们坐下吃饭，他就哭着喊着不让，因为，他说，饭菜都已经让老祖宗吃进去又吐出来，十分腌臜。这话题很是令人兴奋，于是，扈小宝又讲了第二个故事，是一个善鬼，他师傅，也是他的父亲或者说岳父所遇到的事。说的是他和他妹妹，也就是现在的女人还小的时候，有一日，他们的父亲要去清河镇买猪苗，前夜就收拾了平车，清早起来，他妹妹却坐在地上抱住父亲的腿哭，哭的声气不像小孩子，倒像个哭丧的女人，呼天抢地，扯也扯不开，打也打不怕。全家人都以为是中了魔邪，一边去找医生，一边去找魏家桥街上一个专会治邪的大娘，就这么折腾到晚上，去清河镇的事也耽误了，只能等十天过后下一个集日。不想，第二天就传来消息，清河镇渡口昨日翻了船，一船三十口人，连艄公全殁了。而此时，妹妹的病不治而愈，也不哭，也不闹，问她昨日的事，她也并不知道。所以，人们就说，是善鬼附身，专来告师傅消息的。好人有好报呀！扈小宝感慨道。接着，毛豆又说了他的第二个故事，也是来自他的家乡，那是个多么遥远的地方啊！毛豆甚至不知道它在哪个方向。他的家乡，是在城郊接合部——毛豆说，那里有一些撂荒的大车间，是前几年乡镇企业兴旺时造的，现在被征地后关闭了。据说，里面常常走动着一个女鬼，穿着白衣服，齐耳的短头发。她一个人在车床之间走来走去，应该说是飘来飘去，因为谁也看不见她的脚，她的身形到脚就好像隐去了，所以，她就像乘在云上面。老人们说，这车间的原址是坟地，这是一个年轻的鬼，还没有活够呢!

扈小宝和毛豆你来我往地讲着鬼,那两个只是听,以此可见,他们这两个没有家没有根基的人,实在没有多少关于鬼的知识。鬼一般都是和家族的概念联系在一起的。当二王按捺不住,也要讲一个鬼的故事,扈小宝和毛豆则认为他讲的并不是鬼,而是人,一个侠客。此人游方四处,路见不平,立刻拔刀相助,又有秘籍在身,无论何种艰难处境,最终都能克敌制胜。三王没有参与,他静静地听着他们的故事。在这热烈的说话中,总有着一点诡异的气氛。虽然他们都是经历很多的人,曾在许多不同的地方过夜,可是今晚上真有些叫人不安呢!他们说着说着,陡地说完了,戛然而止。那只小狗,细着嗓子叫两声,又止了。是新月的日子,月亮已经升起,从窗缝、门缝,甚至于墙缝渗进光来,屋子里明晃晃的。外间里响起扈小宝的鼻息声,均匀深厚,带着一些儿呓声,现出睡眠的香甜,是问心无愧的人的鼾声。不知是谁,从门前走过,在门上拍一下,是要来剃头的客人,还是随手玩笑?扈小宝没醒,屋里三个人却惊了一下,欠起身子互相看看,彼此发现全无睡意。这时,三王朝那两个笑了一笑,这笑容也有些诡异。月光里,三个人的脸都变了样,变得陌生。三王欠着身子,拔出挂历底下的两枚图钉,揭起画,让他们看墙洞里的奶粉听,这铁听又是怪异的,令人不可思议。然后三王将铁听取出来,放下画片,因抽手快了,画片在墙上拍出一声轻响,三个人又惊了一下。而外屋的鼻鼾声一直没有中断。那两个人从床上立起来,弓着腰,猫一样无声地跨到三王身边,三个人头并在一处,看见奶粉听里藏着一卷钱。三王将钱握在手心里,看着那两个,那两个也看着他。三个人静了一时,没有一个字的交流,迅速散开,回到自己铺上。还是像猫一样无声无息,穿好衣裤鞋袜,下了地。三王将空了的奶粉听放回原处,按上图钉,三个人从里屋鱼贯出来。

外屋比里屋更亮堂,甚至于比白昼里还有光。扈小宝熟睡的脸十分舒展,皮肤光滑细致,竟不大像男人,倒像一个慈爱的女人。小狗偎在他脚后跟睡着,一大一小的身躯都显得十分柔软,这种柔软不知怎么有些让他们嫌恶。嫌恶的心情多少抵消一点心中的愧疚,使他们坦然下来。他们从扈小宝床前走过,打头的二王忽然震颤一下,他看见对面有个人影正向他走来,原来是墙上镜子里自己的影像。可不等他定神,震颤已经向后传去。并没有一点响动,可谁知道呢?也许世上就有人长着蝙蝠一样的器官,能接受空气震荡的音波,扈小宝他就是醒了!他睁开眼睛,看他的客人要出门去,不由得说出一声:别走!他再没想到这一声"别走"会引起如此迅疾的反应,连那三个人,包括二王自己都想不到,他的出手如此之速,就好像预先勘察过的——他一搭手,就抄起镜台上的剃刀,一个箭步,送进扈小宝怀里,小狗"叽"一声跳下床,仰头看着他的新主人,扈小宝那张宽大、多肉、无须的脸,脸上留着殷切的挽留的表情,重睑的毛乎乎的大眼睛,陡地深陷下去,一下子没了底。三王和毛豆一起拉住二王的手,结果是二王将剃刀再往里送了送。有那么一阵子,三个人和一条狗都静止着,矮桌上用纱罩盖着的一碗剩面条,看得见在起黏。随即,他们便抖将起来,小狗身上的毛乍起老高,不停地颤。抖了一阵,渐渐平息下来,二王转身拔开门闩就要走,三王则做了一个"慢"的手势。他在桌上、案上慢慢摸索,摸到三屉桌上时,那墙上炭笔画中,老夫妇的眼睛正对他看着,就像活的。

他很快从三屉桌前离开了,最后在镜台上摸到了门锁。

　　清朗朗的街上,房屋都暗了灯,可月亮比灯还亮呢!将三个人的人影投在墙和地上,可见出其中一个怀里还揣着一只狗崽。这三个人一条狗出得屋来,锁上门,沿了街向公路的方向走去。看起来,他们不算路熟,但也决不算路生,因为他们的脚步只是略有些迟疑,但没有徘徊与回头。他们走过新街,新街上就有了灯光,发廊的玻璃门里,有晃动的人影。灯光没有使街道更亮,却是使街道变得暧昧了。当他们站在街口犹豫时,忽见前面公路上射来灯光,是班车!他们撒腿迎向车灯跑去,差点撞在车头上,而车并不停下,已经沿公路开去,他们便追随跑去。天知道怎么回事,他们跑得几乎比汽车还快,当汽车终于在站上停下时,他们都冲到车头前边去了。他们这时方才知道,时间并不很晚,这不是?末班车都让他们赶上了,原以为已是深夜。这确实是一个古怪的夜晚。

　　夜间的公路十分通畅,半小时后,就到了济南长途客运站。济南正是灯火通明,人声鼎沸之时。他们将狗放在街边,往火车站走去,直奔票房,也不管北线南线的窗口,扑上去就是,转眼间,到手三张当晚发往青岛的慢车票。退到车站广场,喘息稍定,三人头靠头点火抽烟,就见对面过来一个人。此人装束十分特别,一件黑色长身的呢大衣,头戴一顶鸭舌帽,压在鼻梁上。不由得多看几眼,看那人径直走到跟前,立定了。正诧异,忽然间,三人一同叫出声来:大王!眼前的人,不就是他们日思夜想的大王?一声"大王"出口,三人都失了声,恸哭起来。大王说:我天天在此等候,还在候车室留言板上留了言,就是不见你们的人影,到底跑哪里去了?三个人说不出话来,只是一劲地哭。见此形状,大王心里已有几分知情,并不劝解,由他们渐渐止住悲声,三言两语说出这些日子的遭际。当说到今晚事端,直觉着是做了一个噩梦,不相信是真的。大王抽完一支烟,烟蒂收进口袋,然后问:你们打算去哪里?三王从口袋摸出三张往青岛的火车票,大王接过去,看了看,将票撕了,依然收进口袋。那三个一怔,疑惑道:不走吗?大王说:走!怎么走?众人问。大王说出两个字:劫车!这三人就有些胆寒,想一劫还未逃过,如何再造一劫!大王像是知道他们的心思,笑了笑,说:台风的中心风平浪静!这一回他们看清了大王的脸,可能衣帽和灯光的缘故,大王的脸显得很白皙,眉眼的轮廓则更深一些,大王变美了,成了一个美男子。总之,这个夜晚,什么都在变样。

半年之后

　　别处在下雪,西北风吹来雪末,在山壁岩石上蒙了极薄的一层白。山上的植物,以常绿的松柏为主,这时也蒙了白,看上去就萧瑟了。旅游公司撤空了,售票检票的入口全部封关,没有一个游客。冬季里的景点是无比的冷寂,简直想不出开山之后的热闹是如何样的。在这黄山的尾脉,新开发的景区背后,是更荒凉的景象,一片废墟——倘若山也会成废墟的话。从山形看,显然是被巨大的力量切割过的,有着整齐的裂口和横断面,还有凌乱的巨石堆。外壁已没有了植被,露出白森森的石灰岩质地。就在这裸露的岩壁上,极陡峭的地方,这里和那里,可看见有一具或半具行车,起吊的机械,抑或只是一截铁杠。岩壁底下,盘山而上的路迹,某一段上,还残存着轨道,已经生了黄锈,路轨间,长出了青苔。转过某座山体,忽然间有一块空地,大约不过五六十平米。沿了略缓的坡度,有几排砖墙瓦顶的平房,外墙上遗留着不晓得多少年头的字迹,关于革命和生产的标语,经过风吹日晒,依稀泛着红色,当年定是用红漆刷写的。到此,就可看出这里曾有过生活和劳动的日子,相当的活跃。那房屋和房屋间,还立着一个篮球架呢!略打听一下,就可得知,这里原来是一个矿,开采的是钨,看见吗?那剖肠开肚的山壁上,石灰岩质地里白色的、闪烁着贝类似的微光的,就是"钨"的残余。自二十世纪五十年代起,足足开采有四十年,几乎将山掏空了。其实,屈指算起来,钨矿关闭不过几年光景,可要知道,圮颓的速度总是大大超过兴盛的速度。现在,这里完完全全成了一个废墟。当然,有一些遗留物,正被前边的景区利用着,作为景观的一部分。比如,沿着断续的铁轨一直走,一直走,许就会走到那个"一线天",就是在山洞——也就是当年的隧道中间,仰头可见,山忽劈开一道,露出一线蓝天,这是开采钨矿的遗痕。再有,景区的山路围栏,就是用矿渣砖垒成的,人还以为是什么奇特的石材呢,化石似的印着黑的、灰的、白的、黄的考古层。夏日的旅游旺季里,闹哄哄的人群遍山遍野,怎么会知道山背后是废墟呢?到了冬天,山前与山后,则一同寂静下来,此时,要能够看到两面,就会发现,这两边不同的人工风格。一边是粗犷磅礴的气势,一边则是儿童的玩意儿似的趣味,两种手笔相挟持,这山貌就变得滑稽古怪,又令人感慨。山的原先的体态与性格,都看不见了,掩盖在这两种不同路数的手笔下,那从安徽地界刮过来的灰似的雪末,替它蒙的一层白,倒像是遮羞,将多种不协调的细节和缓下来。

现在,多少是白茫茫的、浑然一体的样子了。气温在下降,采药材山货的人也不出来了。偶有松鼠,从这棵树跳到那棵树,也披挂了白,此时,山的主人是它们了。忽然间,有一刹那的停顿,一股警觉的空气波动开来,仅仅是一刹那,松鼠们从路边的树梢往纵深里跳去。可是,波动的空气并没因此而平息,虽然什么都静止着,一动不动。过了不知多少时间,也许很长,也许很短,在这样无人的休憩的冬季,时间的概念也是不同的。就这样,山路上——不是前面景区里的水泥台阶路,亦不是时断时续的铁轨路,而是在更茂密的树林里,叫采药人踩出来的土路。那是很难辨识,却不见得更难行走的真正的山路,其实,也是捷径,假如是一双走惯山路的脚。这样,山路上,渐渐走上一个人,看起来,是走了长路的样子,雪末染了他的衣服,看上去是一种灰。在这泛白的世界里,也可说是一个小黑斑点。这人双肩背一个包,手里拄一根树棍,但并不像是帮助走路的,而是接近一个道具,好比剑客手中的剑之类的。所以,就有些戏剧化。至于他衣服是什么样的,要走近了才能辨认,因为盖了雪粉。这些雪粉似乎在稠厚起来,眼见得变成絮状的。天色又在暗下来,一则因为阴霾,二则因为树木遮挡,三则还是天已到午后三四点时分。在冬季里,又是山里,这时候,可算作傍晚了。看起来,这人路挺熟,眼看走着走着没路了,手中的树棍东捣捣,西捣捣,就又分开一条小径,可能是蛇道。这时候,蛇都在洞里冬眠呢!松鼠们也都回家了。这个人在这山里,虽然只是细微的动作,可山就此有了一点不安的空气。不知是怎么回事,似乎,所有的静止都怀了一股警觉心,都在看,看这个人往哪里去。这个人轻捷得简直像兔子,可以说,他连一根树枝都不碰着。再是杂树丛丛的地方,他一偏身,准能过去,雪粉都没洒落一点。对了,看见了,他穿的也很戏剧化,是一件黑呢长大衣,宽肩瘦身,头上戴一顶鸭舌帽,倘若有人看见,一定会起疑,这是什么人?到这里来又是做什么?可不是没有人吗?而且,这个人很坦然,他行动轻捷并不是因为提防着什么,而只是因为本来如此。走山路在他算不上什么,他已经转过一个坡,进入方才我们说过的,山坳间的空地上,经过那篮球架时,他轻轻一跃,做了个摸篮板的动作,大衣的下摆扬起来又落下,看上去是飘逸的。然后他就走进两排平房中的一间,原来那里面是有人的。里面的人看见他进来,便从各自的位置上站起来,声声喊着"大王"。

大王放下背包,脱下大衣,走到房间中央炉子前——你不可想象,房间里居然还生着炉子,那种烧煤的铁皮炉,管道伸出窗外,吐着烟。所以,房间里很暖和,是一个温暖的小世界。大王在炉子上平摊开手,手指纤长,骨骼匀称,手在炉子上方翻了翻,然后说,今晚洗澡。在这样的雪天里,洗澡是一件奢侈的事情,可是你还是想象不到,那一个小澡堂,其实就是一个水泥砌的池子,竟还有着热水管和冷水管,锅炉居然还能用,煤呢,就在昔日的伙房的灶后面,有一堆,用硬纸板盖着,是大王在此地做轿夫时攒下的。这山是大王的——用他的话说,小隐之处。天黑下来,也不过是五点钟光景,可山里有山里的时间,天黑下来,那三个就开始动手烧锅炉。他们已经不是第一次烧了,所以手势比较熟练,很快就点起火,只需往里添煤了。添煤的活,那个叫三王的拿手,二王负责运煤,最小的一个毛豆,则冲洗浴池,就是那个水泥池。他们都是爱干净的人,大王要求他们,永远保持纯洁,首先就要从身体的清洁做起。他们最讨厌污浊了,他们几个都是面色清爽的青年。热水龙头里流出了烫手的热水,蓄起了小半池,他们三个开始脱衣服下池。大王照例先用水瓢舀水冲洗一遍,然后再下池。他的理论是,他们三个都是童男子,他是一个结了婚的人,多少就不洁净了。今天他冲洗得又比平日仔细,其中的原因只有他自己知道,那就是,他下山去看过他的女人了,那个人称叶老师的人。叶老师一个人带着两个孩子在乡下过日子,村民们都知道她男人是个闯外码头的生意人。

最后,大王也下了池子,四个人一人一面地说话。说话的声音变了样,好像隔很远似的。那三个请大王讲讲出山的见闻,大王沉吟一时,说杭州城里四处忙着过圣诞节,满城都唱着一首歌,大王学唱了几句:金狗贝儿,金狗贝儿,金狗贝哦喂——是洋义,大王笑了一下,总之是支奇怪的歌!那三人就说,这并不是新鲜的歌了,倒是一首老歌:叮叮当,叮叮当,铃儿响叮当。但大王沉浸在自己的思绪里,他的耳畔老是响着那支旋律,而且,总是那几个字:金狗贝儿,金狗贝儿,金狗贝哦喂!这是什么意思?其中一定有些意思!满城的"金狗贝儿",他似乎都看得见了,闪闪烁烁的,真是"金狗贝儿"!就在此时,毛豆忽然想起,就是在去年圣诞节,他和他们遇上的,时间过去一年了!当他将这一点说出的时候,那两个都笑了,建议应该庆祝一下,又要毛豆谈在这一周年里的感想,毛豆不谈,他们就用水泼他,毛豆用手捂住脸,像哭又像笑的样子。那两个逗他,说妈妈在想孩子这一类的话。大王心里陡然一震,耳畔响起四个字,四面楚歌——那"金狗贝儿"的歌声其实正是"四面楚歌"里的"楚歌"啊!项羽兵将被困垓下,"夜闻汉军四面皆楚歌",难怪他深感不安呢!有一种害怕袭中大王的心,大王不由得喝道:别闹了!这一声断喝在雾气中,就像一记重拳击在棉絮上,变得松软了。可那三个人还是歇了手,依然嬉笑着。大王立刻觉出自己的失态,收住了,脸上露出一个笑容。他是相信天命的,他相信,定数里要来的,无论怎样终是要来的。他伸开双臂,扶在粗糙的水泥池子边上,蒸汽完全罩住了他的脸,那三个只剩下绰约的人影。没有灯,电早已经停止输送,但屋里并不是黑到底,因有雪光映照。雪下大了。大王想,其实征兆早已经有了,他下山回家看叶老师,这一着就走得蹊跷。要说,他从来不是儿女情长的人,方才下山时,也并没有回家的打算,可不知怎么,抬腿一绕,进去了。他不由得又笑一笑,他像个多情的男人一样,心心念念地奔回家,可叶老师已经是陌生人了,两个孩子也是陌生人。院里的盆栽全收起了,房子也有些圮颓,家中的山地有一半被征用开高速公路,菜竹的收入自然就减了一半。照理是荒凉的,可是杭州城里满耳都是"金狗贝儿"。这些都是征兆呢!

这天夜里,他们躺在被窝里,外面绵绵地下着雪,大王给大家出了一个作文题目:《我们的未来》。二王关于未来的设想是,有一辆车,那种带厕所、淋浴、厨房、卧房的旅行车,他们住在里边,就像一个流动的家庭。三王希望的未来要更宏大一些,是一座带花园的大房子,车当然是要有的,不仅要有,还是每人一辆,停在房子后边的车库里,他们想要出行就出行,想要安居就安居。毛豆的未来呢?听起来挺可笑的,他竟然说的是一种动物,是他从电视里的《动物世界》看来的。这种动物叫作藏羚羊,跑得飞快,比汽车还快,它们生活在非常美丽的地方,而且,它们自己也很美丽,没有人能够伤害它们,它们的生存也只需要一点点水和食物,所以,它们就很自由,每天只是跑来跑去,游荡来,游荡去。毛豆说,我们的未来,就要像藏羚羊一样,穿行在白云里。毛豆在这样的作文活动中,越来越接近一名诗人,或者说,是作文活动,越来越唤发毛豆身上的诗人的潜质。这一年里,他成长得多么快啊!记得,第一次参加这游戏,他表现得那么幼稚,一点想象力都没有,而现在,他的想象力在尽情地驰骋。大王看着毛豆,想这孩子没有辜负他的期望,可说从看他第一眼起,便看出他身上的潜能。也许他不及三王有天智,可三王生活的环境太恶劣,性格上的污迹太多,天智,就像南辕北辙,使人反其道行之,越走越远。所以,甚至三王还不及天性有些愚钝的二王,因不怎么开窍,反而是璞玉一块,保持了天然。而毛豆,他身心完好,这使得有限的天智得到滋养而无限发展起来。所以,大王第一眼就被吸引的,其实很简单,就是这孩子的纯真。现在,他依然是纯真的,可是天智却成熟起来了。从他们作文《我们的未来》,就可看出,二王的未来比三王的要纯朴天真,也浪漫。三王的,多少是俗了,一座大房子,天哪!这算什么未来?这简直就是现在。可是,你听听,毛豆说什么来着?他在说藏羚羊,亏他想得出的!那藏羚羊,永远躲着人,无论怎么追赶也追赶不上,最多是惊鸿一瞥。大王也被感动了,他停了一时,才开始他的讲述。

　　成吉思汗,大王说,就是蒙古王成吉思汗,他的墓在哪里?大王一上来就跑了题,二王想提醒他,可是被大王的手阻止了,别插嘴,没问题,我就是在讲述"我们的未来",可是一个题目是可以从各个方面进入的,你们还要学习,学习是无止境的。话说回来,成吉思汗,他葬身何处?谁也不知道。守墓的蒙古人守的是漫漫草原、丘陵和树林,一望无际。你也可以说他守着一个秘密,这秘密没有人知道,只有天知道。成吉思汗死后,遵循他的遗嘱,葬在地底深处,然后,万马奔腾,将万顷草原踏平,再种上树林,成吉思汗他,从草原里来,就又回草原里去!这就是王者的未来。芸芸众生的未来,不会有这样的气象,但道理却是一样的。比如,海上人死了,实行的是海葬,将人送进海底,最后葬身鱼腹,这种葬法也很有寓意,因为,关于人类起源有一种说法,就是人是从鱼进化的——这时,毛豆插嘴了,人不是从猿猴进化的吗？大王鼓励道:说的好！人是从猿猴进化来的,那么猿猴从什么进化来的？毛豆被问住了,不作声了——中国有许多古话都包含着这层意思,"落土为安""落叶归根",这就是中国文化的高深,像古代埃及的木乃伊,听说过吗？就是人死之后,用油抹在尸身上,再裹上布,风干在沙漠里,以为这样就可以使死者复活,这真是没有远见啊！埃及人不晓得什么才是人的未来,人的未来其实就是回到人的过去,所以,埃及人也是不晓得什么是人的过去。再提一个问题,历史有多么长？两千年,二王说——这是指公元,五千年,三王说——这是中国文明史,毛豆你说,大王鼓励道——无限,毛豆说。大王轻一击掌,表示赞赏,可是,大王接着说,生命却是有限的,撑到头,一百岁,再添点,一百二十岁,算是人瑞了嵌在无限里,才有多少呢？所以,人的过去和未来其实都是在无限中,无限也就是永恒。我们的未来,就是回去到永恒！大王结束了他的讲述,房间里有一时的静默,几乎听得见屋外面,雪花柔软的着地声。

可是——三王迟疑着发问了,可是,照这样说,"现在"不就是没有意义的了？"现在",我们应该怎样度过呢？难道无所事事吗？应该说,三王道出了其他两位的疑问,大王的观点令他们都感到了消沉,这可是一种不好的情绪。大王又轻一击掌,喝一声"好",这是一个好问题,大王说。"现在"的意义究竟是什么？"现在"的意义就是"度过"。有没有进过庙堂,看见过"渡海观音"？就是那个"渡"字,我喜欢渡海观音——二王忽骇声道,观音是娘娘啊！大王心里不由得一惊,但他立刻镇定下来,观音是男女同身,菩萨哪有雌雄？然而,二王的话终究触动了他,他一下子减了说话的兴致,略说了几句关于"度过"的观点,便收场了。

四个人各自睡在被窝里,看着被雪光映亮的窗玻璃,只剩那么几块窗玻璃,大多是用木板钉上,但窗缝和门缝里依然透进光。那三个的心里都有点不安,他们觉着人王今天的讲述,似乎,章法略乱了,他最后也没有说清楚,"现在"的意义。再有,这山里的雪天,终有些怪诞,没有人,除了他们自己,他们自己似乎也不是人了,而是一种山里的动物,比如松鼠,还有冬眠的蛇。他们真的就像大王说的那样,到了"未来",就是说,去到来的地方,也就是说,归进了无限。多么虚枉啊!忽然间,有扑喇喇的声响,窗前掠过几团黑影,原来是雪压不住树枝,落了下来。本来就与世隔绝,如今雪又将这僻静的一隅裹起来。他们中的哪一个,想起"坟墓"这个字,他想,他们好像躺在坟墓里。大王已经响起轻柔的鼻鼾,这就是大与小的差异了,当真正的危险来临之际,那些巨型的兽类,全是沉静的,而小兽们则骚动不安。

下一日在雪天中平静度过了。再下一日,雪停了,山体依然蒙在雪中,依然平静度过。之后的一日,山腰新开的公路,就上来了车;然后,景区开辟的较为整齐的山路上,就有了人迹。当来人绕过几面山屏,出现在空地,他们正在往篮板上投球,一只瘪了一半的篮球,板上的雪粉震落下来,洒了他们一身。看见来人,他们一点没有惊慌,甚至于,很奇怪地,还流露出一点高兴的表情,似乎是,终于看见人了!终于有人来接他们出山了!在最初的缉捕行动所难免的紧张过去之后,接下来的却是一阵子气氛热烈的谈话,双方都在询问与诉说,好像分别的人重聚了,来不及地要了解彼此的情形。太阳老高了,照耀着雪山,明晃晃的,天地豁然开朗起来。他们被来人前后挟持着,走在下山的道上,不一会儿时间,就走到公路,然后上车。大王、二王、三王上一辆中型警车,毛豆则单独上一辆小车。毛豆在这里出现,使前来的上海警方感到十分意外,他们以为他已经丧生于劫匪的手下。

案子破得很简单,先是在苏皖地区侦破一个销车市场;继而查到一辆桑塔纳,虽已改头换面,依然看出是上海地区的出租车;通知上海,正好与上海报案登记的丢失车辆相符;顺藤摸瓜,大王这个人便露出水面。新年前夕,苏、浙、皖、沪几地联手搞一次打击劫车路匪行动,就正式立案并案,着手侦察。也是大王的劫数,他正巧回了一次家,被盯着的派出所民警看了个正着,依着安排,没有动手,只是跟到了山脚下,最后由一名山民带路到此。这户山民每日在院里收拾笋干笋豆,看得见钨矿的废弃地,好几回看见那里有烟升起,心中就存几分狐疑。

毛豆坐在车里,忽听满耳的沪语,一时间竟不知他们在说什么。听他们称呼他名字,"韩燕来"三个字,方才有些醒悟,定了神。他们问他那几个的名字,他竟又恍惚了,茫然摇头说不知道。他们不相信,他自己也觉着惊讶。他们竟然从来不知道彼此的名字,一直都是称诨号来着。他也不知道他们究竟是何方人氏,蒙眬中想起,最初他们上车时,为不让他听懂,他们说的是不解的方言,可后来,他们都以普通话交谈。说起来,他们互相什么都不了解,可是,他们就像是亲兄弟。毛豆眼睛里忽然热辣辣的,他想,他们真的就像亲兄弟。现在,他们在哪里呢?毛豆扭头往后看,被身边人辖制住了,这时,方才明白自己的境遇。他又接着被问了无数问题,不知是不惯听沪语,还是因突变的事故打击,一时变得很迟钝,他少有回答上来的。最后,问的人也

219

厌倦了,放弃了询问,他却又问道:他们要带他去哪里?回答是"上海"。车进上海,已是华灯初上,毛豆只觉着,一片灯海浮起。他将头伸在窗前,贪婪地看这城市的夜景。相隔只一年,他已经认不得它了,那么多的人和车,从窗前飞快地掠过。他的眼睛,简直应接不暇。

大王、二王、三王的警车紧跟其后,从上车始,大王就一直双目微闭,这城市的光映照在车窗,只是一些闪烁不定的影。可是忽然间,他陡地睁开眼睛,双目圆睁,他来不及出声,就见二王举起铐着的双手,往头顶重重一放,双掌之间夹着一枚长钉。二王身上总是藏着一些民间秘传的暗器,得自他师傅的传授。耳边是三王失声的叫喊:我的哥!警察扑了过来。二王最后一句话是:一人做事一人当!大王骤然闭紧双眼,头在窗栅栏上一撞,心里是无限的痛惜,痛惜这兄弟的愚笨——你当是扈小宝的命案事发,傻兄弟!此时,车正从一领高架地下驶过,前边车上的毛豆,脸贴在窗上,他认不出来,这其实就是他们的村庄,已让高架劈成两边,一边路南,一边路北。车速飞快,将灯光拉成千丝万缕,光里面的人脸,应当有一些是他熟识的,其时亦都变了形,他也辨不出了。车拉起了警笛,人与车便都纷纷让它,于是,光的洪流分开道来,挟裹着他们,箭一般地过去。

           2004 年 12 月 13 日初稿
           2005 年 1 月 31 日二稿
              上海